내가 사랑한 캔디

불쌍한 꼬마 한스

내가 사랑한 캔디

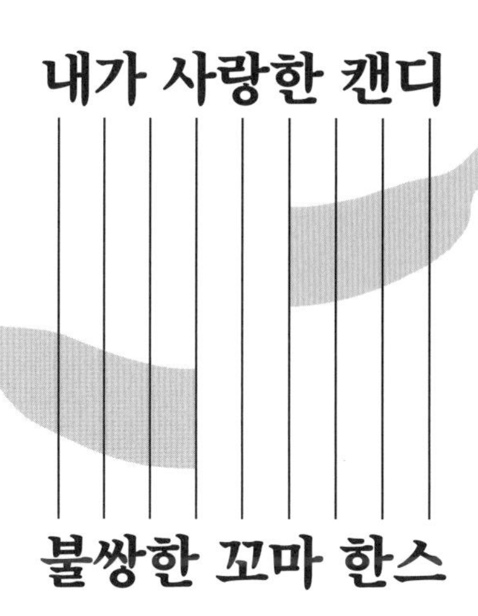

불쌍한 꼬마 한스

백민석 소설

한겨레출판

차례

내가 사랑한 캔디

그러나 그렇게 상수로 여겨지는 것들 가운데 대부분은 변수다.

(…)

그것들은 보기보다는 훨씬 빠르게 바뀐다.

(…) 그들의 굉장하고 피어나는 다양성을, 무시한다.

그것은 사람들이 내재적으로 '소파에 누운 존재(couch potato)'가 아니란 사실을 무시한다.

—복거일/조지 길더

왈! 왈! 왈! 왈! 왈! 왈!

"몇 시야?"

그녀가 물었다.

"열한 시."

내가 대꾸했다.

그녀는 아주 무료하게 그것을 지켜보고 있었다.

오전 열한 시, 그녀의 열 발가락은 무료하게 축 늘어져 있었고 그녀의 열 발톱들도 광선들 속에서 무기력하게 빛나고 있었다. 내 옆에 누워 그녀는, 하품도 아주 길게 했다.

그녀는 그것을 보고 있었다.

그녀의 혓바닥은 자기 삶에 관계하는 그 무엇이나 아주 지긋지긋하게 여기는, 그런 사람의 혓바닥처럼 보였다. 그녀는 내 성기를 만지작거렸고 내 엉덩이에 자기 뺨을 얹어놓기도 했다.

그녀는 아주 지루하다는 듯 내 성기가 자신의 네 손가락 사이에서 비틀거리는 것을 보고 있었다.

그녀는 아주 무료하게 그것을 보고 있었다.

그것은 어느 용역 사무실의 에피소드들을 다룬 포르노 필름이었다. 중국식 종이우산이 샛노란 사무실 벽면에 활짝 피어 있고, 일본 가부키 배우의 전신사진이 맞은편 벽을 장식하고 있었다. 야자수가 따분하다는 듯 길게 잎들을 늘어뜨린 채 문 옆에서 있었다. 그러한 사무실 안에서 세 명의 여자가 적당한 일거리가 들어오길 기다리며 대기하고 있었다.

"진저 린 알렌이야."

문에 걸린 다트판에 화살을 꽂고 있는 첫 번째 여자를 가리키며 내가 말했다. 빨간 표범 무늬가 찍힌 흰색 레깅스 차림이고, 화살을 던질 때마다 단단하고도 탄력 있는 엉덩이도 따라 튕겨 오른다.

"진저 린 알렌이야." 내가 다시 소개했다.

두 번째 여자는 책상의 다이어리를 뒤적이며 펑, 이 자동소총탄환처럼 쏟아지는 불평을 터뜨리고 있다. 쇠줄이 달린 금빛 개목걸이를 두르고 있다. 여자의 목소리가 지나치게 높아진다 싶으면, 첫 번째 여자가 그 쇠줄을 잡아당겨 진정시킨다.

내가 말했다. "셀레나 스틸이야."

"저 여잔 트레이시 로즈고." 세 번째 여자에게 손가락으로 동그라미를 치며 내가 말했다. 그 이름은 내겐 친숙하고도 낯익어 언제 어디서고 입에 올릴 수 있었다.

트레이시 로즈는 티 테이블에 발을 올려놓곤 페디큐어를 하고 있었다. 한 손엔 브러시를 나머지 한 손엔 페퍼로니 피자 조각을 들고 몹시 바쁘게 움직이고 있었다. 약간 쉰 듯한 땀 냄새가 방 안에 온통 피어오르고 있었다.

"치졸해." 그녀가 내 엉덩이에서 빰을 떼며 삐죽거렸다. "흰색에 빨간 땡땡이잖아. 게다가 페퍼로니 피자라니!"

"아무거나 먹고 아무거나 입어. 저런 걸 어떻게 봐?"

"그러니까 보는 거야." 나는 그녀를 끌어 올려 가슴에 입을 맞추며 말했다. "그러니까 또 볼 생각이 자꾸 드는 거라고."

세 여자는 그렇게 어서, 아주 큼직한 성기를 가진 턱시도 차림의 사내들이 재규어 스포츠카를 타고 자기네들을 데리러 오길 기다리고 있었다. 전화가 오고 팩스가 오고.

도널드 덕 분장을 한 배달부가 〈오, 솔레미오〉를 부르며 초청

장을 가져오고, 세 여자들의 바람은 너무도 쉽게 이루어진다. 재규어 스포츠카를 타고 가면서, 파티장에 도착해서, 거리에서, 혹은 화장실에서, 여자들은 건장하고도 포르노적 사이즈의 성기를 가진 사내들과 섹스를 한다.

"퍽 미? 퍽 미?" 내 통통한 아랫배 위에서, 그녀는 노래하듯 진저 린의 대사를 따라 부른다. "야! 야!"

그, 캔디 바처럼 흔해빠지고 손쉽게 사 긁어모을 수 있는 시간에 우리는 그렇듯, 포르노 필름의 대사들을 따라 외우고 있었다.

"몇 시야?"

그녀가 물었다.

"열한 시."

내가 말했다.

"아직도?"

사내들과 하는 것이 싫증 날 때면 여자들은 자기들끼리 섹스를 한다. 셀레나 스틸의 개 목걸이가 한몫하는 것이다. 트레이시가 개 목걸이의 쇠줄을 공처럼 말아 제 성기 속으로 밀어 넣으면, 셀레나는 엉금엉금 앞으로 기어나가며 고치에서 원사를 뽑듯 쇠줄을 뽑아낸다. 쇠줄의 사슬이 한 땀 한 땀 성기를 빠져 나올 때마다 트레이시는 아 아 아 하고 신음을 지른다.

아니면 진저 린이 남성 역할을 한다. 벨트식 딜도(Dildo)를 진저 린이 허리에 착용하면, 그 플라스틱제 남근을 향해 트레이시와 셀레나가 번갈아가며 엉덩이를 들이대는 것이다.

그때면, 여자들끼리 섹스할 때면 여자들은 더욱 유연해지고 좀 더 흥분하며, 마치 땅콩버터처럼 피부가 기름지고 먹음직스러운 빛을 발한다.

"저건 필름 속 세상에서의 일일 뿐이라고."

그녀는 아주 지긋지긋하게 그것을 지켜보고 있었다.

"그래, 그렇지."

나 역시 그것을 아주 지긋지긋하게 지켜보고 있었다.

그것은 핑크였고 조금 열려 있었다. 그것은 필름 속 그것들처럼 보였다. 얼마간 비현실적이었고 마치 필름 속으로부터 그녀의 사타구니 새를 향해 느닷없이 뛰쳐나온 그 어떤 것인 양 보였다.

그녀의 그것은 꼭 그만큼 낯설었다. 나는 오전 열한 시가 되기 전에 내가 몇 번이고 출입했던 그 문을 아주 낯설다는 듯이 지켜보고 있었다. 내 오른손 둘째손가락 첫 번째 마디가 그 안으로 파고들어가 있었다. 내 오른손 둘째손가락은 그녀와 나를 이어주는 유일하고도 아주 가는 하나의 끈처럼 거기 꽂혀 있었다.

"몇 시야?"

"열한 시."

"아직도?"

그녀가 내 손가락 너머에서 우울하게 지껄였다.

"여전히."

"참."

나는 참, 하고 조그맣게 한숨을 쉬었다. "참."

"이상한 날도 다 있구나."

"참, 이상한 날도 다 있구나."

내 통통한 아랫배 아래에서 그녀는 약간 들뜨기 시작한 내 소시지를 오물오물 씹고 있었다. 내 소시지는 얼마간 짜증을 내기 시작하고 있었지만 여전히 그녀가 만족할 만한 수준의 것은 아니었다.

그녀는 고개를 들곤 가만히, 폭발할 줄 모르는 작은 장난감

폭죽을 보듯 움츠러든 그것을 지켜보고 있었다. 그녀는 내 가슴 위로 아주 느릿느릿 기어오르고 있었다. "그런데."

그녀는 무심하고도 아득하게, 끝없고도 영원히 계속되는 오전 열한 시 같은 목소리로 말하고 있었다. "뭘 좀 마셨으면 좋겠어."

나는 자리에서 일어나 주방으로 갔다.

"물밖엔 없는데?" 내가 컵 두 개에 보리차를 따라 가져오며 말했다.

"좋아." 그녀가 컵 하나를 받아 쥐고는 목을 축였다. 브라운관에서는 셀레나가 막 한 남성의 허리에 채워진 중세식 함석 정조대의 자물쇠를 끄르고 있었다.

그달 치 생활비는 통장에 있었고 다음번 일거리는 나만의 다이어리에 은밀히 감춰져 있었다. 〈초원 비디오〉 대여점은 건너편 아파트 한쪽 끝에 얌전히 놓여 있었고, 모두들 제 있을 곳에 잘들 있었다. 모두들 제 있을 곳에 정말로 잘들 놓여 있었다.

"뭐가 보여?" 그녀는 내 가슴에 등을 기대고 앉아 아주 아득하고도 무심한 목소리로 물었다. "뭐가 보여?"

"열한 시."

“열한 시?”

“그래, 열한 시.” 나는 물컵을 들어 그녀의 등줄기를 죽 훑어 내렸다. 그녀의 등은 조그마한 크리스마스트리를 거꾸로 해놓은 것처럼 멋진 역삼각형을 이루고 있었다. 찬 물컵을 몇 번 훑어 내리자 오돌토돌한 등골뼈가 연한 붉은빛으로 도드라졌다.

클라이맥스가 다가오고 있었다. 세 여자가 무대 한가운데 무릎을 꿇고 앉자, 열댓 명의 남자 배우들이 땅콩버터 내를 맡은 독일산 셰퍼드들처럼 몰려들어 정액을 쏘아댔다.

“치졸해.” 세 여자가 정액 세례로 흠뻑 젖은 서로의 알몸을 핥아대기 시작하자, 그녀가 구시렁댔다.

“부러운데!”

포르노 필름의 크레디트 타이틀이 막 올라가고 있었다. 그것의 제목은 ‘삼대 포르노 여배우들인, 진저 린 알렌, 셀레나 스틸, 트레이시 로즈 주연’의 〈우리를 헤픈 암고양이 정도로 여기진 말아주세요!〉였다.

어쨌든 그것은 필름 속의 세상이었다. 내 결후에 입술을 대고 있는 그녀는, 필름 속 세상과 현실이 얼마나 다른 것인가 실감하고 있었다. 우리의 현실은 저 포르노그래피 앞에서조차 무릎을 꿇어야 한다.

"그래."

그녀의 목소리는 울음을 삼키느라 떨고 있었다. "다 좋다고."

"근데 왜 아직도 열한 시인 거야!"

오전 열한 시, 우리는 그 모든 것들을 지켜보고 있었다. 아주 무료하게 아주 무심하게 흔하고 별 볼 일 없고 기쁨도 고통도 없었던, 우리 지난날들을 보듯.

우리 지난날들을 보듯 아득하게.

〈Michael's House〉

아이들은 교실 창밖 베란다에 웅크리고 앉아 볕을 쬐고 있었다.

팬지들이 노랗게 빨갛게 아니면 검은 땡땡이가 찍힌 주홍빛으로 베란다 귀퉁이 화단에 활짝 피어 있었다.

"봄이 왔대."

"봄이래."

"정말?"

"아침에 라디오를 들었어, 버스에서."

"틀림없어." 반장(反長)이 팬지 꽃잎을 담뱃불로 지져 일그러뜨리며 모두에게 확인시켰다. "그건 사실이야, 봄이 온 건 틀림없다고."

"오늘 새벽에 몽정을 시작했거든, 내가." 反長이 제 아랫도리를 쥐고는 앞뒤로 흔들었다.

"새벽같이 일어나 아직도 별도 안 지고 해도 안 뜨고 가로등도 안 꺼진 시간에 버스를 탔는데 말이야, 아 글쎄 버스 승객들이 죄다 이상아인 거야. 알지? 내가 탤런트 이상아를 얼마나 좋아하는지, 버스 안 좌석마다 이상아가 앉아 있고, 사방 유리창마다 이상아 얼굴이 비치는 거야."

"난 그러니까 아무 데나 서 있어도 이상아 옆에 서 있는 게 되는 거지. 아무 데서나 눈만 뜨고 있으면 이상아를 볼 수 있고. 하지만 난 내색하지 않았어. 그냥 시치미 떼고 내 앞의 이상아에게 가방을 맡기면 되는 거였지. 그러고 학교를 오는데 좋아서 마냥 질질 쌌지 뭐야."

"굉장하군."

"굉장해."

"하지만 그게 끝은 아냐. 학교에 다 와서 가방을 받아 들곤 앞문으로 뛰어내리려는데, 아 글쎄! 운전기사까지 이상아가 아니겠어? 난 그만 풋, 하고 왕창 해버렸지."

"오늘 새벽녘 꿈에." 거만해진 反長이 모두를 둘러보며 말을 맺었다. "발정기가 다시 시작된 거야, 봄이 왔다는 거지."

"동현아, 축하한다."

"동현아, 축하해."

나는 담배 한 대를 필터 끝이 지글거릴 때까지 피우는 버릇을 갖고 있었다. 필터까지 타들어가는 데 대충 4분. 수업 시간이 끝나고 다음 수업이 시작될 때까지 그 쉬는 시간 동안, 나는 반 친구들과 함께 교실 베란다에 나와 담배를 나눠 피웠다.

우리 모두는 그때의 인문계 고등학교 3학년생들이 대개 그러했듯이, 짬만 나면 교실 베란다건 화장실이건 학교 담벼락 아래건 모여들어 끽연을 해댔다. 그러면서 한담을 나누고 볕을 쬐고 봄이 왔느니 하는 식의 정보를 교환하고 부족한 니코틴과 타르의 양을 보충하고 매시간 기분을 상하게 하는 선생들을 씹고 오는 일요일 오후의 산뜻한 계획을 수립하는 것이었다.

그때의 우리는 한두 가지씩 병적 증후를 보이고 있었다.

내가 베란다에 나가 앉는 이유는 내 부족한 일조량을 조금이나마 보충해보기 위해서였다. 하루에 쬐는 볕의 양이 터무니없이 적어서 대학 입시에 채 다다르기도 전에 드라큘라처럼 구역질 나는 창백한 얼굴을 갖게 되리라고, 나는 나 스스로를 강박하고 있었다.

“난 흡혈귀처럼 될 거야.”

나는 나처럼 담배를 태우기 위해 베란다에 나와 앉은 아이들에게 핼쑥하고 창백한 얼굴로 비감해져서 말하곤 했다. “아니면 강시처럼.”

“사이렌처럼 될지도 모르지. 어쩜 벌써 그렇게 됐는지도 몰라.”

“사이렌?”

“사이렌이 뭐야?”

“그게 뭐야? 시험에 나와?”

베란다에 나오거나 화장실을 들락날락하는 아이들 중엔 모든 대화의 말미에 시험에 나와? 하는 의문문을 다는 정보 수집 증후군 환자들이 꽤 있었다. 그 아이들은 월말에 있을 소개팅을 계획하는 자리에서까지 노골적으로 그 증후를 드러내곤 했다.

“이번 선데이에 카페 〈베토벤〉에서 보자고.”

“카페 〈베토벤〉? 베토벤이 몇 살 때 귀가 먼 거야?”

“베토벤이 귀가 멀었어?”

“귀가 먼 건 바그너 아닌가? 그거 시험에 나온대?”

나는 아직도 귀가 먼 게 베토벤이었는지 바그너였는지 확실히 알지 못한다. 그 대신 헤비메탈 밴드인 메탈리카의 베이시스트였던 클리프 버튼이 언제 자동차 사고로 죽었는지는 그 날짜까지 빠뜨리지 않고 기억하고 있었다. 1986년 9월 27일이었다.

우리, 불쌍한.

나는 아무튼 정보 수집 증후군 환자는 아니었다. 모범 답안 증후군 환자도 아니었다. 베란다나 화장실을 들락거리는 멤버들이 가장 꺼리고 무서워하는 게 바로 모범 답안 증후군 환자들이었다. 아이들은 그들 보기를 마치 독일어 선생이나 수학 선생 보듯 했다.

"김완선 바스트 사이즈가 얼만 줄 알아?"

"혹자에 의하면 32인치라고도 하고 33인치라고도 하지. 하지만 또 다른 혹자에 의하면 36인치라는 거야."

"도대체 김완선은 어떤 브래지어를 찰까, 푸시 업? 아니면 패드를 댄 고전적인 폴리에스테르 브래지어?"

反長이 그렇게 운을 떼면 모범 답안 증후군 환자는 이렇게 대꾸했다.

"내가 알기론 착용했을 때 앞 중심에 손가락 하나가 들어갈 여유가 있는 게 본인에게 가장 적절한 크기의 브래지어라는 거야. 75A니 80B니 하는 브래지어 치수를 예로 들면 앞쪽의 숫자는 젖가슴 바로 밑가슴의 둘레를 뜻하고, 알파벳은 젖가슴의 가장 많이 나온 부분의 둘레에서 밑가슴의 둘레를 뺀 차이를 말하는 거지. 그 차이가 7.5센티미터이면 A, 10센티미터이면 B가 되는 거야. 따라서 집에서 줄자로 미리 재어보고 매장에 가는 게 본인에게 상책이라는 거지."

"뭐라고?"

"브래지어를 착용할 땐 먼저 어깨끈을 건 다음 상체를 앞으로 숙여. 손을 뒤로해 호크를 채우는 게 정석이야. 그런 다음 브래지어 안으로 손을 넣어 젖가슴을 정돈하면 되는 거지. 흔히들 뒤쪽 호크를 앞으로 해 채운 다음 브래지어를 뒤로 돌리는데 그건 좋지 않은 습관이야."

"뭐라고?"

"왜? 탐폰 사용법에 대해서 또 얘기해줄까?"

모범 답안 증후군 환자는 그 어떤 농담에도 마치 주관식 문제의 답안을 쓰듯 대응했다. 그들은 선생들이 수업 시간에 들고 들어오는 교수 노트처럼 완벽하게 무미건조하고 완벽하게 정리된 문장들을 구사했다. 그들은 끽연할 때조차도 제 앞에 놓인 문제의 가장 적확한 답을 짜내기 위해 담배 연기 뒤에 숨은 두 눈을 강박적으로 번뜩이곤 했다.

우리의 고3 생활이란 대체로 그러한 것이었다.

우리의 고3 생활이란 정말로 그러한 것이었다.

우리, 불쌍한.

"봄이 왔대."

캔디가 두 무릎을 살짝 붙인 채 내 책상에 걸터앉으며 말했다.

"칫."

캔디는 베란다에서 꾸벅꾸벅 졸고 있는 아이들을 흘겨보며 말했다.

"봄이라니까."

캔디는 제 주위의 어떤 누구보다도 자기가 더 예쁘다고 믿는 아이들이 흔히 가지고 있는, 그런 눈빛을 한 아이였다.

"너 또 나가서 담배 피우고 왔지!"

"아니." 내가 부드럽게 미소 지으며 고개를 저었다.

"나는 네가 자신이 학생이라는 사실을 늘 염두에 두고 있으면 해."

그렇게 애정 어린 잔소리를 하곤 했지만 캔디의 애인은 내가 아니라 조지 마이클이었다.

'난 조지 오빠를 사랑해.' 캔디는 말하곤 했다.

나는 캔디의 꼭 다문 두 무릎의 새를 벌리고 점심시간에 사온 레코드 한 장을 꽂아 넣었다. 조지 마이클의 신보였다.

캔디는 '……떠나기 전에 날 좀 깨워줘……'라는 노래를 늘 흥얼흥얼하였으며, 연습장의 표지에 조지 마이클의 포트레이트를 붙여놓곤 수업 시간 내내 그것을 들여다보며 환상에 잠겨 들곤 했다.

'멍청이들이나 수업 시간에 수업을 받지.'

이 문법에 좀 어긋난 듯한 이상한 말은 그러나 아마도 진실이었다. 성적이 상위권이었던 캔디 같은 아이들은 이미 수업 내용을 저만큼이나 앞질러가고 있었고 反長처럼 하위권인 아이들은 〈플레이보이〉나 〈허슬러〉 또는 운전면허 시험 문제집 따위를 탐독하곤 했던 것이다.

나로 말할 것 같으면 '캔디'를 탐독하고 있었다.

나는 캔디의 환심을 사기 위해 조지 마이클들을 선물하곤 했다. 조지 마이클이라면 그 당시 너무도 인기가 좋았기 때문에 나는 언제 어디서건 온갖 조지 마이클들을 수집해 캔디에게 선물할 수 있었다. 언제 어디서건 또 다른 모습을 한 온갖 종류의 조지 마이클들을 사 긁어모을 수 있었던 것이다.

퍽이나 다행스러운 일이 아닐 수 없었다. 캔디와 사귄 그 첫 해에 내가 캔디에게 선물해준 조지 마이클들은 다음과 같다;

George Michael의 Wham 활동 시절 레코드 네 장.

George Michael의 영국 BBC 방송국과의 인터뷰 녹화 테이프.

George Michael 브로마이드 다섯 종류.

George Michael의 Wham 탈퇴 이후 발표한 싱글 레코드 네 장.

George Michael의 진짜 서명이 들어가고 일련번호가 매겨진 다양한 색깔의 티셔츠 네 장.

George Michael을 그린 여러 작가의 여러 판화 작품들.

George Michael 일본 부도깡 공연 실황 비디오테이프.

George Michael 공테이프 다섯 장.

조지 마이클 하나로도 사야 할 것들은 언제나 많았다. 캔디는 내가 사준 그 무수한 조지 마이클들을 언제나 칫, 하고 기쁘게 받아들이곤 했다.

선물—그리고 그것을 주고자 하는 나의 욕구—에는 자기만의 독특한 진화 체계가 있는지, 나중에는 다음과 같은 기괴하고도 좀처럼 믿기지 않는 조지 마이클들까지 추가되게 되었다;

George Michael이 좋아하는 이탈리안 마카로니 한 봉지.

George Michael이 좋아하는 엘튼 존의 선글라스 하나.

George Michael이 좋아하는 코털 가위와 손톱 줄 네 세트.

George Michael이 좋아하는 체리 콜라의 비밀 제조법이 담긴 디스켓 한 장.

George Michael이 좋아하는 마이애미 별장의 여러 전경 사진들.

George Michael이 좋아하는 다리 면도용 거품 비누 두 세트.

그것들은 마치 살아 있는 생명체처럼 점점 더 섬세해지고 세부적으로 완벽해지며 여러 조지 마이클들의 갈래로 광범위해져 가고 있었다.

"칫."

캔디는 베란다에서 담배를 꼬나문 채 꾸벅꾸벅 졸고 있는 아이들을 흘겨보며 칫, 하고 웃어 보였다.

"바보들, 칫. 저런 아이들 때문에 팬지들이 일찌감치 꽃잎을 떨군다니까!"

나는 그 칫, 하는 캔디의 웃음이 좋아졌다. 그 웃음엔 그 어떤 의미도 담겨 있지 않은 것 같았지만, 바로 그렇기 때문에 더더욱 마음이 끌렸던 것인지도 몰랐다.

캔디는 커다란 눈망울을 굴리며 다시 말했다.

"칫, 바보들."

캔디는 부드럽게 휜 긴 속눈썹의 아이였다. 눈망울도 언제나 물기로 촉촉했다.

"학교 끝나고 요 앞," 캔디가 제 입술을 내 귀 가까이로 가져오며 속삭였다. 나는 약간 몸서리쳤다.

"〈Michael's House〉에서 만날래?"

〈Michael's House〉는 캔디와 내가 다니던 고등학교에서 한 블록 떨어진 곳에 있던 음악다방이었다.

〈마이클스 하우스〉는 낡고 허름한 잡화점들과 너저분한 생선 좌판들과 별 볼 일 없는 일용품 가게들로 가득 찬 시장의 입구에 있었다. 〈마이클스 하우스〉는 낡고 허름한 DJ 부스와 너저분한 찻잔들과 별 볼 일 없는 조명들로 가득 찬, 어느 거리에서나 흔히 볼 수 있는 그저 그런 다방들 중 하나였다.

DJ 부스에도 우리가 어느 거리에서나 흔히 볼 수 있는 그런 DJ가 하나 붙박이 장식물처럼 들어앉아 있었다.

나는 커피 한 잔을 시키고 다방 〈마이클스 하우스〉의 사방 벽면을 장식하고 있는 여러 'Michael'들의 대형 브로마이드들을 돌아보고 있었다. 그 대형 브로마이드들이 바로 다방 〈마이클스 하우스〉를 다른 다방들과 구별케 해주는 유일한 특장이었다.

그 대형 브로마이드들은 세상 모든 마이클들의 대형 포트레이트들이었다.

〈마이클스 하우스〉에 가면, 바로 그 대형 브로마이드들—기념비적인—을 통해 세상의 거의 모든 이름난 마이클들의 초상을 만나볼 수 있었던 것이다.

캔디와 내가 고등학교 3학년 내내 〈마이클스 하우스〉를 들락거린 것도 그 때문이었다. 거기엔 캔디의 조지 마이클도 한 자리 차지하고 있었다.

나는 캔디가 보충수업을 받아야 했기 때문에, 캔디가 교실을 빠져나올 동안 그 위대하고 전설적이기까지 한 천하의 마이클들과 수다나 떨며 시간을 때워보기로 했다.

세상 온갖 종류의 마이클들이 싸구려 금박 철제 프레임 속에 들어앉아 〈마이클스 하우스〉를 소란스럽게 만들고 있었다. 마이클 Jackson, 마이클 Franks, 마이클 Ritchie, 마이클 Jarre, 마이클 Crawford, 마이클 Snow, 마이클 York, 마이클 Curtiz, 나의 마이클 Caine, 마이클 Kidd, Duane 마이클, 그리고 캔디의 George 마이클.

그들은 마치 그들이 지금 있어야 할 세계의 어느 시공간을 뛰쳐나와 이 낡고 허름한 다방 〈마이클스 하우스〉에 모여, 뭔가—이를테면 나와 캔디의 부인 못 할 관계 따위—에 대해 끊임없이 의견을 제시하고 시비를 걸고 협의를 떠넘기며 소동을 벌이고 있는 것만 같이 보였다.

그들은 모두들 세계적으로 널리 알려진 어떤 포즈들을 취하고 있었다. 세계를 범람하고 있는 대중문화에 약간이라도 관심 있는 이라면 누구나 기억하고 있을 정도로 인상적인 포즈들이었다. 이를테면:

뮤직비디오인 〈Thriller〉에서 리빙 데드(Living Dead)식의 썩어가는 시체 분장을 하고 나와 자신의 그 유명하고도 우스꽝스러운 브레이크 댄스를 선보이고 있는 마이클 Jackson.

실황앨범인 〈In ConcertHouston Lyon〉에서 선홍빛 재킷에 검은 메뚜기 선글라스를 끼고 오케스트라와 성가대를 지휘하고 있는 Jean 마이클 Jarre.

영화 〈왕이 되고 싶은 사나이〉에서 숀 코너리와 함께 서로의 목에 칼을 들이대고서 다정스레 웃고 있는 마이클 Caine.

〈Andy Warhol〉에선 팝 아티스트인 앤디 워홀이 두 손을 활짝 펴 자신의 얼굴을 가린 채 사진작가인 Duane 마이클의 카메라 렌즈를 향하고 있다. 그리고,

그것이 무슨 뜻인지는 아직도 모르겠지만 어쨌든 내가 기억하고 있는 마이클 Snow의 경구 한 줄.

그 한 줄은 그가 찍은 어느 영화의 한 스틸 사진 아래 쓰여 있었다.

역설적이게도, 헌법 제1조의 부가 조항으로 자국에 대한 비난을 허용하고 있는 나라는 전 세계에서 미국밖에 없다.

그리고 내 좌석 옆에서는 꽉 끼는 가죽 팬츠를 입은 조지까지 격렬하게 몸을 흔들며 나를 향해 Go! Go!를 외치고 있었던 것이다.

그러고 보면 캔디의 조지는 그저 무수한 마이클들 중 단지 하나에 불과할 뿐이다.

나는 DJ 부스가 정면으로 바라보이는 자리에 앉아 있었다. DJ 턱에 난 갈색 수염은 언제나 그랬듯이 윤기를 잃고 푸석푸석한 채로 그냥 거기 매달려 있었다. 짜증 섞인 두꺼운 두 쪽 눈썹이 가파르게 미간으로 쏟아져 내리고 있었다.

"그러니까," DJ가 멘트를 넣고 있었다.

"'어느 오페라 극장의 참극', 그렇게 번역될 수 있는 영화 한 편을 어제 보았습니다……."

다방 안의 손님이라곤 나 혼자뿐이었다.

"영화는 주인공이 극장의 맨 뒷좌석에서 오페라글라스를 막

벗고 있는 장면으로부터 시작됩니다. 저 앞 무대에선 뭔지 모를 오페라 작품이 공연되고 있고요."

손님은 나 하나였지만 DJ는 괜스레 두 눈의 시선을 홀 안 이곳저곳으로 굴리고 있었다.

"주인공은 이탈리아 남부풍의 턱시도를 걸치고 있었습니다. 그 가슴께는 눈에 안 띄게 부풀어 올라 있었고요, 예."

"그렇지요, 그 가슴께에는 총 한 자루가 감춰져 있었고, 사내는 킬러였습니다, 예."

나는 그때 무료함을 달래기 위해 커피 테이블 위에 화이트로 총잡이, 라고 낙서하고 있었다. 총잡이, 총잡이, 총잡이, 총잡이, 총잡이.

총잡이, 그건 어떤 내 비밀스러운 희망이었다. 캔디에게 조지 마이클이 있다면 내겐 총잡이가 있었다. 실린더식 탄창이 달린 구식 45구경 권총이 내 마음을 사로잡고 있던 때였다.

실린더식 탄창이 달린 45구경 권총과 그 권총을 가운데 두고 테이블에 둘러앉아, 자신의 관자놀이를 향해 차례로 방아쇠를 당기며 배팅을 하는 러시안룰렛 게임이 내 마음을 사로잡고 있던 때였다. 골치 아프고 처치 곤란한 한 시기, 즉 고3 때였다.

"주인공은 무대를 한 번 흘깃 노려보더니," DJ는 멘트를 계속했다.

"하긴 그런 킬러는 늘 뭔가를 노려보고 있지요. 관람석 뒤편 두꺼운 벨벳 커튼 속으로 숨어듭니다."

나는 테이블 가득 총잡이, 라고 써넣고 있었다. 테이블은 마치 총잡이, 들로 팔팔 끓어 넘치는 냄비처럼 보였다. 더 이상 써넣을 구석이 없어지자 이번엔 한 번 낙서한 총잡이 위에 몇 번이고 덧칠하기 시작했다. 그 때문에 어떤 총잡이, 는 아주 두꺼워져서 당장이라도 내 꿈을 실현시켜줄 것처럼 믿음직스러워 보였다.

"이제 커튼 뒤 어둠 속에서 주인공의 두 눈이 총열같이 냉정하게 빛나고 있습니다. 그런데,"

"그렇게 시간이 얼마나 지났을까, 이탈리아 남부풍의 턱시도를 반듯하게 걸친 또 한 명의 사내가 관람석에서 일어섭니다. 그는 잠깐 주위를 둘러보더니 옆구리에서 소음기가 달린 짧은 권총 한 자루를 꺼내 듭니다. 그러곤 권총을 쥔 채 주인공이 숨은 벨벳 커튼을 향해 갑니다."

나는 누군가의 뒤통수에 총구를 들이대고는 방아쇠를 당겨 앞이마로 푹하고 총알이 튀어 나가는 모습을 보고 싶었다. 그 누군가의 뒤통수와 앞이마 사이로 총알이 낸 어떤 음모(陰謀)와도 같은 터널을 보고 싶었다. 그 피투성이 터널을 꿰뚫고 한낮의 광선들이 눈부시게 지나간다!

그건 내가 외우고 있는 그 어떤 수학 공식보다도 화려해 보였다.

"그런데,"

"사내가 벨벳 커튼 뒤로 돌아가자마자 커튼을 뚫고 어떤 둔탁한 소리가 새어 나옵니다."

"아시겠죠? 그건 주인공을 쫓아 들어간 그 사내가 총을 맞고 고꾸라지는 소리였습니다. 커튼이 약간 물결치는가 싶더니 곧 커튼 아래로 끈적끈적하고 빨간 어떤 것이 흘러나오기 시작하고요."

손님은 여전히 나 혼자였다.

나는 총잡이가 어떤 태생 어떤 직업 어떤 삶을 사는 사람인지에 대해서는 관심이 없었다. 나는 단지 그것—누군가의 뒤통수와 앞이마 사이를 가로지른 깊고 묵직한 피투성이 터널—을 보고 싶었을 따름이었다.

하지만 아무에게도 그 우스꽝스럽고도 진지한 희망에 대해 얘기하지 못했다. 우리 모두는 얼마 안 있어 치르게 될 모의고사를 고민하고 있었다. 나 역시 낙서를 멈추고 얼마 안 있어 치르게 될 모의고사를 고민하기 시작했다.

우리, 불쌍한.

"그러자마자," DJ는 계속 지껄여댔다.

"또 한 사내가 자리에서 일어섭니다. 그 두 번째 사내는 좀 뚱뚱했는데, 아주 느릿느릿하고 자신만만하게 층계를 오릅니다. 연장(延長)에 자신이 있었던 걸까요? 두 번째 사내는 조끼에서 우지 자동소총을 꺼내 듭니다. 그러곤 첫 번째 사내와 똑같은 길을 걷는 것입니다."

"그 두 번째 사내 역시 주인공이 있는 커튼 뒤에서 살아 나오지 못했던 거지요."

바로 그때 다방 〈마이클스 하우스〉의 문이 열리며 캔디가 들어섰다. 나는 깜짝 놀랐지만 곧 평정을 되찾고 캔디를 향해 가능한 한 멋있게 손을 흔들어 보였다.

"칫."

캔디도 역시 나를 보자마자 칫, 하고 예의 웃음을 웃어 보였다.

"주인공 앞에서 두 번째 사내는 우지 자동소총에 손가락 하나 까딱해보지 못했던 거였죠. 여기, 그 영화 테마곡으로 어울림 직한 곡이 하나 있습니다."

하고 DJ는 장의 신시사이저 오케스트라 연주곡인 〈Oxygen〉 연작을 틀기 시작했다.

"알겠지만," 캔디가 말했다.

"우리 머리 뚜껑을 열고 마구 쏟아붓는다고 뭐가 되는 건 아냐."

캔디는 새침해져 있었다. 정규 수업 시간에 보충수업까지 마치고 온 캔디의 얼굴이 내 가슴속 어딘가를 찡하게 울리고 있었다.

"아마도 조지라면,"

캔디는 얼빠진 표정으로 조지 마이클의 브로마이드를 올려다보며 말을 이었다.

"이런 식의 학교 따위라면 당장에 때려치웠을 거야. 그이에겐 뭔가 다른 것이 필요했던 게 틀림없어."

"이를테면 깁슨플라잉브이 기타 같은 거지."

내 머릿속은 캔디의 손목, 캔디의 눈썹, 캔디의 입술 따위에 대한 생각으로 가득 차 있었다. 얼마 안 남은 마지막 학년의 모의고사조차도 그것들에 비하면 케이크에 얹은 보잘것없는 시럽 장식처럼 느껴졌다. 나는 불평을 늘어놓는 캔디의 새치름한 입술에 정신을 빼앗기고 있었다.

캔디가 먹고 싶어졌다.

"하지만,"

"두 번째 사내가 그렇게 커튼 뒤로 사라진 뒤 곧 세 번째 사내가 자리에서 일어섭니다. 물론 그 사내의 손에도 리볼버가 들려 있고요. 그 사내도 첫 번째 두 번째 사내가 걸었던 길을 따라 벨벳 커튼 뒤로 사라지고 또 역시 다시는 모습을 나타내지 않습니다."

"도대체 주인공은 왜 커튼 뒤에 숨어들었을까요? 또 얼치기 같은 그 킬러들은 왜 목숨을 걸고 주인공 뒤를 쫓을까요?"

"그 사내들의 표정이 너무 실감 나도록 진지해서 저는 그만 그것이 현실이 아닐까, 저 영화가 바로 내가 앉아 있는 이 극장의 어느 한쪽에서 벌어지는 또 하나의 생생한 실시간(實時間)

사건이 아닐까 하고 실제로 제 뒤를 뒤돌아보며 착각할 지경이었습니다."

"그렇지요." DJ는 좀 감동한 투로 말을 이었다.

"예, 제가 앉아 있는 이 극장의 어느 곳, 제가 실제로 있는 이 현실 세계의 어느 곳, 실제 벨벳 커튼 뒤에서 벌어지고 있는 사건은 아닐까, 하는 느낌말입니다."

"두려웠다는 얘기죠. 저 자신이 그 영화 속의 사내들이 된 것처럼."

"칫."

캔디는 의기소침해져서 입술을 뾰족 내밀고는 칫칫, 거렸다.

하지만 캔디는 그런 부류의 아이들이 아니었다. 캔디는 실제로 뭔가를 때려치우기보다는 살짝 비껴가는, 그저 때려치우고 싶다는 생각만으로도 충분히 영원토록 살아갈 수 있는 그런 아이들 중의 하나였다.

"그런 얼치기 같은 이탈리아 남부풍의 턱시도를 걸친 사내들이 몇몇 더 벨벳 커튼 뒤로 사라졌습니다. 줄곧 말입니다. 네 번째 사내, 다섯 번째 사내, 여섯 번째 사내…… 그때마다 주인공 총의 둔탁한 격발 소리가 커튼을 뚫고 새어 나오고 말입니다."

"그렇습니다. 거기에 삶을 빨아들이는 아주 커다란 진공청소기라도 있는 듯이, 사내들은 줄줄이 벨벳 커튼 뒤로 빨려 들어가 주인공의 총구 앞에 쓰러졌던 것입니다."

"칫, 아이러니야." 캔디가 다시 입을 열었다.

"뭐가?"

"얼마나 많은 사람들이 그이와 잠을 자고 싶어 하겠어? 여자건 남자건 말이야."

"그이?" 내가 물었다.

"조지 말이야!" 캔디가 답답하다는 듯이 소리쳤다. "사람들은 섹스할 때 다른 누군가를 상상하곤 한다잖아, 이를테면 람보나 터미네이터 같은."

"터미네이터하고 그 짓을?" 나는 약간 뺨을 붉혔다.

"그러니 생각해봐. 매일 밤낮으로 조지는 수천수만의 벌거벗은 조지들로 분열분신해, 사실은 분열분신당해서지만, 수천수만의 남녀하고 침대 속으로 기어들어가게 되는 거야. 범세계적인 조지들, 창부들."

"핫핫, 그게 뭐!"

"주인공은" DJ는 좀 비감해진 듯한 목소리로 이야기를 이어 나갔다. "마침내 벨벳 커튼을 열고 밖으로 천천히 걸어 나옵니다. 언뜻 엿보이는 그 묵직한 벨벳 커튼 뒤로는 그 얼치기 사내들이 피투성이가 되어 샌드백들처럼 차곡차곡 포개져 있고요."

"예, 그렇죠. 주인공은 그 어리석기 짝이 없으면서도 동시에 빌어먹을 얼치기들인 킬러들을 모두 쓰러뜨린 것이었으며 또한 그들로부터 살아남은 것이었죠."

"주인공은 하지만 무언가 더욱 침울해진 낯빛으로 커튼 안쪽을 주시합니다. 그러고는 무언가 더욱 실망스럽고 불만족스러워진 표정으로 공연이 막 끝난 무대 쪽을 돌아봅니다. 뭣 때문에?"

"주인공은 이제 공연이 끝나 출구로 밀려 나오는 관객들 앞에 나섭니다. 그러고는 아주 잠깐의 침묵 후, 큰소리로 무언가 외치려다 그만두고 다시 아주 약간의 침묵을 지킵니다."

"그러고는 천천히 손을 올려 제 오른쪽 관자놀이에 리볼버의 총구를 가져다 댑니다. 그러곤 다시 천천히 손가락을 구부려 제 관자놀이를 향해 방아쇠를 당깁니다. 탕."

"아, 그러고는 쓰러져 출구로 몰려나오던 관객들 앞에 눕습니다. 관객들은 마침내 자신들이 앉아 있던 그 극장의 또 다른 숨은 무대를 발견하곤, 걸음을 멈춥니다. 그 감추어진 숨은 무대에서 공연되던 이면차원(裏面次元)의 작품을 목도하게 된 것이죠."

"그리고 이제 영화의 최종부. 그 놀라고 당황하고 정신 못 차리는 무수한 구경꾼들을 올려다보며 주인공은 이렇게 내뱉습니다."

"킥킥, 빌어먹을!"

DJ가 킥킥, 하고 우리를 향해 엘피판 긁히는 듯한 신경 거슬리는 웃음소리를 흉내 냈다.

"칫, 나도 잘 알아."

캔디가 말했다. "난 정말 대학에 가게 되겠지. 하지만 그건 단지,"

캔디가 삐딱하게 고개를 뉘며 중얼거렸다. "그만한 실력이 되기 때문이야."

"자기가 최고의 킬러라는 사실을 확인하는 순간," DJ는 감정이 복받친 채로 계속 지껄여대고 있었다. "모종의 상실감에 사로잡혀 스스로를 쏘아버릴 수밖엔 없었던 걸까요."

"어쩌면 누군가를 쏘아 쓰러뜨리는 데 혐오감을 느끼고는, 더 이상 그러한 자신을 참아내지 못했던 걸까요. 아니면 어느 정치가의 말처럼 두려울 것은 아무것도 없는데 두려움 그 자체가 두려웠던 것일까요. 또 아니면 주인공은 거기서 자길 죽여줄 누군가를 기다렸지만, 그럴 능력이 있는 누군가를 기다렸지만, 실망만 하고 종국에 가선 스스로 방아쇠를 당길 수밖에 없었던 걸까요?"

"빌어먹을! 그것이 그 영화 주인공의 유일한 대사였는데 그것은 제 영화 편력의 가장 감동적이었던 대사로 영원히 기억될 것입니다. 빌어먹을! 대학에 들어가지 못한 걸 전 아직도 후회하고 있답니다."

캔디와 나는 깜짝 놀라 DJ 부스를 향해 고개를 돌렸다. 우리는 그때 키스를 하고 있었다. 우리가 입술을 재빨리 떼고 DJ를 바라보았을 때, 우리의 눈에는 제 삶으로부터 완전히 소외당한 한 사내의 우중충하고도 추레한 표정이 쏟아져 들어왔다.

"그 주인공 사내처럼 방아쇠는 우리 스스로 당길 수밖에 없는 것이랍니다. 그러니 뽀뽀는 그만하고 어서 집으로 돌아가시기 바랍니다." DJ가 엄숙하게 말을 맺었다.

대학에 들어가지 못한 걸 전 아직도 후회하고 있답니다. 그러니 어서 집으로 돌아가시기 바랍니다.

그것은 마치 어떤 격언처럼 내게 들려왔다.

여름방학이 끝나고 두어 달 더 지나서 고등학교 최후의 학기도 얼마 남지 않았을 때의 일이다. 아이들은 이제 자신의 자리를 확고히해두고 있었다.

서울대나 연·고대나 서강대에 갈 아이들은 이미 학교 수업의 모든 내용과 형식들은 초월한 듯이 행동하고 있었다. 그들은 아침 일곱 시에 오거나 아홉 시 수업 시작 직전에 오거나, 오후 다섯 시에 하교하거나 열 시까지 남아 도서실에서 도시락을 까먹거나, 하등 거리껴 하지 않았다. 교과서 따위야 1학기 초에 덮어버린 아이도 있었고 또 어떤 아이는 1일 1과목의 원칙을 세워서 하루의 수업 전부를 한 과목만으로 채우기도 했다.

그런 아이들의 한편에는 후기 대학이나 지방대학이나 절치부심 내년을 기약하는 아이들이 있었다. 그 아이들은 자신의 운명이 전혀 불확실하다는 데 의견을 같이하고 쉬는 시간이면 삼삼오오 모여 각 대학 커트라인에 대한 정보를 나누곤 했다. 이 아이들은 지난 3년 동안의 자신들의 공부 방법이 줄곧 잘못된

방향으로 진행되어왔었다는 사실에 경악하고 있었다. 그들의 공부법은 체계 없이 뒤죽박죽이었으며 또한, 그만큼이나 그들 자신의 생활도 뒤죽박죽 헝클어져 있었다. 그들은 왜 하루가 스물여덟 시간이나 서른 시간이 아닌지에 대해, 왜 자신의 머리가 두 개나 세 개가 아닌지에 대해 긴 탄식을 지르고 있었다.

그런 한편 교실 창밖 베란다는 갈수록 비좁아지고 있었다. 갈수록 담배 연기로 매캐해지고 있었다. 담배를 태우러 나오는 멤버들 중 새로운 얼굴이 눈에 띄면 우리는 이렇게 묻곤 했다.

"포기했어?"

"응."

"잘했어, 담배 한 대 줄까?"

"포기했어?"

"응."

"왜, 좀 더 버텨보지."

"싫어! 세상이 어제 날 포기했어. 담배나 하나 줘."

대학 진학을 포기하고 베란다에 나앉아 담배를 피워대는 아이들은, 그러니까 어떤 의미에서 자신의 서 있을 위치를 확실히 알고 있는 셈이었다. 베란다, 말이다.

그런 아이들, 그러니까 우리는 수업 시간에도 베란다에 나와 앉곤 했다. 좀 더 유유자적한 상태에서 끽연하기 위해서였다.

이렇게 세 부류로 나눌 수도 있고, 또 좀 더 세분화시켜볼 수도 있지만 이건 뭐, 전혀 농담 같은 얘기다. 서울대에 가건, 저먼 지방대에 가건, 포기하고 수업 시간에 담배나 피워대건, 다 마찬가지였다. 누구 하나 제정신을 지닌 아이가 없었던 것이다. 마치 세상의 모든 답안지에 파행, 이라고 적어 넣는 바보 아이들 같았다.

19) 지난 3년 동안의 고교 생활에 대한 나름대로의 평가를 15자 이내로 짧게 서술해보시오.

답) 파행파행파행파행파행파행파행파.

그렇다고 해서 제정신을 가진다는 게 어떤 것인지 내가 알고 있었다는 얘기도 아니다. 그 빌어먹을 자식의 얼굴을 한번 보고 싶다.

우리, 불쌍한.

여름방학이 끝나고 두어 달 더 지나서 우리는 학교의 몇몇 선생들이 교실에서 쫓겨나 학생은 없지만 진정한 참교사의 삶을 살게 되었다는 아이러니한 사실과 맞부닥치게 되었다.

"그 독일어 게슈타포가 사무실을 냈다며?"

"그렇다나 봐, 놀러 오라는데?"

"갔다가 적발되면 짤린대."

물론 우리는 그 선생들이 어찌하다 교실에서 쫓겨나게 되었는지 알고 있었다. 알고 있었을 뿐만 아니라 동정하고 공감하고 분노하고 있었다. 하지만 알다시피 우리에겐 우리 자신의 문제에 급급한 나머지 다른 누군가를 신경 써줄 여력이 없었다.

"도와드리고 싶지만 좀 바빠요. 도저히 짬을 낼 수가 없네요."

이건 정말이다. 쫓겨난 선생 하나가 무언가 부탁을 하기 위해 전화를 했는데 바쁘다는 이유로 거절당했던 것이다. 저 바빠요, 다음에 한번 시간을 내볼게요. 우리는 우리 자신의 문제만으로도 충분히 고통받고 있었다.

그런 와중에도 학생회의 몇몇 간부들이 일을 꾸몄다. 어느 화창한 가을날, 우리는 일제히 교과서와 공책을 덮고 수업 중에 운동장으로 뛰쳐나갔다. 월초 조회 시간과 똑같이 전교생이 운동장에 열을 지어 섰다. 학생회 간부로 보이는 한 아이가 교장이나 이사장이 서곤 하던 단상에 올라 우리를 독려했다.

그런 기습적인 시위를 학교 행정부 측에서는 이미 알고 있었던지 아무런 대응도 해오지 않았다. 다만 그 일이 있은 며칠 후, 우리는 우리 전원이 조용히 조퇴 처리 되었음을 알았을 따름이었다.

나와 反長은 그때 열의 맨 뒷자리에 우중충하게 서서 담배를 태우고 있었다. 우리 둘은 바야흐로 골초가 돼 있었던 것이다.

"정말로 이대로 집에 가도 돼?" 反長이 물었다.

"봐서." 내가 말했다. "봐서, 천천히."

학생회 간부는 이대로 집으로 돌아가 내일 하루 동안 수업 거부를 한 후, 모레 다시 학교에 나와 시위를 계속하자고 했다. 나로선 그런 결정들이 어떻게 어떤 연유로 내려지는 것인지 알 수 없었지만 어쨌든 학생회 애들이 시키는 대로 따라 하기로 했다. 뭐 어떤가, 어차피 학교에 남아 있어도 선생들이 시키는 대로 따라 행동하기 마련인 것을. 맨 뒤에 서 있던 나는 담배를 떨궈 발로 비벼 끈 다음 곧장 교문을 빠져나가는 행렬의 선두에

섰다.

그러고 나선 다음 날 학교에 갔다. 전교생 중 다음 날 등교하지 않은 아이는 딱 열 명뿐이었다. 학생회 간부 다섯, 교통사고 하나, 부친상 하나, 가출 둘, 그리고 反長이었다. 약속을 지킨 학생회 간부 다섯 중 셋은 교감 선생의 전화를 받곤 점심시간에 교장실로 등교를 했다.

우리, 불쌍한.

나로선 反長이 약속을 지켜 결석을 했다는 사실이 좀처럼 믿기지 않았다. 아이들은 그 점에 대해 아무런 관심도 가져주지 않았다. 反長은 그 다음다음 날 학교에 나왔다.

"말 시키지 마."

反長은 칠판에다 대입 예상 문제를 적어주고 있는 수학 선생을 창문 너머로 바라보며 말했다. "나 심각해."

"왜?" 나는 베란다 여기저기 떨어져 있는 꽁초들을 발끝으로 뭉개놓으며 물었다. "왜?"

"나 어제 빠구리 뛰었어."

"뭐?"

"어제 빠구리 뛰었다니까."

나는 깜짝 놀라 反長의 눈을 쳐다보았다. 빠구리, 그는 이제 동정을 뗀 것이다. 그는 이제 숫총각이 아니다! "동현이, 너……."

하지만 反長은 여자애들과 자고 온 아이들이 흔히 그러듯이, 즐겁거나 뿌듯해하거나 자랑하고 싶어 미칠 지경인 그런 상태가 전혀 아니었다. 그는 초췌하고 기가 죽어 삶의 자신감을 잃은 공황에 빠진 그런 상태였다.

"나 위로해줘." 反長이 울먹였다.

"그년이 하는 말이 내가 임포텐츠래, 발기부전." 反長은 겁에 질린 얼굴로 담배 필터를 잘근잘근 씹어댔다.

그랬던 것이다. 우리는 자기 자신의 새롭고 미처 몰랐던 면모들을 거의 날마다 발견하고 발견하고 발견하곤 했었던 것이다. 그것이 비록 발기부전이라 할지라도.

한편, 고교 시절이 막바지에 달했을 때 나는 내 실력으로는 내가 원하는 그 어느 대학의 원서도 작성할 수 없다는 사실을 알게 되었다. 입시 담당 선생들은 일찌감치 나를 미결 서류함에 올려놓고 있었다. 내년에 보자, 누군가 말했다.

한편, 나는 점점 더 비정상적 인간으로 되어갔다. 내가 혐오하던 어른들의 습성 즉, 현실엔 여전히 불만투성이지만 어쩔 수 없이 자기 자신도 그 현실의 일부라는 사실을 인정하는, 그런 습성에 물들어가고 있었던 것이다.

나는 어른들이 걸릴 성싶은 노이로제란 노이로제는 다 걸린 사람처럼 행동하고 있었다.

그해 겨울, 화양리의 한 여관에서의 일이었다. 나는 캔디를 눕혀놓고는 내가 이미 이러저러하자고 마음먹었던 것들을 다 해본 다음 내 어떤 생각을 들려주려던 참이었다. 캔디는 역시 캔디였다. 캔디는 말없이 나를 위해 봉사해주었다. 약간 아파하는 것 같았다.

나는 희미한, 그러나 너무도 명징한, 침대 램프 불빛 아래서 조용히 지껄였다.

"얼마 전 〈마이클스 하우스〉에 갔었어."

"그래?"

"그래. 그런데 그 DJ 아저씨가 그만두었던 모양이더라고. 부스가 아예 없어졌어."

"그래?"

캔디는 내 가슴에 뺨을 얹고는 졸음에 겨워하고 있었다.

"그래."

"칫," 캔디가 졸려 미치겠다는 투로 칫, 했다. "대학에 가려고 입시 공부를 다시 시작한 모양이구나."

우리는 텁수염을 풍성하게 기른 30대의 한 남자가 좁다란 책상머리에 앉아 중얼중얼 《성문기본영어》를 외고 있는 모습을 떠올렸다. 우리는 낄낄 웃었다.

"그건 그렇고 공부는 왜 그만둔 거야?"

"응?"

"왜 그만뒀냐고."

"돈 없어서."

그건 정말이었다. 그리고 없는 것은 그것만이 아니었다. 굳이 예를 들 필요도 없이 그때는 우리가 인간적이라고 일컫는 모든 것들이 내게 존재치 않았다.

"그래," 내가 말을 이었다. "우리가 잊고 있는 것은 그것만이 아니지."

"난 또 네가 남자라는 사실도 종종 잊곤 해."

내가 말했다.

"뭐?"

캔디가 내 가슴 위에서 고개를 들며 물었다.

"그건 있을 수 없는 일이야." 내가 다시 말했다.

그러자 캔디는 그 커다란 두 눈을 끔뻑이며 새삼스럽게 무슨 말이냐는 표정을 지어 보였다.

"그래." 나는 다시 약간 다그치듯 말했다.

"너도 나도 남자라는 거, 난 그걸 잊고 있었어."

"그게 뭐 어떻다는 말이야?" 캔디의 목소리가 높아져 있었다.

"칫, 그게 뭐!"

"우리 말이야."

"동성끼리 이런다는 거, 어쩐지 있을 수 없는 일인 것만 같아."

"있을 수 없는 일?"

"그래."

"칫."

캔디는 입을 다물었다.

그러고는 한참 후에야 다시 머뭇거리며 입을 열었다.

"칫, 그게 뭐 어쨌다는 거야?"

캔디의 그 커다란 눈망울엔 어떤 물기가 어려 있었다.

캔디는 그 물기 어린 눈을 깜박이며 손을 뻗어 내 성기를 만지작거렸다. 그러곤 제 입속으로 다시금 가져가려 했다.

하지만 나는 놀랍게도, 쑥스러운 기분이 들어 그것을 잡아챘다. 캔디는 내 허리 아래에서 두 번 고개를 끄덕이곤 가만히 있었다.

나는 분위기를 바꿔보려고 〈마이클스 하우스〉에 대한 이야기를 다시 꺼냈다.

"그 많던 마이클들도 안 보이던데 어디로 치워버렸는지."

"그 들끓던 마이클들은 다 어디로 가버렸을까."

"칫, 뭐 어때," 캔디는 약간 시니컬해져 있었다. "뭐 어때!"

나는 다시 말했다. "나중에 알았는데,"

"그 DJ의 스테이지 네임이 마이클 Kang이었다나. 뭐 그렇다는 이야기지."

나는 그때 캔디의 축 늘어진 작고 귀여운 성기를 보고 있었다. 그때 처음으로 그것이 낯설어 보였다.

그때 처음으로 그것이 전혀 낯설어 보였다. 그건 마치 과학 실험실의 선반 위에 먼지를 뒤집어쓴 채 줄지어 있던, 전엔 내가 한 번도 보지 못한 어떤 실험 도구의 한 종류만 같았다.

캔디 역시 그랬는지 두 다리를 오므려 그것을 감추었다.

"그 다방 이름이 왜 〈마이클스 하우스〉인지 알아?" 내가 물었다.

"아니." 캔디가 말했다.

하긴 그 까닭은 〈마이클스 하우스〉의 주인조차 알고 있지 못할 것이었다. 그런 싸구려 다방의 이름은 그냥 우연히 엉겁결에 지어지는 것이 상례니까. 우리처럼.

여러 마이클들의 브로마이드들—기념물들을 가져다 놓은 것도 그저 별 의미 없는 유머, 하나의 난센스, 쓸데없는 우스갯소리에 지나지 않았을 것이었다. 우리처럼.

우리, 불쌍한.

"사랑해."

나는 캔디의 귓불에 대고 마르고 그리고 촉촉한 목소리로 속삭였다.

"칫," 캔디는 웃어 보였다. "나도."

하지만 여전히 캔디의 성기는 낯설고 믿기지 않는 어떤 물건이었다.

나는 캔디의 입술에 내 입술을 포개며 생각했다. 마이클 Kang을 비롯한 모든 마이클들은 이제 〈마이클스 하우스〉를 떠나 없는 것이다.

내가 정말 캔디에게 하고팠던 말은 그것이었을 것이다.

〈마이클스 하우스〉는 텅 빈 것이다, 아무도 없어요! 내가 캔디와 사귀었던 첫해의 일이었다.

바나나 때문에

"봄이 왔대!"

홀에서 생맥주잔을 치우던 주인이 말했다. 주인은 직장에서 돌아와 양복 겉저고리를 벗어놓곤 막 가게로 나온 것이었다. 말하자면 이 일곱 평짜리 꼬칫집은 직장인인 그에게 용돈이나 벌자는 아르바이트인 셈이었다.

"예, 알아요." 내가 바에서 석쇠 위에 올려놓은 꼬치에 소스를 칠하며 말했다. "봄이 왔죠."

"저도 들었어요."

학교를 졸업한 그 이듬해 봄을 나는 일곱 평짜리 꼬칫집에서 맞았다. 고교 3년 내내 나는 봄을 교실이나 교실 창밖 베란다에서 맞곤 했었다. 학교를 졸업하면 뭔가 좀 다를 줄 알았는데 아니었다. 나는 봄을 지글지글 타들어가는 닭똥집이나 돼지고기

꼬치들 앞에서 맞고 있었다.

손님이 그다지 많지 않았기 때문에 일은 편했다. 나는 소주 칵테일을 만들거나 꼬치를 굽고 설거지를 하고 서빙을 하거나 청소를 했다. 바에 앉은 손님들의 잠꼬대를 들어주기도 했다. 일곱 평짜리 꼬칫집에서 할 수 있는 모든 일을 다 한 셈인데 그 중 주정뱅이들의 잠꼬대를 들어주는 일이 가장 고되었다.

"가게에 나가기 전에 생맥 한 잔씩 하지 않으면 안 돼요."

여급은 입술 모서리 한 곳 흐트러뜨리지 않은 채 무표정하게 말했다.

카페 〈붉은 공〉의 여급의 머리는 온통 은발이었는데, 금발로 염색할 것을 불량품 약을 쓴 바람에 아주 탈색돼버렸다고 했다.

"그래도 어떤 손님들은 좋아해요. 왜냐하면 저랑 얘기하다 보면 재작년에 돌아가신 자기 엄마와 얘기하고 있는 듯하다나요."

그렇게 말하는 여급의 미소는 마치 머리카락이 은발인 3000원짜리 싸구려 공주 인형의 그것처럼 말랑말랑한 셀룰로이드 냄새를 풍겼다.

그 여급은 근처의 열다섯 평짜리 〈붉은 공〉이라는 카페에서 일했는데, 출근하기 전 저녁 일곱 시쯤 미리 들러 꼭 생맥주 한 잔씩을 마시고 가곤 했다. 위장을 미리 긴장시켜두자는 생각에서 그런다는 것이었다. 나는 바에서 닭꼬치를 구우며 그녀의 이야기를 들어주곤 했다. 그녀의 꿈은 대단히 낭만적인 어떤 것이었다.

"난 말이에요, 항상 단순한 게 좋아요. 그래서 남들이 카페에서 일한다는 걸 어떻게 생각하든 그런 평판 따윈 의식하지 않으려고 하지요."

"난 시골 출신이거든요. 전기도 안 들어오는 민통선 부근의 그런 마을 출신 말이에요. 그 때문에 어렸을 때부터 아주 자립심 강하게 키워졌지요. 가족이라곤 부모님과 오빠 하나와 여동생뿐이에요. 아주 적은 숫자죠. 부모님은 말씀하셨어요, 인생에서 중요한 것과 중요하지 않은 걸 분별하면서 살도록 노력해라. 난 부모님을 사랑해요."

"생맥 한 잔 더요." 여급은 3000원짜리 은발 인형의 유리 눈 같은 게슴츠레한 두 눈으로 말을 이었다.

"난 시골 고향의 밤하늘을 사랑해요. 우주의 위대함을 만끽할 수 있죠. 그래선지 난 우주같이 가슴이 넓은 남자를 좋아해요."

"그런 남자와 살고 싶어요, 욕심은 없어요. 아까도 말했듯이 난 항상 단순한 것을 추구하죠. 단지 몇 가지만이 필요할 뿐이에요. 차고가 딸린 2층 목조 집, 그랜저 자동차, 여자애 하나와 남자애 하나, 생일 파티를 할 수 있는 정원, 그리고 그네 한 쌍…… 그런 것들이죠."

"생맥 한 잔 더 할까요?" 여급은 꿈결을 헤매는 듯한 목소리로 말했다. 그녀는 항상 그리고 늘 취해 있는 것 같았다. 알코올 의존증이란 이런 거야, 라고 온몸으로 체현해 보여주고 있는 듯한 그녀였다.

그러곤 생맥주 석 잔을 단숨에 비운 그 주정뱅이는 자기 일터로 돌아간다. 그러곤 그다음 날 저녁 일곱 시경에 또다시 찾아와, 바에서 닭꼬치를 굽고 있는 내게 또 똑같은 레퍼토리를 읊어주는 것이었다.

그건 아주 낭만적인 어떤 것이었으며 아주 지긋지긋한 어떤 것이었다. 나중에는 여급의 그 천진난만한 꿈속으로 내가 뛰어들어 그녀와 함께 놀고 있는 듯한 기분이 들기도 했다.

하지만 그것이 아주 지긋지긋한 어떤 것이기도 하다는 사실

쯤은 그 여급도 알고 있었다. 그건 그녀에게도 악몽이었던 것이다. 그건 말하자면 아주 낭만적인 어떤 악몽이었다.

여급은 항상 이렇게 운을 뗀다. "가게에 나가기 전에 생맥 한 잔씩 하지 않으면 안 돼요. 난 항상 단순한 것을 추구하기 때문이죠. 더도 덜도 말고 1000원짜리 생맥 한 잔……."

그렇게 여급이 가고 나면 여덟 시경 자칭 서울대 졸업생이 찾아온다. 그 자칭 서울대 졸업생은 자기 아버지를 따라다니며 공사현장에 전기 부품을 공급하는 일을 하고 있었다. 아이 머리통만 한 변압기들을 줄줄이 엮어 꽃다발처럼 양어깨에 걸고 다니곤 했다.

유난스레 거만하고 대단히 수컷적인 그런 주정뱅이였다. 그는 바의 내 코앞 자리에 다리를 꼬고 앉아 말보로 담배 한 대를 꼬나물곤 입술 한 끝에 비웃음을 실은 미소를 띠며 이렇게 말하곤 했다.

"소주 한 병."

"맥주는 서구의 싸구려 프롤레타리아들이나 사 마시던 저급한 술이라고. 밥 사 먹을 돈이 없어서 맥주로 배를 채우곤 했던 거지. 난 맥주를 즐기는 우리나라 사람들을 이해할 수가 없어, 그건 싸구려 술이야. 설마 내게 그따위 걸 마시라고 권하지는 않겠지?"

그 서울대 졸업생은 한때 정부의 한 부처에 사무관으로 취직을 했으나 관료 조직 사회의 건조함을 참지 못해 뛰쳐나왔다고 했다. 그러곤 아버지의 사업을 이어받기 위해 현재 인맥을 넓히고 시스템을 익히고 몇 개의 새 사업도 구상 중이라고 했다.

"생각해보라고, 그 부처는 말 그대로 정부 타 조직의 운영을 감시하고, 견제하고, 법적으로 통제하기 위해 만들어진 부처라고. 하지만 들어가서 한 반년 지내다 보니 알겠더라, 이 말이야……."

"타 부처를 감시하고 견제하고 비판적인 의견을 개진하도록 기능 지어진 그 부처가 글쎄 제 비판의 대상들과 똑같은 체계로 이루어져 있는 거야, 똑같은 체계로 운영되고 있었던 거야."

"무슨 체계요?" 내가 물었다.

"혈연, 지연, 학연. 바로 혈연, 지연, 학연 말이야."

그 서울대 졸업생은 그렇게 잘라 말하며 담배꽁초를 바닥에 튕겨 버렸다.

“너 친구가 몇 명 있어? 네가 부르면 지금 당장 뛰어나올 친구 말이야.”

“하나요.” 나는 머뭇거리면서, 캔디를 떠올렸다. “애인도 쳐주나요?”

그러자 서울대 졸업생은 피식 입가로 웃음을 흘리며 말했다.

“내가 말이야, 어느 날 실험을 해봤지. 쪼끄만 나이트클럽을 하나 빌려서 전화를 때렸던 거야. 그런데 내 스테이지 아래 몇 명이 모인 줄 알아? 백마흔두 명이었어.”

“하!” 내가 감탄했다.

“너, 그런 친구들 있어?”

“아뇨.” 내가 그렇게 대꾸하자 그 서울대 졸업생 주정뱅이는 대단히 흡족해하는 미소를 입가에 떠올리며 만족한 듯 고개를 끄덕였다.

그 주정뱅이가 풀어대는 썰 중에 내 자존심을 상하게 하는 건 그것 하나만이 아니었다. 그 주정뱅이는 매일 새로운 화젯거리를 하나씩 가져와 나를 업신여기고 놀려먹었다. 그는 무조건 나보다 친구가 많았고, 무조건 나보다 술을 잘 마셨고, 무조건 나보다 영화와 음악을 많이 보고 들었으며, 무조건 나보다 찐하고 격렬한 사랑을 많이 해보았다는 것이었다.

하지만 그래 봤자, 그 자식의 현재는 양어깨에 어둠침침하게 두른 잿빛 변압기 한 다스에 불과한 것이었다. 그리고 나 역시 내 현재도 내 앞에서 지글지글 불쾌한 냄새나 풍기며 빨갛게 익고 있는 닭꼬치 다섯 개에 불과한 것이었고.

우리, 불쌍한.

그 서울대 졸업생이 가고 나면 문 닫을 시간이 다 돼서 시내 중심가의 알아주는 대기업에 다니는 중년 회사원이 찾아온다. 그는 일주일에 두 번은 들렀는데 그때면 이미 꼭지까지 술이 돌아 있는 상태였다. 그는 그 상태로 문을 꽝, 하고 열고 들어와선 따뜻하게 데운 정종 한 잔을 시켜 홀짝거리곤 했다.

누가 보아도 그 중년 회사원은 뼈까지 제 직장에 묻을 전형적인 샐러리맨이었다. 가지런히 빗어 넘긴 잿빛의 헤어스타일, 청춘을 넘긴 이후론 단 한 번도 외도를 못 해본 것 같은 단정함으로 딱딱하게 굳은 표정, 얌전한 어투, 녹 한 점 묻어 있지 않은 금도금 시곗줄, 그리고 모범 답안에서 한 치도 벗어나 있지 않은 대화의 내용…… 그건 마치 내 고교 시절의 모범 답안 중후군 환자를 다시 보는 것만 같은 이상한 기분을 불러일으켰다.

한번 모범생은 끝까지 모범생인 것이다.

그런 그 중년이 어느 날은 잔뜩 긴장해선 이렇게 말하는 것이었다.

"아까 술집에서 내가 실수한 것 같아!"

"뭔 실수요?" 내가 물었다.

"화장실에서 넥타이를 다시 매다가 혼잣말을 했거든, 그런데 그걸 누가 화장실 칸막이 안에서 엿들은 것 같아!" 중년 손의 정종 잔이 파르르, 떨리고 있었다.

"어, 그건 좀 그런데!" 내가 눈을 똥그랗게 뜨면서 호기심을 가장해 보였다. "무슨 내용이었는데요? 심각한 거였어요?"

"그래! 심각하다면 심각한 얘기였지! 우리 사장이 이번 이사분기가 지나기 전에 사무직 직원의 10퍼센트를 해고하기로 했거든, 물론 간부직도 상당히 포함되어 있지. 그런데 내가 화장실에서 사장 놈 죽일 새끼, 라고 한참을 그랬거든!" 중년의 입술이 사색이 되어 있었다.

"세상에!" 내가 되물었다. "엿들은 건 누구였어요?"

"우리 부서의 신입 사원이야! 그 녀석 정외과 출신인데 정외과 출신들은 입이 싸거든!"

"세상에!" 내가 피식, 웃으며 말했다. "그럼 겨우 아저씨 큰 아들뻘밖엔 안 되는 나이잖아요. 그런 까마득한 애가 뭐가 걱정돼서 그러세요?"

"아냐! 그렇지 않아." 중년은 거칠게 고개를 가로저었다.

"세상이 그렇게 쉬운 게 아니란 걸 난 지금 이 나이에도 날마다 깨닫고 있는걸!"

중년은 자근자근 손톱을 물어뜯으며 중얼거렸다. 그는 그다음 주에 다시 왔다. 아무 일 없었던 것이다. 그는 다다음 주에도 왔고 그 다다다음 주에도 와서 정종 한 잔을 마셨다.

물론 올 때마다 새로운 걱정거리를 하나씩 내게 가져왔다. 이를테면 오늘은 무슨 실수를 했는데 그 때문에 자기가 잘리기 직전이라는 것이었다. 지금 잘리면 자기는 굶어 죽어야 한다는 것이었다. 다른 할 줄 아는 일이 하나도 없다는 것이었다. 나는 그렇게 내 아버지뻘 되는 작자의 카운슬러 역할까지 맡아야 했다.

그렇게 석 달 반이 지났을 무렵의 어느 날이었다. 시간은 이미 하루를 넘겨 새벽 한 시였다. 나는 바깥 등을 끄고 바에 딸린 싱크대에 쌓아둔 설거짓거리들을 모두 치운 다음, 비와 대걸레 자루를 들고 구석구석까지 쓸고 닦았다. 그러곤 허리를 들었고 그때 내 눈에 비친 가게 안은 내가 그곳을 처음 찾았을 때처럼, 갓 잘라낸 목재와 신선한 꼬치 소스의 향긋함으로 가득 차 있는 듯했다.

나는 바깥 등을 안으로 들여놓고 열쇠 꾸러미를 꺼내 안쪽 술 창고의 문을 걸어 잠갔다. 이제 실내등의 스위치들을 모두 끄고 밖으로 나가 셔터를 내리면 되는 것이었다.

나는 바를 비추는 등 하나만을 남기고 실내등의 스위치를 모두 내렸다. 그러곤 바의 의자에 앉아 한 번 숨을 내쉬고 바 기둥에 붙은 빨간 금성 전화기의 수화기를 들어 올렸다. 나는 아직도 화가 날 때면 두 눈썹을 볼썽사납게 찌그러뜨리며 눈꺼풀을 깜박거리는 버릇을 버리지 못하고 있다.

그때도 그랬다. 내 두 눈썹은 흉하게 일그러져 있었고 두 눈은 쉴 새 없이 깜박이고 있었다. 나는 수화기를 들어 왼쪽 턱에 끼우곤 일곱 개 버튼을 하나하나 힘주어 내리눌렀다.

"여보세요."

전화를 받은 건 주인이었다. 막 잠자리에 들려던 참인 것 같았다.

"저예요." 내가 말했다.

"응, 너냐? 왜, 아직 퇴근 안 했어?"

"예, 아직 가게예요."

"근데 무슨 일이냐?" 주인은, 하루의 고된 노동을 끝내고 막 잠자리에 들려는 자의 더할 나위 없는 평화로운 목소리로 물었다.

"오늘이 끝이에요."

내가 짜증스러운 투로 말했다.

"뭐?"

"오늘이 끝이에요. 내일부턴 출근 안 할 거예요. 물론 가게 안은 깨끗이 치워놨어요."

"그게 무슨 말이야!"

"무슨 말은 무슨 말이에요. 더는 못 해먹겠단 말이에요!" 내가 짜증이 나서 수화기에 대곤 으르렁거렸다. "생각해봐요."

"석 달 반이면 굉장히 많이 참은 거라고요, 아시겠어요?"

나는 주인이 뭐라 반격할 틈을 주지 않고 쉴 새 없이 씨부렁거렸다. 씨부렁거린다는 말의 뉘앙스가 얼마나 사실적이고 정확한 것일 수 있는지 나는 그때 처음 알았다.

"씨부렁씨부렁…… 다섯 시면 얄짤 없이 가게 문을 열어야 하지요, 문 열고 나선 술이 떨어졌으면 술을 가스가 떨어졌으면 가스를 닭고기가 떨어졌으면 닭고기를 시켜야 하지요, 그러곤 청소를 시작합니다. 빗자루하고 대걸레 자루를 들고 온통 쓸고 닦고 하는 거 말이에요, 청소한 다음엔 우동 국물을 끓이고 달걀을 삶고 쑥갓이며 파 야채를 썰어야 하지요, 그런 다음엔 손님이 오면 얼굴에 함빡 미소를 띠곤 네놈이 와서 즐거워 죽겠다는 폼으로 주문을 받고 서빙을 보아야 한다는 말입니다…… 씨부렁씨부렁, 그게 제 일과예요. 지난 석 달 반 동안의!"

"알아," 주인이 침착하게 말했다. "월말에 참고할게."

"젠장!" 그렇게 내뱉고 나는 숨을 한 번 크게 들이마셨다. 그러곤 다시 천천히 나지막하게 조용히 수화기에 대고 지껄였다. "옆에 펜하고 종이 있으세요?"

"응?" 주인은 당황한 게 틀림없었다. "그, 그래."

나는 주인이 됐어, 하고 말할 때까지 기다렸다가 다시 한 번 숨을 크게 내쉬곤 이렇게 말했다.

"국민은행, 계좌번호 085-21-0367-612."

"뭐? 이게 뭐야?"

"국민은행, 계좌번호 085-21-0367-612…… 적으셨어요?"

"응, 그래."

"그게 제 계좌번호예요. 이번 달 반달 일한 월급, 계산해서 넣어주세요. 이번 주말까지."

나는 말했다. 나는 전화를 끊었다.

꼬칫집 아르바이트가 힘든 것이긴 했어도 그렇게까지 할 정도의 것은 아니었다. 결정적인 이유는 그날 있은 어떤 일 때문이었던 것이다.

내가 출근을 해서 막 청소를 끝내고 우동 국물을 끓이기 시작했을 시간, 바깥 등도 내놓지 않은 상태에서 카페 〈붉은 공〉의 그 여급이 들어왔다.

나는 담배를 꼬나물곤 잠자코 바 앞에 와 서 있는 여급을 바라보았다. 그녀는 커다란 여행용 가방을 메고 수술이 잘못되어 눈꺼풀이 돌돌 말려 올라간 두 눈을 똥그랗게 뜨곤 두 쪽 입술을 꼭 다문 채로 어정쩡한 폼으로 거기 서 있었다.

"앉으세요."

내가 미소 지으며 말했다.

"………."

"우선 좀 앉아서 기다리세요, 5분만."

"…아뇨." 한참 있다가, 카페 〈붉은 공〉의 여급은 아뇨, 라고 말했다. "앉을 수 없어요."

그러더니 여급은 그냥 두 다리를 어깨너비로 벌려 어정쩡하게 선 자세로 날 똑바로 쳐다보기만 하는 것이었다. 언제나 그랬지만 그녀는 무표정한 얼굴에 셀룰로이드 냄새가 나는 듯한 말랑말랑한 미소를 띠고 있었다. "어제 손님들 앞에서 쇼를 했었어요. 거시기에 담배를 꽂곤 불을 붙여선 빠끔빠끔 피워대는 그런 쇼요."

"하."

"그러다 늘 하던 대로 손님 중 어느 한 자식한테 그걸 뽑아 피워보라, 고 했죠." 여급은 그 빨간 두 쪽 입술을 둥글게 말아 호, 하고 한숨을 내쉬었다.

"그랬더니 그 자식이 어떻게 했는지 아세요? 씨익 웃더니, 담배를 뽑아 불붙은 쪽을 위로 해선 도로 제 거시기에 꽂아버리는 거예요. 그때부터 그건 쇼가 아닌 게 돼버렸죠."

"하!" 내가 신음했다.

"미치는 줄 알았어요. 되게 아파서 방방 뛰었죠. 그러고 있는데 그 개 같은 자식이 따귀를 때리면서 뭐랬는지 아세요? 너 같은 갈보년은 이런 걸 좋아하는 줄 알았는데 그깟 씨발보지쯤 담뱃불에 탔다고 무슨 엄살이야!"

여급은 그 3000원짜리 공주 인형에 박힌 유리 눈깔 같은 두 눈을 깜박이고 있었다. 그러한 눈은 그날 이후로 내가 무수히 마주치게 될 그런 눈들 중 하나였다. 아무 감정도 없이, 아무 느낌도 없이 그냥 얼굴 한복판에서 깜찍하게 반짝반짝하는.

"하." 나는 바에 선 채로 하, 했다.

도대체 뭐라 해야 좋을지 알 수 없었기 때문이었다. 분명 대단히 비극적인 어떤 이야기를 방금 들었는데 정작 그 이야기의 주인공은, 평소와 다름없이 나 일하러 가야 해요, 생맥 한 잔 줘요, 라고 말하고 있는 듯했기 때문이었다.

나는 어찌할 줄 몰라 갈팡질팡하다가 입에 물었던 담배를 얼른 싱크대에 뱉어내고는 당황해 빨개진 얼굴로 이렇게 소리쳤다.

"좀 앉아요, 앉아서 얘기해요!"

"………."

여급은 그러한 내 반응이 한심했는지 조금 소리 죽여 웃고는 착 가라앉은 목소리로 이렇게 덧붙여 말해주었다. "아파서 앉을 수가 없다고요."

"여태까지 그 까닭을 설명해줬는데, 아직도 모르겠어요? 처음부터 다시 말해줄까요? 아파서 아무 데라도 엉덩이를 갖다 댈 수 없난 말이에요."

잔잔한 목소리로 여급은 말했다. 그러고는 여전히 두 다리를 어깨너비로 벌려 선 자세로 가방을 챙겨 자리를 떴다.

나는 그렇게 해서 그 꼬칫집을 그만두었다. 별 볼 일 없이 왔다가 가는 그런 봄처럼.

그 카페 〈붉은 공〉의 여급은 그녀가 항상 말했듯이 좀 더 단순한 것을 추구하기 위해 천호동의 텍사스촌으로 떠난다고 내게 인사 대신 일러주었다. 내가 무슨 말을 할 수 있었겠는가. 나는 바보 같고, 세상일은 하나도 모른다.

여급은 문을 열고 나가며 창백한 얼굴에 쓸쓸한 슬픈 빛을 띠곤 이렇게 말했었다.

"아직 총각이죠? 천호동은 가까우니까, 한번 와요. 내가 실비로 잘해줄게."

우리, 불쌍한.

나는 전화를 끊곤 마지막으로 하나 남은 조명 스위치를 내렸다. 깜깜한 정적이 가득 꼬칫집에 들어찼다. 나는 그 어둠 속을 천천히 기어 나와 셔터를 내리고 다시 새벽 한 시 시장 골목의 또 다른 어둠 속으로 천천히 기어나갔다.

주인은 물론 한 푼의 돈도 내 통장에 입금하지 않았다.

우리가 할리퀸 러브 로망 문고에서 종종 읽을 수 있는, 그리고 비디오 숍에서 구해 오는 110분짜리 로맨스물에서 종종 볼 수 있듯이, 그런 서스펜스와 대모험으로 가득 찬 사랑을 우리도 소유할 수 있을까.

지루하고 생각 없고 더러운 일들만 계속되던 참혹한 재수 시절, 나는 그런 의문들에 사로잡혀 있었다.

되는 일이 없었던 것이다. 그럼에도 불구하고 시간은 저 혼자 꾸준히 잘 가고 있었다!

할리퀸 문고는 대개 반나절이면 읽을 수 있었고, 사랑의 향기로 가득한 비디오테이프 역시 길어봤자 두어 시간 내외였다.

그 정도 시간에 실제의 내가 실제의 사랑의 추억을 만든다는 것은 불가능한 일이나 마찬가지로 느껴졌다. 내가 소유한 시간이란 그에 비하면 턱없이 길고 지루하며 필름과 인쇄물에 다 담을 수 없을 만큼 느릿느릿 흘러가는 것이었다.

나는 내가 어째서 무엇에든 쉽게 지치고 마는지 알게 되었다.

나는 당시 두 종류의 시간을 살고 있었던 것이다. 비디오테이프와 할리퀸 문고, 그리고 지긋지긋하고 별 의미 없던 재수 시절.

내 사랑은 여전히 캔디였다. 이미 말했듯이 우리의 로맨스에는 드라마틱한 사건이나 맘 졸이는 서스펜스 따위는 거의 없었다고 해야 할 것이다.

나와 캔디 사이에는 전화 통화와 이따금 하는 주말 데이트, 가끔 찾는 여관,

그리고 바나나밖엔 존재하지 않는 것처럼 보이기까지 했다.

바나나?

내 코앞에는 내가 물품 창고에서 지하 2층으로 날라 옮겨야

할 과일과 야채 박스들이 산더미처럼 쌓여 있었다.

지하 2층에는 내가 아르바이트하는 시내 유명 백화점의 야심에 찬 기획물인 재래식 청과물 시장이 들어서 있었다. 고객들은 지난봄 내내 신선한 야채와 과일들이란 구경도 못 해봤다는 듯이 떼를 지어 지하 2층으로 몰려들곤 했다. 그들은 잔뜩 굶주린 아귀 같은 몰골로 종일 겅중겅중 뛰어다녔다.

고객들은 싸고 신선한 야채와 과일들에 무자비한 탐욕의 손길을 뻗쳤고, 향과 원산지와 신선도를 공격적으로 따지고 들었으며, 좀 더 유리한 자리를 차지하기 위해 체면 차리지 않고 덤벼들었다. 그들은 거의 자신이 야채와 과일이 된 것처럼 진열대 앞을 떠날 줄 몰랐다.

한편 판매원들은 두어 가지 야채와 과일들을 쌓아놓은 진열대 위로 올라가 핸드 마이크로 고함을 지르곤 했다. 그러다, 밟고 올라선 자리의 야채와 과일들이 찌그러지고 멍이 들면 보란 듯이 팔을 휘둘러 그것들을 쓰레기통 속으로 던져버리곤 했다.

고객들이 어, 이건 좀 상한 것 같은데, 하고 얼굴을 찌푸리면 판매원들은 그 물건은 물론이요 주위 것들까지 주저하지 않고 한꺼번에 쓸어버렸다.

그 얼토당토않고 한도 끝도 없는 퍼포먼스는 일주일도 지나지 않아 재래식 청과물 시장의 볼만한 풍물이 되었다. 판매원들이 물건들을 무더기째 발아래로 차 던져버릴 때면 고객들은 종교적 환영을 목도한 광신도들처럼 탄성을 지르며 손뼉을 마주쳤던 것이다.

우리, 불쌍한.

어느 날은 버린 물건이 더 많았다, 산더미 같았던 것이다. 그 위대한 기획물에 우리가 농담 삼아 갖다 붙인 작전명은 다음과 같았다.

<u>홀로코스트</u>

판매원들은 팔기 위해서가 아니라 쓰레기통에 처박기 위해서 존재하는 것같이 보였다. 그리고 그건 사실이었다.

그리고 그건 쇼였다. 그건 물론 대단히 재미있고 통쾌한 쇼였지만, 내게는 하나의 고통이었고 한 편의 호러 무비였다. 고객들은 그 쇼를 관람하며 자신들의 쪼잔하고 검약에 찌든 일상이 일거에 폭발해버리는 듯한 속 시원함을 느끼는 모양이었지만 적어도 나는 아니었다.

그들이 내던져버린 그 엄청난 물량의 야채와 과일들이 죄다 내 차지였던 것이다. 말하자면 나는 아르바이트 잡역부였던 셈인데, 물건을 창고에서 가져와 쌓아놓고 또 그것들을 치우는 것이 내 할 일이었던 것이다.

그래서 내 앞에는 언제나 너무나 많은 박스들이 쌓여 있게 마련이었다. 언제나 너무 많은 박스들.

"이건 굉장히 힘든 일이야."

"이건 물론 굉장히 힘든 일이라고."

"하지만 나는 자네가 잘 견뎌낼 수 있을 거라고 생각해. 자네는 아직 군대도 안 갔다 왔고, 또 군대에 간다 해도 나 때처럼 전쟁이 일어나 월남에 갈 일도 없는 거 아니겠어?"

물품 창고의 감독관은 내게 그렇게 말했다. 손가락으로 코를 후비면서.

"이건 물론 충고라고도 할 수 없어, 자네는 진짜 충고라는 게 어떤 것인지도 아직 모를 나이니까 말이야. 하지만 자네 앞에 놓인 저 불확실성의 미래를 헤쳐나가기 위해선 이깟 일쯤은 인내할 수 있어야 하지 않을까?"

감독관은 오이 상자 위에 걸쳐놓은 엉덩이를 들썩이면서 말을 이었다.

"자네는 오늘 아침에도 10분 늦었어."

"나는 항상 이렇게 나 자신을 타이르네. 참아라, 참아라, 베트콩 새끼들이 아무리 지랄발광을 하더라도 딱 10초만 참아라. 딱 10초만 더 사주를 경계해보고 확신이 서면 그때 당기는 거다."

"그런데 자네는 오늘 10분 늦은 거야! 그 점에 대해 어떻게 생각하나?" 감독관은 옆 창고에서 훔쳐 온 버블 껌을 쩍쩍 소리가 나게 씹으며 말했다.

감독관이 주장하는 바는 항상 시간을 엄수하라는 것이었다. 그의 오른쪽 옆구리에는 월남전 때 입었다는 보랏빛 관통상 흔적이 남아 있었는데 거기엔 남다른 슬프고도 우스꽝스러운 사연이 숨어 있었다.

월남전 때 앞쪽에 적군이 있는 줄 알고 그쪽으로 총을 쏴댔는데 문득 옆구리가 뜨끔하더라는 것이었다. 상병이었던 감독관은 무슨 일인가 하고 고개를 숙여 보았는데 그때 자기 옆구리에서 핏덩이들이 콸콸 쏟아져 내리고 있더라는 것이었다. 감독관은 아픔을 느끼거나 비명을 지를 틈도 없이 쇼크를 받고 기절해버렸다.

"난 그때 한 가지 교훈을 얻었던 거지. 10초만 더 참아라, 는 거야. 그때 나는 내 총소리에 정신이 팔려서 뒤쪽에서도 총격전이 벌어진 걸 못 들었던 거야. 그때 딱 10초만 더 주위를 살폈으면 빌어먹을 콩알 따윈 안 먹었을 텐데 말이야, 쯧."

"하지만 자넨 민간인이니 내, 백 보 양보해서 10분으로 늘려주지. 하지만," 감독관은 그 사십 년 묵은 멋진 백발을 쓱 쓸어올리며 잘라 말했다. "그 이상은 안 돼. 10분이야."

나는 그런 따위 허풍들을 모두 믿어주기로 했다.

그렇게 힘겹고도 모든 것에 10분의 여지밖엔 없는 아르바이트 생활을 이어나가고 있던 나를 캔디가 찾아왔다.

캔디는 지하 2층 재래식 청과물 시장의 열대 과일 코너에서 기다리고 있었다. 나는 그때 파인애플 박스 하나를 어깨에 멘 채 층계를 내려오고 있었다.

이미 열두 개의 파인애플 박스와 다섯 박스의 멀쩡한 과일 쓰레기들이 내 어깨를 거쳐간 후였다. 나는 삐질삐질 땀을 흘리고 눈썹을 볼썽사납게 찌그러뜨리고 두 눈을 쉴 새 없이 깜박거리고 있었다.

"칫."

캔디는 충계 옆 제주산 영지버섯 코너에서 두 손을 가지런히 모으고 서선 미소 짓고 있었다. 캔디는 내게 칫, 하고 웃어 보였다. 순간 나는 내 어깨를 짓누르던 파인애플 박스의 무게를 깡그리 잊어버리곤 얼떨결에 이렇게 중얼거렸다.

"뭔 일이야?"

"뭔 일이라니? 우리 그런 사이?" 순정 만화의 주인공 같은 청순한 미소를 얼굴 가득 띠며 캔디는 그렇게 되물었다.

"가자."

내가 파인애플 박스를 충계 옆에 내려놓으며 말했다.

나는 캔디를 데리고 시장 한쪽의 〈U.F.O.〉로 갔다. 〈U.F.O.〉는 이곳 지하 2층 재래식 청과물 시장에서 구할 수 있는 모든 종류의 야채와 과일들을 산뜻한 서비스와 함께 고객들에게 염가로 제공하는 간이식당 같은 곳이었다. 이를테면 여주산 오이피클과 캘리포니아산 파인애플, 또는 남미산 자몽과 (주)오뚜기의 마요네즈와 콜로라도산 옥수수 알갱이들을 〈U.F.O.〉만의 독특한 요리법으로 함께 접시에 담아 고객들 앞에 내놓는 것이었다.

그 〈U.F.O.〉만의 독특한 요리법이란 대충 다음과 같았다.

첫째, 재료 원래 상태의 신선도를 그대로 유지하거나 한층 강화할 것.

둘째, 재료 원래 상태의 맛과 향기를 그대로 유지하거나 한층 강화할 것.

셋째, 재료 원래 상태의 가격을 그대로 유지하거나 한층 강화할 것.

넷째, 고객의 원래 주문 메뉴를 그대로 유지하거나 한층 강화할 것.

다섯째, 메뉴의 수와 질을 한층 강화하려 노력하거나, 아니면 한계를 아예 두지 말 것.

따라서 〈U.F.O.〉의 메뉴판에는 이곳 재래식 청과물 시장에서 구할 수 있는 모든 야채와 과일들이 빠짐없이 들어 있곤 했으며 심지어는 구할 수 없는 모든 종류의 야채와 과일들까지 포함되어 있곤 했다.

이곳 재래식 청과물 시장의 〈U.F.O.〉는 그 셀 수 없을 만치 많은 메뉴 수와 고객들을 종종 오르가슴에 떨게 하는 그 놀라운 요리법으로 이미 정평이 난 〈United Fruit'n' Vegetable Outlets〉의 대표적 분점 중의 하나였던 것이다.

나는 〈U.F.O.〉의 한 코너로 캔디를 데려가 앉혔다. 그 코너의 테이블에는 내가 평생을 걸쳐 먹더라도 채 다 맛을 보지 못할 그런 수십 수백 수천 가지의 메뉴들이 사진과 함께 명시되어 있었다. 캔디와 나는 베네수엘라 파인애플 바비큐—메뉴명은 V.P.B.였다—를 주문했다.

나로선 이미 권태와 함께 신물이 난 상태였지만 캔디는 그런 화려한 것들에 흥미가 동했던 모양이었다. 캔디는 음식을 기다리는 동안 메뉴들을 짚어가며 쉴 새 없이 질문을 퍼부었다.

"어떻게 호박과 딸기를 같이 먹을 수 있지?"

"어떻게 바나나를 양파와 함께 요리할 수 있지?"

"어떻게 파슬리를 금귤하고 같이 버무릴 수 있지?"

나는 그 모든 질문에 가능해, 라고만 대꾸했다. 식권이 〈U.F.O.〉 앞으로만 발행되었기 때문에 나는 이제 구역질만 날 뿐이었다. 솔직히 가능한 것도 가능하지 않은 것도 없었다.

살아보니 그랬다. 〈United Fruit'n' Vegetable Outlets〉의 운영 체계는 이 세상 모든 조직의 운영 체계처럼 모든 것을 가능하게 만들거나 아니면 가능하지 않게 만들 수 있었다. 체계가 문제지 결코 금귤이나 파슬리 따위가 문제일 수는 없는 거다.

우리, 불쌍한.

"고릴라 알아?"

캔디가 물었다.

"고릴라? 아, 알아."

나는 떠듬거렸다.

나는 내가 스케이트보드로 지하 2층까지 날라야 할 박스들을 생각하고 있었다. 화물용 엘리베이터는 고장 난 상태였고 지게차는 이미 다른 용도로 쓰이고 있었기 때문에 그날따라 일이 고되었던 것이다.

낡아빠진 스케이트보드 몇 개와 우리 아르바이트 점원들의 어깨가 엘리베이터와 지게차를 대신하는 셈이었다. 그 빌어먹을 20킬로그램 10킬로그램짜리 야채와 과일 박스들 때문에 우리 등골이 휘는 것이다, 젠장.

"고릴라," 캔디가 다시 말을 이었다.

"한 선생님이 이 근처 병원에 입원하셨어."

"정말?" 내가 건성으로 물었다.

사실 누가 어디에 있든 내 알 바 아니었다. 잘못하다간 나도 내일쯤, 같은 병원 같은 병실에 누워 있게 될지도 모를 상황이었던 것이다.

"그래."

캔디는 대학 마크가 찍힌 파일을 언제나 그렇듯 정숙미가 흐르는 가지런한 두 무릎 위에 올려놓으며 고개를 끄덕였다.

"뭔 일로?"

"몰라, 근데 병세가 좀 심한가 봐."

"그래?"

나는 건성으로 고개를 끄덕였다. 나는 층계참에 널브러져 있는 나를 떠올리고 있었다. 20킬로그램짜리 캘리포니아산 파인애플 박스 두 개가 나를 참혹하게 짓눌러 찌그러뜨리고 있었다.

"위험? 고릴라가?"

나는 짜증 난 투로 되물었다. 어쩌면 나는 캘리포니아산 파인애플에 의해 살해된 최초의 재수생이 될 것이었다.

"가볼래?"

캔디는 다시 칫, 하고 웃어 보였다.

"네가 가는 곳이라면 어디나."

"칫."

캔디는 종종 우리가 전교조 1세대라는 점을 강조하곤 했다. 실제로 그런 사실 따위에 큰 의미를 부여하는 고등학교 친구들이 꽤 있었다. 나는 단지 나와 우리가 그 무엇엔가의 첫 번째 세대일 수도 있다는 사실이 때론 놀랍고 때론 신비롭게 느껴졌을 따름이었다.

"고릴라 한 선생님이 학교를 그만두시던 날 기억나?"

캔디는 조리사가 접시에 담아준 V.P.B.를 한입 가득 베어 물고는 말했다. "기억나냐고."

"응."

나는 고개를 끄덕였다. 그 바보 같고도 대단히 비극적이었던 고릴라 파동을 어찌 잊을 수 있을까.

전교생이 수업을 거부하고 운동장에 모여, 한꺼번에 조퇴해버리기 두 달 전의 일이었다. 그 두 달 전에, 反長과 나는 맨 뒷줄에 서서 담배를 피워대고 있었다. 그러니까 수업 거부의 직접적인 한 원인이라고도 할 수 있는 그런 사건이었던 셈이다.

여름방학 이후 처음 갖는 전교생 조례 시간에 있은 일이었다. 교장은 뒷줄 교사석의 몇몇 자리가 비게 된 연유에 대해서는 한마디도 언급하지 않은 채 연단에 올라서선 헛기침을 해대기 시작했다.

"헛, 헛, 제군들은 누구나 인생에서…… 헛, 누구나 살면서…… 삶의 목표가…… 헛, 삶이 뿌리째 흔들릴 때……."

교장은 그가 늘 써먹곤 하던 빌어먹을 헛, 레퍼토리를 또다시 되풀이하고 있었다. 그 레퍼토리는 우리가 입학할 때부터 졸업할 때까지 모든 행사에서 줄곧 읊어졌기 때문에 3학년쯤 되면 누구나 토씨 하나 안 틀리고 외울 수 있었다. 귀에 못이 박힌 것이다.

그때도 反長과 나는 행렬의 맨 뒷줄에 서서 한가로운 표정을 짓고 있었다.

"어, 좆같애."

反長이 한쪽 다리를 건들거리면서 말했다.

“어, 심심해.”

내가 신발 끝으로 운동장 흙에 총잡이총잡이총잡이, 라고 끄적이면서 말했다.

연단에서는 지긋지긋한 교장의 연설이 계속되고 있었다.

“헛, 헛, 누구나 인생에서…… 누구나 삶에서…… 헛, 우리 삶의 뿌리가…… 헛, 교과서에서 배울 수 있는 지혜는 큰 게 아닐 수도 있습니다…… 헛, 하지만 학교 공부를 게을리한다면 여러분은…… 헛, 우리 선생님들은 최선을 다해 인내와 지혜를…… 헛, 학교 교육은 여러분이 현재 선택할 수 있는 여러 길들 중 최선의…….”

그때였다.

바로 그때였다. 헛, 이 서른두 번째쯤 반복되고 있을 때 연단 뒷줄 교사석에 찌그러져 있던 고릴라 한 선생이 엉덩이를 떼고 일어섰다. 고릴라 한 선생은 그해 여름에 있은 대대적인 숙청의 현장에서 겨우 자리를 보존할 수 있었던 몇 안 되는 전교조 선생 중 하나였다.

자리에서 일어난 한 선생은 교장의 뒤통수를 한번 흘긋 노려보더니, 우리 모두가 지켜보고 있는 가운데 말없이 연단을 내려오기 시작했다.

주위가 술렁거리자 교장은 마이크에서 입을 뗐다. "뭐 하는 거요."

"한 선생?"

그러곤 제 등 뒤에서 지금 무슨 일이 벌어지고 있는지 마침내 깨닫고는 이렇게 외쳤다.

"저 새끼 어디 가는 거야. 이봐 한 선생!"

우리는 물론 고릴라 한 선생이 교장을 비롯한 그 일단에게 눈엣가시라는 자명한 사실을 잘 숙지하고 있었다. 뭐, 교장을 비롯한 그 일단에게 있어 눈엣가시란 비단 한 선생만이 아니었다.

우리 모두도 그들에겐 눈엣가시였던 것이다.

그때 우리 모두는 어리둥절한 흥분의 사태에 놓여 있었다. 교장 턱밑에 있던 마이크 덕으로 그 둘 사이에 무슨 대화가 오갔는지 전부 알아들을 수 있었던 것이다.

연단 아래까지 내려갔던 한 선생은 어찌할까 망설이는 듯하더니 잠시 후 다시 한 발 한 발 연단을 오르기 시작했다.

"그건 아주 짧은 순간이었는데 말이야."

캔디가 말했다. 파인애플 과육 찌꺼기가 이빨 새에 끼여 있었다.

"연단의 계단 숫자야 얼마 되지 않으니까 말이야."

"하지만 그 한 발과 한 발의 사이가 내겐 아주 넓고 깊게만 느껴졌던 거야!" 캔디는 꿈꾸는 듯한 얼굴을 하고선 그렇게 말했다. 고릴라에게 연정을 품고 있었던 모양이었다.

캔디의 말은 아마도 사실이었다. 칠백여 명의 숨죽인 전교생 모두가 그렇게 느꼈을 것이다. 한 선생은 한 발 한 발, 아주 깊고 넓고 생각에 잠겨 있는 듯한 스텝을 밟으며 연단을 향하고 있었던 것이다.

다시 잠시 후 연단을 다 오른 한 선생은 교장과 거의 코를 맞댈 정도로 가깝게 마주 섰다. 그러고는 마이크가 펑, 하고 울리도록 깊은 한숨을 내쉬더니 마침내 짜증 섞인 이 한 마디를 내뱉었다.

"니미랄."

우리는 격정적인 감정의 고양 상태에 휩싸였다.

한 선생은 다시 펑, 하고 한숨을 내쉬더니 교장을 향해 계속해서 으르렁거렸다. "니미랄."

"도대체 그 뿌리가 도대체 어디 있다는 거요, 증명해봐요. 그게 학벌을 말하는 거요, 당신 고향 집을 말하는 거요, 당신의 그 대단찮은 패밀리를 말하는 거요? 혹시 정권의 주구 노릇은 아니요? 그게 뭐냔 말이오?"

"당신은 당신이 말하는 그 빌어먹을 뿌리라도 평생 캐먹고 살겠지만, 캐먹을 뿌리 하나 없는 나 같은 사람들은 도대체 뭘 하며 살란 말이오? 어디 한번 얘기해봐요, 니미랄."

캐먹을 뿌리 하나 없는 나 같은 사람들은 도대체 뭘 해먹고 살란 말이오?

나는 당시 한 선생의 짜증 섞인 말투와 표정을 흉내 내며 내겐 격언이나 다름없는 그 한 말씀을 외웠다.

우리, 불쌍한.

"그러곤 또 어떻게 됐더라?" 캔디가 밝고 명랑한 목소리로 외쳤다.

그렇게 일장 연설을 끝낸 한 선생은 또 아주 넓고 깊은 한 발 한 발을 내디디며 연단을 내려와 천천히, 우리가 열 지어 선 운동장의 한편을 가로질러 교문으로 향했다.

나와 反長은 교문을 걸어 나가는 한 선생의 잿빛 양복 등짝에서 오래 눈을 떼지 못했다.

"좆같애."

고릴라가 교문 밖으로 사라진 다음 反長이 중얼거렸다.

"나도 그래."

내가 흙 위에 쓴 총잡이총잡이총잡이, 를 슥슥 문질러 지우며 말했다.

그러곤 그것으로 끝이었다. 그때의 한 선생이란 마치 자기 앞에 놓인 그 모든 것들로부터 짜증을 느끼는 한 사내처럼만 느껴졌었다.

"난 그토록 짜증 난 얼굴을 그전까진 본 적이 없었어."

캔디가 V.P.B.의 마지막 한 조각을 집으며 말했다.

"그래."

내가 말했다. "전무후무한 짜증이었지."

"정말,"

캔디가 말했다. "역사적인."

나는 감독관은 물론 어느 누구에게도 알리지 않고 지하 2층을 빠져나왔다. 그때를 회상하는 것이 내게 어떤 알 수 없는 부추김으로 작용했는지도 모를 일이었다. 캔디와 나는 고릴라가 있는 병원에 가기 전에 뭔가 위로가 될 만한 선물을 사기로 했다.

"일은 어때?"

에스컬레이터에 오르며 캔디가 물었다.

"무슨 일?"

"아르바이트."

나는 무어라 대답해야 좋을지 알 수 없었다. 도대체 뭐가 어떻다는 말인가?

"응, 박스가 너무 많아."

"박스?"

캔디는 다시 물었다. "너무 많다고?"

"응, 늘 너무 많지."

내가 한숨을 폭 내쉬며 말했다. "난 그것들을 온종일 나르고 또 온종일 나르지."

"신경쇠약 직전의 재수생이야."

"그건 그렇고 학교는 어때?"

내가 기운 없이 캔디를 올려다보며 물었다.

"학교? 음,"

캔디는 약간 뜸을 들였다.

"학생들이 너무 많아, 늘 너무 많지."

"그래?"

"응, 너무 많은 학생들이 매 타임 이쪽 강의실에서 저쪽 강의실로, 저쪽에서 이쪽으로 너무 많이 왔다 갔다 해."

캔디가 기운 없이 칫, 한숨을 내쉬었다.

"그래?"

"늘 너무 많아, 박스들이건 학생들이건."

"핫핫," 나는 웃었다.

"그래 우리에겐 늘 너무 많은 게 너무 많지."

나는 어쩐지 우리가 늘 그래왔지만 별 영양가 없는 대화를 나누고 있다는 생각이 들었다.

"참,"

캔디가 나를 돌아보며 참, 했다. 캔디의 두 눈이 생기로 반짝였다.

"어젠 희(噫)라는 아이가 복학을 했어, 우리 과에."

"그래?"

"여자앤데, 참," 캔디는 감탄하고 있었다.

"내가 봐도 예쁘더라, 눈동자가 푸른 갈색이야."

캔디는 다시 한숨을 쉬고 있었다. "여자앤데, 참." 캔디는 다시 혼잣말하듯 중얼거리고 있었다.

"그 애는, 여자애야."

그때 문득 나는 뭔가 깨달은 게 있어 홱, 고개를 틀어 캔디를 바라보았다.

방금 캔디가 여자 이야기를 꺼냈다, 캔디가!

캔디의 두 눈이 어쩐지 꿈꾸는 자의 그것처럼 몽롱하게 빛나고 있었다.

그 애는 여자애야.

캔디와 내가 11층의 선물 코너와 레코드숍을 돌고 있을 때 커다란 바나나가 그려진 레코드 한 장이 번쩍하고 내 눈에 들어왔다.

흰 바탕에 노랗고 커다란 바나나 한 개. 저절로 걸음이 멈춰졌다.

흰 바탕에 노랗고 커다란 바나나 한 개가 그려진 그 레코드

재킷 위에는 또한 다음과 같은 선전 문구가 쓰여 있었다.

잿빛 연기 속에 숨어버린

사이키델릭의 명반—벨벳 언더그라운드&니코!

그리고 그 바나나 밑에는 앤디 워홀(Andy Warhol)의 사인도 하나 들어 있었다.

나는 그것이 실제로 내 두 눈 앞에 존재하는 것인지 어쩐 것인지 확신할 수가 없어서 약간 주춤거려야 했다. 흰 바탕의 재킷에 잘 익은 노란 바나나 하나가 유쾌하게 그려져 있는 그 레코드는, 내가 없어서 구하지 못했던 그런 희귀본 레코드들 중 하나였다.

나는 오랜 망설임 끝에 드디어 손을 뻗었고 손가락 끝에서 전해져 오는 감촉으로 그것이 실재하는 것임을 확신하고는 얼른 한 장을 빼 들었다.

"뭐야?"

캔디가 물었다.

"바나나."

"바나나?"

"그래!"

나는 캔디에게 이 레코드는 희귀본으로서 이렇게 라이선스로 나오기 전까진 수입 판이 10여만 원을 호가했고 그러고도 없어서 못 구할 정도였으며 오로지 많지 않은 수의 록 마니아들 사이에서만 알려져 있는 그런 음반이라고 설명해주었다.

"칫."

캔디는 칫, 하더니 내 설명을 들은 둥 만 둥 코너 저쪽으로 총총히 가버렸다. 어쨌든 캔디는 그 많지 않은 록 마니아들 사이에 끼고 싶지 않은 모양이었다.

우리가 백화점을 빠져나왔을 때 캔디의 손에는 조지 마이클의 사인이 든 검정 티셔츠 한 장이 들려 있었고, 내 손에는 바나나 레코드 한 장과 바나나 한 송이가 들려 있었다.

"첫사랑은 잊지 못하는 법이야."

캔디가 말했다.

난 내 손아귀에 바나나 레코드가 지금 쥐어져 있다는 사실이 도무지 믿기지 않았다. 백화점을 빠져나오면서 나는 The Velvet Underground라는 밴드명은 60년대 중반 미국에서 잘나가던 어느 포르노 잡지 이름에서 빌린 것이었다고 설명했다.

어느 마니아들만을 위한 비밀 감상회에서 〈Heroin〉이란 곡을 들었던 게 그들과 나의 첫 조우였으며…….

코카인을 찬양한 〈뛰어 뛰어 뛰어〉란 곡이 나에겐 잊지 못할 심리적 첫 경험이 되었다고 얘기했다.

"칫."

캔디의 반응은 여전히 시큰둥한 것이었다.

나는 굴하지 않고 계속 지껄여댔다. 꽃과 마약, 반전(反戰)과 스트리킹, 평화와 로큰롤, 사랑과 광란의 그룹 섹스가 세계 혹은 미국 구원의 모토였던 당시 히피 문화의 전위에 섰던 로큰롤 밴드였다고 설명했다.

"그으래?"

"그렇다니까. 우리 집에 와, 내 들려줄게."

나는 다시 한 번 이를테면 마약, 섹스, 로큰롤이란 3대 유토피아 원칙을 구현한 전설적인 밴드였다고 강조했다.

"전설?"

캔디가 문득 칫, 하더니 날 돌아봤다.

"이것저것 참 많이도 끌어다 댔구나, 칫."

"뭐?"

"넌 미국이 지금 마약과 성병의 천국이 된 거 몰라?"

캔디가 안타깝다는 눈으로 물끄러미 날 바라봤다.

나는 그런 비판들이 보수적인 가정에서 보수적인 교육을 받고 자란 아이들이 흔히 갖는 상식적인 오해에 불과한 것이라고 무시하기로 했다. 나는 오히려 좀 더 강도 높여 주장했다. 캔디 역시 한층 더 칫칫, 해대며 날 혹은 그런 것들에 구원된 작금의 미국 혹은 세계를 비웃어댔다.

나는 병원에 도착할 때까지 내내 바나나 얘기만 했다.

한때 캔디가 조지 마이클에 대해 그러했던 것처럼.

고릴라 한 선생이 내가 가져간 바나나의 껍질을 벗기고 한 입에 뚝 그 길쭉한 과육을 떼어 먹는 모습은 과연 낯선 것이 아닐 수 없었다.

"너흰,"

고릴라는 헐헐헐, 하고 웃었다. "아직도 붙어 다니는구나."

"예."

"너흰 정말로 단짝이었지. 그래, 정말로 단짝이었어."

한 선생은 마치 고릴라처럼 헐헐헐, 웃고 있었다. 그 웃음소리는 딱 1년 만에 들어보는 것이었다.

"그래, 아직도 둘이 뽀뽀도 하고 그러니?"

그러곤 다시 한 번 침대가 들썩이도록 헐헐헐, 웃어젖혔다.

병실 안의 다른 환자들은 거의 잠들어 있었다. 늦은 오후였고 자는 일 빼고는 별로 다른 할 일이 없는 사람들 같아 보였다. 그들은 쌕쌕 풍선 바람 빠지는 소리를 내고 있었다. 약간 상한 듯한 그들의 피부는 나른한 햇살들 아래서 더욱 나른하고 풀기 없어 보였다. 이따금 잠꼬대도 해댔다.

고릴라의 두 뺨의 피부는 그들보다 더 나빠 마치 격렬히 썩어가는 중인 바나나 껍질 두 쪽 같았다.

나와 캔디는 몇 마디 말도 되지 않는 조크들을 던지며 시간을 때웠다.

"미치코 런던이 일본에서 만든 거게요, 영국에서 만든 거게요?"

"그거 우리나라 브랜드 아냐?"

"펭귄이 자기 체력의 70퍼센트를 어디에 사용하는지 아세요? 순전히 얼음판 위에서 넘어지지 않으려고 균형 잡는 데에만 쓴다고요."

"헐헐헐."

"냉전 시대에 서유럽 열강과 미국이 왜 그토록 소련에 겁을 집어먹었었는지 아세요? 악몽에도 전통이 있는 거라고요. 나폴레옹과 히틀러가 모스크바를 침공하려다 사상 최악의 기록적인 참패를 기록한 거 아시죠?"

"그게 그 때문이라고?"

"그럼요. 그 절망한 나폴레옹과 히틀러의 영화적 화신이 바로 007 제임스 본드인걸요."

"하긴!"

"올빼미는 흔히 밤에 활동하는 것으로 알려졌지요. 그럼 밤이 없는 곳에선 어떻게 살까요? 여름엔 낮만 스물네 시간 계속되는 핀란드에서는요?

"올빼미가 핀란드에도 있어?"

말하자면 이런 식의 조크와 이런 식의 대꾸였다.

그중에는 反長의 고교 3학년 때 처음 창녀촌에 갔던 때의 무용담도 끼어 있었다. 나는 그 이야기를 꺼낼까 어쩔까 망설였지만 결국은 하고 말았다.

어쨌든 나도 더 이상 고등학생이 아니었으며 캔디는 이미 자유방임이 보장된 대학생이었으며 그리고 안된 일이지만 고릴라도 이젠 교사가 아니었던 것이다.

우리가 수업을 거부하고 전원 조퇴해버렸던 때의 일이었다. 학생회의 결의대로 우리는 그다음 날 전원이 등교 거부를 하기로 했었다. 하지만 실제로 등교하지 않은 것은 전체 이천백육십여 명 중 정확히 열 명, 단지 열 명뿐이었다.

학생회 간부 다섯, 교통사고 하나, 부친상 하나, 가출 둘. 그리고 反長이 있었다. 학생회 간부 중 그나마 셋은 교감 선생의 전화를 받곤 점심시간에 교장실로 등교했다.

反長은 그 바보 같은 열 명 사이에 끼어 결석한 그 하루 동안 창녀촌엘 갔었던 것이다. 딱지를 떼기 위해서.

그 이야기에 한 선생은 그 자식 참, 하며 질투 섞인 외마디 신음을 질러댔고 캔디는 내내 볼을 붉히면서도 궁금한 표정을 감추지 못했다.

"장국영이라는 여자애와 한방에 들었는데,"

나는 이야기를 계속했다.

"장국영이라는 홍콩 배우가 인기 있던 때였죠."

"그만 동현이 그 자식이 발기가 안 되더라는 거예요. 쓸 수 있는 시간은 이제 30분밖엔 안 남았고, 둘이 아무리 애를 써도 전혀 기미가 안 보이더라는 거예요."

"한참을 그러고 있는데 장국영이 그러더래요. 쓸데없이 소리만 질러대지 말고 돈을 좀 더 내라고요. 그러면 스페셜 서비스를 해주겠다고요."

"그래," 한 선생이 혀를 찼다.

"동현이 놈이 그런 끼가 있었나, 하긴 그 자식 참."

"그래서 될 대로 되라는 식으로 돈을 더 치렀대요. 그랬더니 장국영이 밖을 나갔다가 와서는 다리를 벌리고 서선 자기 거시기에 윤활유를 바르더래요."

순간적으로 너무 디테일한 묘사를 했구나 하는 느낌이 들었지만 나는 이야기를 멈추지 않았다. "그러곤 동현이 위에 올라타더래요."

"그러곤 그걸 꽂은 채 뱅글뱅글 맴을 돌더라는 거예요."

"요컨대 헬리콥터라는 거지요."

"헬리콥터!"

고릴라와 캔디는 거의 동시에 신음하듯 따라 외쳤다. 둘은 전혀 재미있어하는 표정이 아니었다.

"그런데도 영 발기가 안 되더라는 거예요. 마침내 시간이 다 되자 장국영이 말했지요, 야 씨부랄 놈아 네 엄마하고나 붙어먹어라고요."

나는 결국 하지 말아야 할 대목에까지 발을 들여놓은 셈이었다. 하지만 어찌 된 일인지 이야기를 멈출 수가 없었다.

"그 순간 동현이는 장국영의 뒤통수가 그렇게 섭섭해 보일 수가 없더라는 거예요. 왜 안 그랬겠어요. 저도 모르던 제 실존의 비밀이 폭로되는 순간이었는데."

"발기부전 말이에요. 그래서 동현이는 제 옆에 있던 스탠드를 들어 최후의 나머지 몇 분을 이용해 자기 거시기를 마사지해주고 있는 장국영의 뒤통수를 후려갈겼던 거지요."

"장국영은 꽥 소리 한 번 없이 고꾸라졌고요."

"동현이가 그 방을 빠져나올 때쯤엔 장국영의 뒤통수에서 흘러나온 피로 침대며 온 방 안이 시뻘겋게 범벅이 되어 있었다는 거예요. 생각해보세요, 그 허벅지 굵기만 하던 동현이의 팔뚝을."

"동현이에 의하면 사람 머리가 터질 때는 꼭 타이어 펑크 나는 소리가 난대요. 빽! 빽! 하고."

나는 빽, 빽, 하고 나지막이 반복해 중얼거렸다. "물론."

"정말인지 아닌지는 본인만이 알겠지만."

내가 그렇게 말을 맺었을 때 고릴라 한 선생과 캔디는 얼빠진 표정들을 하고 있었다. 고릴라와 캔디의 얼빠진 시선들이 내 가련한 콧등 위를 노닐고 있었다. 누구도 어찌해볼 수 없을 것 같은 침묵이 우리 셋 사이를 오래 흘렀다.

"허, 참."

고릴라가 침묵을 깨고 신음했다.

"칫."

캔디가 침묵을 깨고 신음했다.

병실의 다른 입원 환자들은 모두 잠들어 있었다. 그들의 낡고 아무도 돌보지 않는 하수도 밑바닥 같은 뺨들이 오후의 햇살 아래서 조금씩 들썩이고 있었다.

"어디가 편찮으신 거예요?"

한참 후에 캔디가 물었다.

"글쎄," 한 선생은 고개를 수그린 채 중얼거렸다. "여기저기."

"얼마 전 집회에 나갔다가 고등학생 애들을 봤어요."

"요즘 같아선 그 애들도 한몫해야겠다는 생각을 하게 되는가 봐요. 선생님 생각도 그때 났지요."

그렇게 말하는 캔디의 목소리는 약간 떨리고 있었다. "지금도 그렇고…… 저야 뭐, 갈 데 없는 모범생이지만."

"그때를 생각하면 이런 생각이 들어요. 동현이 얘나 저나 우리들은, 우리들이 현재 받는 교육이 국가적인 스캔들이 될 정도로 썩은 것이라는 걸 최초로, 공개적으로 인식하게 된 첫 번째 세대라는 것 말이에요."

"우리들은 자기가 지금 딛고 서 있는 학교교육이라는 기반이 통째로 썩은 것이라는 걸 공식적으로 확인하고도 어쩔 수 없이 그 기반 위에서 자라고 커야 했던 세대라고요. 또 선생님들이 쫓겨나고 국가적인 스캔들이 될 때, 우리는 성인이 되어 천천히 경험해도 될 더러운 꼴들을 스무 살이 채 되기도 전에 다 경험해버린 셈이었단 말이에요. 우린 고등학생이었단 말이에요! 어른들이 보시기에 우리 세대가 좀 정상적이지 못한 데가 있다면 그건 당연한 거지요. 우리가 비정상인 건 정상이에요, 선생님."

캔디가 그런 국가적인 스캔들이 학생들에게 미치는 영향에 대해 연구하고 있었을 그 시각에 나는 베란다에 나앉아 담배를 죽이고 있었다. 나는 캑, 하고 쓰레기통에 가래침을 뱉은 다음 입을 다물어버렸다.

"아마도 교장 선생님이 원했던 건,"

캔디의 말에 고릴라가 헐헐, 짧게 웃으며 대꾸했다. "아마도 무인학교였을 거야."

"골치 아픈 전교조도 없고, 말썽만 부리고 경찰서에나 끌려 다니는 너희 같은 애들도 없는, 그런 학교 말이야. 얼마나 좋아? 아무 두통거리도 없는 그런 학교. 전교생이 내신 1등급이거나 말 잘 듣는 착한 학생일 수는 없으니까."

"………"

캔디는 한 선생의 주장을 무시했다.

"………"

나는 한 선생의 주장을 무시했다.

"헐헐, 농담이었어, 농담이었다고. 난 이제,"

한 선생도 당신 자신의 주장을 무시했다.

고릴라 한 선생이 다시 입을 열었다. 그는 고개를 숙인 채 히죽 웃어 보이곤 혼잣말처럼 이렇게 중얼거렸다. "난 이제,"

"보잘것없는 대장염 환자일 뿐인데…… 뭘."

"그간 먹어온 거라곤 원, 기름기 많은 안주하고 알코올뿐이었으니……."

한 선생은 계면쩍은 미소를 지으며 고개를 들곤 우리를 쳐다보았다.

"나, 그동안 선술집을 차렸어."

고릴라 한 선생은 학교를 나온 다음 생활도 막막해지고 심심하기도 하여서 선술집을 차렸다고 했다. 고릴라는 그렇게 고백하곤 우리에게 자신이 하는 술집의 약도를 그려주었다. 한번 놀러 오라는 것이었다.

한 선생은 당신이 이젠 단지 그 무엇도 아닌 대장염 환자일 뿐이라고 몇 차례나 강조해서 말했다. 또 당신의 삶이란 우스꽝스럽고 서로 톱니가 어긋난 채 돌아가는 뻐꾸기시계 같은 것일지도 모른다고.

우리, 불쌍한.

"뻐…… 트르륵…… 빽…… 꾹…… 트르륵…… 뻐억…… 꾹."

한 선생은 트림을 하듯 그렇게 우스꽝스러운 고장 난 뻐꾸기 시계 시늉을 하며 우리를 웃겨주었다.

캔디와 나는 병원을 나와 다시 백화점 물품 창고로 돌아갔다. 그곳에는 아직도 너무 많은 야채와 과일 박스들이 그 감독관 자식과 함께 나를 기다리며 쌓여 있을 것이었다.

"그래."

병원을 나오면서 캔디가 한마디 했다. "反長이 정말 그런 애였으리라고는 생각도 못 했어."

그러고는 입을 다물었다. 캔디에게는 아무튼 그게 무엇이 됐든 충격적이었던 게 틀림없었다. 反長 동현이의 이야기든, 고릴라 한 선생의 이야기든.

"反長이 그런 애였을 줄은 정말 몰랐어……."

한참을 말없이 걷다가 백화점 앞에서 헤어지려 할 때 캔디는 불만 섞인 투로 다시 이렇게 말문을 열었다. "어쩌면 사람을 죽였던 건지도 모르잖아."

"게다가 선술집이라니, 칫! 고릴라 같으니라고. 캐 먹을 뿌리가 없으면 우리를 배반하고 대장염에 걸려? 어디 한번 말해봐, 사랑과 평화가 어째서 코카인과 장국영이어야만 하는 거니! 칫, 발기부전? 고릴라가 어떻게 마약과 성병의 천국이 되었는지 이제는 알겠어! 남자,"

"남자 때문인 거야! 남자란 다 그런 거니! 칫!"

캔디는 그렇게 뒤죽박죽 뭔지 모를 소리를 마구 퍼부어대더니 잘 가란 말 한마디 없이 버스 정류장 쪽으로 달려갔다.

나는 뭔가 나 자신의 캔디 자신의, 이 낯익은 거리 풍경의 어떤 것들이 문득 내게서 낯설어져가고 있는 것을 느꼈다. 그때까지 단 한 번도 생각해본 일이 없는 어떤 의문이 삐…… 트르륵…… 삑…… 하고 떠올랐다. 나를 나답게 만드는 것들.

캔디를 캔디답게 만드는 것들. 이 거리를 이 거리답게 만드는 것들. 그리고,

일상을 일상답게 만드는 것들.

나는 백화점 물품 창고로 돌아와 있었다. 내 주위에는 너무 많은 박스들 외엔 아무것도 없었다. 감독관이 말없이 근무 이탈한 내게 벌칙을 내렸다. 이탈해 있던 시간을 잔업으로 채우고 퇴근

할 것.

"난 자네를 믿었어, 이를테면 신용한 거지."

감독관은 퇴근하며 내게 그렇게 말했다. "이제 알게 될 거야, 세상에서 가장 희귀한 게 바로 신용이란 것을 말이야."

"오늘은 저기까지 가야 해." 감독관은 차분한 목소리로 지시했다.

"저기까지 가서 저기까지 치우는 거야, 그게 자네 할 일일세. 이제 자네는 내게 무엇도 기대해선 안 되네."

감독관은 그렇게 일러놓곤 차분하고도 싸늘한 발걸음을 옮겨 퇴근했다.

나는 저기까지 느릿느릿 걸어갔다. 내일 감독관이 나와 할당된 일의 결과를 보고선 결정할 것이었다.

내게 계속 일거리를 맡길 것인가, 아니면 다음 아르바이트 후보에게 전화를 걸 것인가.

조명이 어두웠기 때문에 창고 저 맞은편 벽 쪽은 잘 보이지 않았다. 거기에는 또 얼마나 많은 누런 야채와 과일 박스들이 쌓여 있을는지. 그 어둠은 단번에 내 어깨를 부수고 발등을 찍어버릴 만큼 육중해 보였다.

나는 어둠을 뒤집어쓴 박스들을 가로지르며 안으로 깊숙이 들어갔다. 맥없이 앞뒤로 흔들리는 내 손에는 벨벳 언더그라운드의 흰 바탕에 노랗고 커다란 바나나가 유쾌하게 그려진 레코드가 들려 있었다.

'내일쯤이면,'

하고 나는 생각했다. '저 박스들만큼이나 많은 전국의 레코드 산매점에서, 그보다 더 많은 수의 이 바나나 레코드들이 팔려 나갈 테지.'

'그리고 그걸 산 사람들은 나와 똑같은 것을 들으며, 한때 그것이 얼마나 희귀하고 값비싼 것이었는지에 대해 떠들어댈 거야. 한 장도 구하기 힘들었던 레코드가 수천수만 장씩 복사되어 말이야.'

그러자 좀 전까지 느껴지던 말 못 할 흥분들이 싹 가라앉는 듯했다.

잠시 후 나는 맞은편 벽에 가 닿았다. 그쪽은 더 어두웠다.

불을 더 밝히는 스위치가 어디 있는지 몰랐기 때문에 그 어둠 속에서 천천히 느릿느릿 박스들을 어깨에 져 나르기 시작했다.

내일 산지에서 실려 올 박스들의 자리를 마련하는 것이 내

할 일이었다.

나는 창고 두 번째 문 오른편 빈 구석으로 박스들을 옮겨 쌓았다. 바닥에 정방향으로 마흔아홉 개의 박스를 놓고 그 위에 다시 서른여섯 개의 박스들을 놓았다. 그런 식으로 맨 밑 박스들에 하중이 너무 가지 않도록 하는 것이었다.

나는 V자 사다리를 가져와 그 앞에 세웠다. 먼지의 더께가 언제나 얇게 깔려 있는 창고 바닥에 길고 아주 엷은 자국을 내며 사다리가 끌렸다. 나는 사다리를 타고 올라갔다.

사다리 꼭대기에서 바라본 창고는 박스들의 누렇고 두꺼운 빛으로 가득 차 있었다. 그 빛이란 거의 어둠이나 다름없었다.

박스들은 약간의 암모니아 냄새를 풍기며, 서로 다른 높낮이를 가진 누렇고 어두운 바위산들처럼 어둡고 깊숙하게 저 멀리까지 펼쳐져 있었다. 〈세계로 가는 총잡이 퀴즈〉란 텔레비전 프로그램에서 언젠가 보았던 그랜드캐니언의 장관처럼.

그 캐니언의 굴곡들 사이로, 그 골짜기들 사이로, 어둠들이 시커멓고 육중하게 가라앉아 있었다.

나는 사다리 꼭대기의 가로 막대에 걸터앉아 〈벨벳 언더그라운드&니코〉의 가사지를 펼쳐 들었다.

흐린 백열전구의 조명이나마 이용해 그것을 읽어볼 생각이었던 것이다. 그 무참할 정도로 가라앉은 어둠 속에서 글자들이 모습을 드러낼 때까지 나는 눈을 아주 크게 뜨고 기다렸다.

한참 후에 나는 우리말로 옮긴 바나나 레코드의 곡 하나를 읽고 있었다.

바나나를 위한 엘레지

그녀는 나를 위해 바나나를 사 온다
나는 바나나를 너무 좋아하기 때문에 그것이 종종
싸구려 인생을 대변한다는 사실을 묵인하곤 한다
싸구려 인생, 그녀는 아카시아 애버뉴에서 새벽녘에 돌아오고
나 역시 보잘것없는 시를 쓰느라 새벽녘에야 잠이 든다, 그녀는
매일 밤 몸을 팔고 또 바나나를 사 오는 것이다, 바나나
바나나는 그러니까 우리의 삶의 양식이다

후렴: 바나나를 실은 트레일러가 우리의 집 앞을 스쳐 지나갈 때,

바나나 몇 송이가 식탁에 오르고 그 껍질 벗겨질 때,

바나나 과육이 우리 배 속에 들어가 밤새 꾸르륵꾸륵거릴 때,

그녀는 나를 위해 바나나를 냉장고 야채실에 넣어둔다

나는 바나나를 들고 들어오는 그녀의 성기가 얼마나 바나나 껍질처럼

상하고 짓물러 있을지 안다, 나는 그녀에게 몇 번이나

바나나를 냉장고에 넣지 마!라고 소리쳤었다, 하지만 언제나

바나나는 냉장고 속에 들어 있다, 우리가 다투는 유일한 이유는

단지 냉장고 속의 바나나 몇 송이 때문인 것이다

싸구려 인생, 그것이 우리의 유일한 다투는 이유이다

후렴: (반복)

그녀는 바나나를 사기 위해 몸을 팔지
나는 바나나를 먹기 위해 시를 쓰지, 그것이 전부
그것이 전부(반복, 에코)

그렇다면 나는 그녀를 위해 시를 쓰지
아카시아 애버뉴에서 방금 귀가한 그녀를 위해 시를 쓰고
그녀가 사 온 상한 바나나를 씹으며 시를 읊어준다, 나쁜 조명
나쁜 만년필, 도무지 흥분할 줄 모르는 그녀의 성기 그리고
그녀와 바나나에 대한 소네트 백여든두 개, 나는 그것이
청춘의 전부라고는 믿지 않는다, 믿지 않음
그것 또한 내 삶의 한 양식이려니

후렴: (반복)
(반복)
그것이 전부는 아닐 거야 (반복)

나는 탕— 탕— 보이지 않는 총알을 몇 방 날리고는 사

다리에서 내려왔다.

나른하고 처지는 오르간 반주에 얹혀 저 〈바나나를 위한 엘레지〉는 읊어질 것이었다. 그들 벨벳 언더그라운드의 사운드를 떠올려보았다, 나른하고 나른한.

나른하게 처지는 오르간 반주에 실려 니코의 불안에 떠는 권태로운 내레이션이 울려 퍼질 것이었다:

바나나를 냉장고에 넣지 마! 바나나를 냉장고에 넣지 마!

나는, 나와 나의 〈바나나를 위한 엘레지〉를 온통 포위하고 있는 누런 야채와 과일 박스들을 쓱 둘러보았다.

그러곤 사다리를 접어 한쪽으로 치우고 밖으로 난 창고 문을 향해 천천히 걸음을 옮겨나갔다. 너무 많은 박스들은 막무가내이며 결코 자신들을 포기하지 않을 것처럼 보였다.

내가 잔업을 마치고 내일 돌아와 다시 그것들 앞에 선다 하더라도 그것들은 내 앞에서 조금도 물러나 있지 않을 것처럼 보였다.

그렇게 해서 나는 아르바이트 일자리를 잃었다. 나는 그냥 쭉 앞으로 걸어 나갔던 것이다.

그래, 바나나 때문이었다.

캔디는 그 해가 다 지나가도록 겨우 대여섯 번 전화만 했을 뿐이었다.

벨벳 언더그라운드는 과연 벨벳 언더그라운드였다. 그들의 곡 중 〈일요일 아침의 총성〉 〈나는 총잡이를 기다려〉 〈치명적인 여사수〉 〈실린더식 탄창에 태어나는 어린 비너스〉 〈유럽식 인간사냥법〉 등등이 나를 열광케 했다.

그들은 나와 같은 꿈을 꾸고 있었던 것이다. 터무니없고 전혀 쓸모없고 우스꽝스러우면서도 대단히 슬픈.

우리, 불쌍한.

캔디와 사귄 두 번째 해의 일들이었다.

구름 기둥

그다음 해 나는 대학에 들어갔다. 비로소 한 해의 봄을 대학 캠퍼스에서 맞게 된 것이다.

대학에 들어간 많은 수의 멍청이들이 그러듯이 나도 처음엔 뭐든지 할 수 있다라는 터무니없는 자만과 별 볼 일 없는 기대감에 부풀어 있었다. 이제 무엇이든 좀 더 심오하고 복잡하게 사고할 수 있게 되었다고 스스로 믿고 있었다. 많은 수의 세상 물정 모르는 대학생들이 그러듯이 나 역시 궤변론자가 되어 있었던 것이다.

그 해, 내 손에 쥐여진 것은 총 한 자루가 아니라 타자기와 펜 그리고 원고지였다. 나는 내가 원하던 대로 쏘는 사람이 된 것이 아니라 쓰는 사람이나 읽는 사람이 되었던 것이다. 어느 대학의 문예창작과에 입학한 것이다. 나는 총잡이가 등장하는 소설을 써보기로 했다.

"왜 하필이면……."

하고 교수가 물었다.

"왜 하필이냐고요? 왜 하필이냐니요!"

나는 내가 생각하는 총잡이에 대해 차근차근 설명하기 시작했다.

총잡이는 어떤 이념을 가지고 총을 쏘아대는 거창한 테러분자나 〈첩혈쌍웅〉의 두 주인공 같은 당시 유행하던 분열증적인 광인들, 제임스 본드 같은 약간 정신 나간 직업군인일 수도 있고, 상식적이고 평범한 의식 수준을 지닌 샐러리맨 같은 이일 수도 있다고 설명했다.

단지,

"그들이 지금 총 한 자루를 들고 있고 그것을 휘두를 줄 안다는 사실만이 중요할 것."

이라고 단서를 달았다. 총 한 자루, 그것만으로도 충분하다는 것.

그러고는 또한 이렇게 덧붙였다.

"아주 조금만 진지하면 돼요."

나는 고개를 빤히 쳐들곤 교수를 향해 말했다.

"총잡이는 단지 총알 하나만큼의 무게만 있으면 되는걸요."

그러자 옆에 앉아 주간지를 뒤적이던 조교가 키득키득 웃기 시작했다.

"좋아," 교수가 말했다.

"네가 학생인 것만은 확실해, 그렇지?"

"그렇다면 내가 적어주는 이 미덕들에 대해서 잠시 생각해보겠나? 이건 어쩌면 자네 작품이 아니라 자네 자신에 관해 더 중요한 것일 수도 있네."

교수는 메모지를 꺼내 플러스 펜으로 다음과 같은 단어들을 죽 세로로 내리 적었다.

진실

역사적 사실

건강한 삶

시대의식

교훈

존재

중심

나는 교수가 자네 자신에 관한 이야기일세, 라고 한 말을 염두에 두면서 구태여 뜸 들일 필요도 없이 그 대응 항들을 적어 내려가기 시작했다.

어쩌면 내 곤혹스러워하는 표정을 보고 싶었던지도 몰랐다. 하지만 나는 총잡이가 아닌가! 나는 마구 적어 내려갔다.

진실/일인이역(탐정이면서 범인)

역사적 사실/암호

건강한 삶/알리바이

시대의식/죽임의 미로

교훈/변장

존재/돌연변이

중심/얼굴 없는 사체

교수의 얼굴엔 당황한 빛이 역력했다. 그가 말이 없었기 때문에 나는 이게 바로 나, 총잡이의 스타일이라고 부연 강조까지 했다.

교수는 어쩐지 조금은 슬픈 표정으로 입을 열었다. "이봐 자네,"

"자네가 만약 이번 학년 말까지 자네 주장을 증명할 수 있는 작품을 쓰고, 또 거기에 내가 단지 얼마간이라도 만족한다면 내, 최고 학점을 주지."

나는 나를 무시하는 듯한 태도에 약간 짜증이 났지만 고개를 끄덕였다. 그것이 비록 작품과는 무관한 나 자신에 대한 발언이라 할지라도 내겐 별문제가 될 듯싶지 않았다. 나 자신에 관해 쓰면 될 것 아닌가!

나 자신—총잡이에 대해서만 쓰자, 그래!

사실 총잡이들을 기리고 그들에게 헌정된 그런 것들은 얼마든지 있다. 우리는 그것을 기형도의 시에서도 찾아 읽을 수 있다.

언젠가 이곳에 인질극이 있었다

범인은 〈휴일〉이라는 노래를 틀고 큰소리로 따라 부르며
자신의 목을 긴 유리조각으로 그었다

기형도, 〈가는 비 온다〉 중에서

기형도는 총잡이의 정서를 이해할 수 있었던 몇 안 되는 한국 작가 중 한 사람이었다.

기형도는 이 시 〈가는 비 온다〉를 남겨놓음으로써 문맹을 깨친 모든 총잡이들에게 삶의 자부심을 안겨주었다. 총잡이들은 이제야 비로소 자신들에게 헌정된 한 편의 아름다운 시를 갖게 된 것이다.

이 시의 배경이 된 사건은 88년 10월 8일, 중부 고속도로 안성 톨게이트 부근에서 시작되었다. 지강헌(池康憲) 외 열한 명의 미결수들이 교도관들을 때려눕히고 호송 차량을 탈취해 도주한 것이다.

지강헌 외 열한 명의 미결수들은 이미 두 달 전부터 탈주 계획을 짜고 있었다. 지름 4밀리미터 길이 30센티미터 정도의 철

삿줄 열 개와 칼날 폭 4센티미터 길이 40센티미터의 수제칼 두 자루를 구치소에서부터 만들어 가지고 있었던 것이다.

탈주범들은 죄수복 복장에 수갑을 차고 있었고, 교도관들이 그 사이사이에 끼어 앉아 있었다. 죄수들과 교도관들은 그때 서로 사이좋게 오징어와 과자를 나눠 먹고 있었다.

"암호는 알지?" 지강헌이 동료 죄수에게 속삭였다.

"알지." 동료 죄수가 귀엣말로 대꾸했다.

"그럼…… 일어나라!"

철삿줄로 미리 수갑을 풀어놓고 있던 탈주범들은 그 일어나라!란 암호와 함께 스프링처럼 튀어 올랐다. 그러곤 교도관들을 때려눕히고 그들의 손목에 수갑을 채웠다. 호송 차량은 서울을 향해 되돌려졌다.

"난 말이야, 잡히면 죽을 각오가 돼 있어."

지강헌이 이빨이 부러진 채 신음하고 있던 한 교도관에게 경고했다. 그에겐 교도관으로부터 뺏은 45구경 권총과 실탄 다섯 발이 있었다. 지강헌은 그 후로, 사건이 종결될 때까지 마치 성경의 십계명처럼 그 말을 외고 다녔다.

정부는 이 사건에 정사복 경찰 및 전경 만이천 명을 투입한다. 당일 두 명이 잡히고 나머지 열 명은 도주를 계속한다.

다음 날 탈주범들 중 세 명이 〈사랑방〉이라는 룸살롱에서 술을 마시다 검거된다. 주인이 술값 계산을 요구하자 칼을 들이대고 가리봉동의 XX를 아느냐고 위협했던 것이다.

"농담하지 마." 주인이 탈주범의 어깨를 토닥이며 타일렀다.

"뭐?"

"나도 한창땐 니들 같았어. 신림동의 말대가리라면 다들 오줌을 지렸지. 하지만 말년이 되니 사는 게 좆같아지더라구. 술은 내가 살게. 그러니 칼은 좀 치워줘."

탈주범들은 이제 주인하고 같이 술을 마시기 시작한다. 몇 시간 후 방심한 틈을 타 주인은 신고를 했고, 술 취해 비틀거리는 탈주범들은 출동한 경찰들과 격투를 벌이다 결국 체포된다.

나머지 지강헌 외 여섯 명은 가정집에 침입하기 시작한다. 아무 집에나 들이닥쳐 놀라 입이 벌어진 사람들을 묶어놓곤 일상 잡사를 해결한다. 아침밥을 지어 먹고 변을 보며 텔레비전을 시청하고 농담 따먹기를 한다. "안주론 뭐가 좋을까?"

"누가 사 올래?" 불안과 스트레스에 시달리면서도 탈주범들은 가게에서 안주를 사다 놓고 술을 마신다. 면도를 하고 순번제로 샤워를 즐긴다.

“총이 있으면,” 아직 제정신이 붙어 있던 도주 초반 한 탈주범이 지강헌에게 말했다. “더 큰 일이 날 거야.”

“무슨 더 큰 일?”

“그걸로 일이 나면 무슨 일이 나겠어?”

“자식,” 지강헌은 콧방귀를 뀌면서 이렇게 잘라 말했다. “이건 자살용이야, 잡히면 이걸로 날 쏜다.”

탈주범들은 지강헌의 총을 뺏기 위해 티격태격 몸싸움을 하기도 한다. 그들은 자기들이 방문했던 가정을 나올 때 편지를 남기기도 했는데, 이랬다:

> 아저씨 가족에게 진심으로 사죄드리고 물러갑니다. 행복한 가정이 되도록 부처님께 기도하겠습니다.

이제 탈주범들은 노련해졌다. 그들은 찾아가는 집마다 깍듯이 예의를 차리고 공황에 빠진 인질들을 안심시키려고 절대로 상처 하나 입히지 않겠다고 맹세하기도 한다.

그러다 탈주범들 중 하나가 자수한다. 그는 구치소에 있을 때 우이동 산기슭에 1억 원어치의 보물(寶物)을 숨겨두었다, 고 공갈을 친 적이 있었다. 자수 후, 기자회견에서 그는 이렇게 밝힌다.

기자: 우이동 산속에 보물을 숨겨둔 것이 사실인가?

탈주범: 사실이 아니다. 교도관을 이용, 내 편의를 보려고 꾸민 거짓말이었다. 그 교도관에게 미안하게 생각한다.

그런 교도관은 실제로 있었다. 그는 탈주범과 1억 원어치 보물에 대해 흥정하기도 했다. 탈주범은 그 교도관을 바보로 만들었다. 그 바보는 사건 종결 후 입건 구속된다.

그다음 날 탈주범 하나가 추격전 끝에 붙들린다. 차를 몰던 그는 다른 탈주범들을 내려놓은 후 주차할 장소를 찾다가 그만 포장마차를 쓰러뜨려 경찰의 주의를 끈 것이었다. 그는 신촌 먹자골목 안 고바우 냉면집 앞에서 한 시민이 건 발에 걸려 넘어져 체포되었다.

그날 접선 장소에서 접선에 실패한 또 다른 탈주범 하나가 일행에서 떨어져 나온다. 나머지 지강헌 외 세 명은 가정 방문을 계속한다.

"놀라지 마라."

지강헌이 대문을 열고 마당으로 들어서며 말했다. "놀라지 마라."

"우린 탈주범 아저씨들이야."

그때 마당에서 화초에 물을 주고 있던 여자애가 지강헌을 빤히 올려다보며 이렇게 첫인사를 건넨다.

"가난한 집에 오셨군요."

이건 정말이다. 여자애는 정말로 그렇게 말했다.

탈주범들은 불편하고도 귀찮은 존재가 되었다. 그들은 가난한 집의 양식을 축내는 도적 떼가 된 것이었다. 탈주범들은 더욱 노련해져 있었다. 세상의 모든 집이 그들의 집이었다. "먼젓번 집은 방마다 컬러텔레비전이 있었는데 이 집은 어째 시원찮아."

텔레비전 마니아인 한 탈주범이 흑백텔레비전의 채널-놉을 이리저리 돌려보다 짜증이 나 말했다. "안암동 집에서 한 대 갖다 줘야겠어."

또 "우리처럼 되지 않으려면 공부 열심히 해."

또 텔레비전에서 과천과 경북 칠곡에 자신들이 출현했다는 뉴스를 보곤 코웃음을 쳤다. "우린 여기 있는데."

"미친놈들."

"미친놈들, 머저리 같은 놈들."

도주 초반엔 지강헌의 총을 뺏으려 했던 탈주범들이 종반에 이르러선 기진맥진하고 지친 나머지 이렇게 부탁한다. "강헌이 형."

"경찰한테 잡히면 그걸로 날 쏴줘."

"나도."

탈주범들은 그들이 침입했던 마지막 여섯 번째 집에서 실수를 저지른다. 불침번을 세워놓고 잠을 자는 도중 불침번마저 잠든 것이었다. 집주인은 근처의 파출소에 신고를 한다. 경찰 천여 명이 집을 둘러싼다. 그때부터 탈주범들 최후의 인질극이 시작된다. 지강헌은 천 명의 경찰을 향해 총 한 방을 쏘며 협박했다.

"까불면 쏠 테야!"

"봉고차 한 대만 보내줘, 그러면 우린 조용히 딴 데로 갈게!" 그러곤 인질 둘을 석방한다.

집 밖에선 탈주범 가족들의 눈물겨운 설득전이 펼쳐진다. 한 탈주범의 노모가 와 메가폰으로 아들을 설득한다. 지강헌은 불쌍한 노모의 아들을 보내주기로 마음먹는다. 지강헌은 그 아들의 발아래 총 한 방을 쏘며 이렇게 말한다.

"네게 주는 마지막 선물이야, 내 마음을 갖고 가라. 엄마한테 가!"

가장 나이 어렸던 그 막내 탈주범은 한동안 마당을 배회하다가 결국 선물로 인질 하나를 데리고 나가 경찰에 자수한다. 최후의 인질극은 계속된다.

한동안 적막이 계속된다. 지강헌 외 두 명의 탈주범은 기진맥진해서 거실 여기저기에 널브러져 있었다. 탈주범 하나가 말한다.

"형,"

"나 지쳤어, 어쩌면 좋아?"

지강헌은 고개를 수그리고 무언가 숙고하는 듯하더니 잠시 후 이렇게 대꾸한다. "내게 묻지 마,"

"아무 생각도 안 나니까."

밖은 가족들의 눈물겨운 설득과 경찰의 무시무시한 협박들로 시끄럽다. 지강헌은 이맛살을 찌푸린 채 고통스러운 표정으로 제 머리통을 흔들어본다. "틀렸어."

"역시 아무 생각 안 나. 우리 옛날 집에 호박밭이 있었지. 여름이면 벌 떼가 싯노랗게 몰려들곤 했어."

지강헌은 계속 말한다. "그 싯노란 벌 떼가 지금 내 머릿속에서 다시 윙윙거린다, 윙윙. 그뿐이야."

집 안은 다시 적막에 휩싸인다.

한참 후 탈주범 하나가 입을 연다. "좆같애."

"요 며칠 새 파삭 늙어버린 기분이야."

그러자 또 한 탈주범이 말을 잇는다. "나도 그래."

"이젠 죽으나 사나 별 의미가 없지."

그렇게 중얼거린 두 탈주범은 의기투합해 지강헌의 총을 빼앗는다. 그러곤 안방으로 뛰어들어가 차례차례 제 머리에 총알을 박아 넣는다.

적막을 깨고 나란히 울려 퍼지는 탕— 탕—.

총소리와 함께 인질 둘이 비명을 지르며 후닥닥 안방에서 뛰쳐나온다. 두 탈주범의 머리가 산산조각이 나 그들의 눈앞에 흩뿌려졌기 때문이었다. 인질 둘은 탈주범들의 뇌 조각을 함빡 뒤집어쓴 채 거실을 거쳐 곧장 문밖까지 달려 나간다.

이제 집 안엔 최후의 총잡이인 지강헌과 최후의 인질인 그 집의 큰딸만이 남아 있게 된다.

지강헌은 안방으로 들어가 뇌수가 쏟아진 채 대자로 뻗어 있는 비참한 최후를 맞이한 두 동료를 돌아본다. "쯧쯧."

"틀렸어." 지강헌은 뻣뻣하게 굳은 몸으로 겨우 입을 뗀다. "난 멍청이가 됐나 봐."

"여전히 아무 생각 안 나는걸."

지강헌은 그렇게 중얼거리며 허리를 굽혀 바닥에 떨어진 피투성이 45구경 권총을 집어 든다. "총알 하나."

지강헌의 머리는 그제야 조금씩 돌아가기 시작한다. "총알 하나."

지강헌은 총을 만지작거리며 천천히 거실로 걸어 나온다. 거실 소파에는 마지막까지 그의 곁에 남아 준 최후의 인질이 그를 위해 눈물을 흘리고 있었다.

"아저씨."

"총알 하나."

"불쌍해 보여요, 아저씨가 너무 안돼 보여요." 그 인질은 지강헌이 대문을 열고 들어섰을 때 첫인사로 가난한 집에 오셨군요, 했던 그 계집아이였다. "안됐어요."

지강헌은 이제 인질 따윈 아랑곳없었다. "총알 하나."

"아저씨는 이제 죽을 거죠?"

지강헌은 그때 골똘히 생각에 잠겨 남은 총알 수를 세어보고 있었다. 권총을 처음 빼앗았을 때 다섯 발이었고…… 경찰이 들이닥쳤을 때 위협용으로 한 발, 막내를 엄마 품으로 돌려보낼 때 선물로 한 발, 그리고 좀 전에 안방에서 두 발……. "맞는군."

지강헌은 마침내 고개를 끄덕인다. "맞아."

"총알은 하나야." 지강헌은 하늘을 우러르며 그렇게 혼잣말을 했다. "고맙게도 내 몫은 잊지 않고 남겨주었군."

"너무 조용해."

"음악이 있어야겠어."

그러곤 손을 뻗어 카세트 덱의 플레이 버튼을 누른다. 지강헌은 음악을 틀어놓곤 한 손엔 총 한 자루를 한 손엔 유리 조각을 들곤 창가 의자에 앉아 창턱에 다리를 올려놓는다.

그렇게 편한 자세를 취한 지강헌은 총구를 제 관자놀이에 갖다 대곤 짧게 안도와 평안의 한숨을 내쉰다.

"후—."

그러곤 나머지 한 손의 유리 조각으로, 목을 찌른다.

담을 넘어 들어온 특공 경찰들이 네 발의 총탄으로 그를 사살한 건 이미 그렇게 자해한 후였다. 탈주 9일 만의 일이었다.

기형도의 시 〈가는 비 온다〉는 그렇게 낭만적이고도 비참한 최후를 맞았던 한 총잡이를 기리기 위한 것이었다. 물론 한국의 명총잡이가 지강헌 하나뿐인 것은 아니다. 그보다 5년 전인 1982년엔 경상남도의 한 마을에서 발작을 일으킨 경관 하나가 소총과 수류탄으로 여덟 시간 동안 총 예순네 명의 주민을 살육하는 사건이 벌어졌었다.

그 사건은 전혀 낭만적인 어떤 것이 아니었다.

그것은 시라기보다는 소설에 더 가까운 것이었다.

우리, 불쌍한.

나는 실제로 쏘는 사람—총잡이는 될 수 없었지만 그래도 그 비슷한 체험을 할 수 있는 기회는 꽤 여러 번 얻을 수 있었다. 그해에는 이 도시의 어디서나 소규모 도시 게릴라전 같은 격렬한 상황들이 무수히 전개되었던 것이다. 물론 희생자도 적지 않았다.

나는 가두 투쟁이 있는 날이면 화염병을 들고 대열의 맨 앞에 서곤 했다. 마스크와 생리대 패드가 얼굴을 뒤덮고 있었다. 가투 현장의 그 모든 것들엔 언제나 척, 하는 경향들이 만연해 있었다.

자동소총인 척, 방독면인 척, 추격전인 척, 정의의 사자인 척, 악당인 척…… 나 역시 늘 총잡이인 척, 했다.

화염병?

아무튼 소음기가 달린 45구경 권총 대신 내가 지닐 수 있는 최대 화력의 무기류인 것만은 틀림없었다.

나는 그날 춘계 투쟁의 피크라고 알려진 어느 집회에 끼어 있었다. 그날의 시위는 서울과 경기, 전국의 광범한 지역에서 동시에 시작된 것이었다.

멀리서 한 무리가 잿빛 진압복을 입은 사복 체포조들에게 한

떼의 타조들처럼 쫓겨 달아나고 있었다. 건너편 광화문 로터리 쪽에 선 경찰의 다연발 최루탄 발사차 한 대가 천천히 굴러가고 있었다. 인사동 방향으로 후퇴하던 한 무리를 중심가 밖으로 아주 쫓아내버리기 위한 것이었다. 가투가 시작된 지 두어 시간쯤 지났을 무렵이었다. 지칠 만큼 지쳐 있던 나는 보도에 앉아 담배를 태우며 다리를 쉬었다. 무릎이 깨어져나갈 것처럼 아파 왔다. 최루 분말 때문에 겨드랑이와 사타구니가 불에 덴 것처럼 쓰려 왔다.

저 앞 대로 중앙에서 누군가 흰 장갑을 흔들었다. 어두운 빛의 구겨진 콤비를 걸치고 어두운 빛의 구겨진 넥타이를 매고 어두운 빛의 부러진 뿔테 안경을 쓰고 있었다. 나는 이상할 정도로 처연한 빛이 도는 그를 곧 알아보았다.

사내의 그러한 패션은 그를 멀리서도 알아볼 수 있게끔 하는 어떤 표지—마피아 총잡이들의 중절모나 미 서부 개척시대 총잡이들의 은빛 박차, 국회 총잡이들의 아무 때나 쥐고 두드려대기 쉽게 만들어진 의사봉 따위—같은 역할을 했다.

그런 싸구려 총잡이들과 사내 사이에 존재하는 차이점이란 사내의 두 눈이 아주 먼 곳을 향해 치켜떠져 있다는 그것뿐이었다. 싸구려 총잡이들은 물론이요, 그 자신까지도 가 닿기 영 어려울. 사내는 자기가 감당할 수 없는 어떤 무엇을 양어깨에 짊어지고 있는 이였던 것이다. 그 어떤 무엇이 그의 영혼을 짜부라뜨리고 있었다.

나는 뭉그적대면서 한 손엔 화염병을 한 손엔 사타구니를 움켜쥐고 사내 앞으로 나갔다.

사내의 지휘에 따라 FB조들은 다연발 최루탄 발사차 50여 미터 앞으로 대오를 맞춰 섰다. 사내의 흰 장갑 낀 손에는 깃발도 들려 있었다. 바람이 불고 그가 깃발을 흔들어대자 길게 혀를 빼문 노태우의 피투성이 두상 캐리커처가 나타났다.

FB조들이 화염병 심지에 라이터 불을 그어대고 있을 때, 사내가 깃발을 치켜들었다. 첫 번째 오가 달려나갔다. 화염병 몇 개가 다연발 최루탄 발사차에 맞아 불덩이들을 튀겼다. 화려하고 세련된 원을 그리던 화염병 하나가 최루탄 발사구에서 불을 뿜었다.

"아주 부숴버려!"

누군가 소리 질렀다. 앵글조가 다연발 최루탄 발사차 지붕으로 뛰어오르고 있었다. 쇠파이프 몇 개가 최루탄 발사구를 미친 듯이 두들겼다.

나는 다연발 최루탄 발사차가 뒤집히는 것을 보며 뒤쪽 본대를 좇아 뛰었다. 불덩이들이 뒤집힌 차의 바닥 쪽으로 올라붙고 있었다. 차 안에 누가 있었고 밖으로 도망칠 시간이 있었는지는 알 수 없었다. 골목에서 사복 체포조들이 튀어나오기 시작했다. 등 뒤에서 수백 명이 한꺼번에 질러대는 비명들이 다연발 최루탄 발사차가 최루탄을 쏘아대는 굉음들과 함께 뒤죽박죽되어 들려왔다.

나는 재빨리 본대 속으로 섞여 들어 도망쳤다. 어느 순간 귀청을 때리던 소음들이 사라지고 갑자기 어떤 공포에 휩싸인 정적이 내 두 귀를 두껍게 틀어막았다.

시위대가 다시 충무로에 집결했을 때 그 수는 이미 3분의 1가량 줄어 있었다. 나는 여전히 전투조의 최전방에 서 있었다. 한동안의 소강상태가 있었다. 그러고 얼마 안 있어 흰 곡선을 그리며 최루탄들이 하늘을 가로질렀다. 다시금 울부짖는 비명 같은 것들이 내 고막 가까이서 폭발했다.

그 흰 곡선들이 여름날의 하늘을 갈기갈기 찢어놓고 있었다.

나는 옆 골목을 향해 뛰었다.

골목의 모퉁이를 돌 때 나는 전경들이 얼마나 가까이 쫓아오고 있나 보기 위해 고개를 돌렸다. 10여 미터 뒤쪽은 이미 뿜어나오기 시작한 최루 분말들의 장막에 뿌옇게 휩싸여 있었다. 나는 잠시 뛰기를 멈췄다. 그러고 다시 돌아서려는 순간 그 최루 장막을 뚫고 당황한 빛이 역력한 한 시위자가 뛰쳐나왔다.

나는 걸음을 멈추고 잠시 머뭇거렸다. 곧 잿빛 장갑 하나도 시위자의 뒤를 쫓아 튀어나왔다. 그러고는 시위대의 뒤 머리칼을 잡아 홱 뒤로 낚아챘다. 낚아채인 시위자의 목은 잘 건조된 담배 한 개비가 부러지듯 손쉽게 꺾여 나갔다. 눈 깜짝할 새의 일이었다. 곧 시위자도 잿빛 장갑도 뿌연 최루 장막 속으로 사라졌다. 나는 손에 쥐었던 화염병 하나를 뒤쫓아 오던 한 전경의 발치에 꽂았다. 전경의 두 발목이 화염에 휩싸이고 있었다.

내 두 눈썹이 볼썽사납게 일그러졌고 눈꺼풀이 쉴 새 없이 깜박거렸다. 나는 다시 발길을 돌려 골목 안으로 뛰어들었다.

시위대는 처음의 반도 안 돼 보였다. 동대문은 의외로 한산했다. 부산하기만 할 뿐인 전투조들도 전투경찰들도 거의 보이지 않았다. 이 추격전의 참가자들은 서로를 지긋지긋해하고 있었다. 그들은 멀찌감치 거리를 둔 채 숨을 몰아쉬거나, 구토하거나, 다리를 쉬거나, 총잡이 소설을 구상하고 있거나 하고 있었다. 어둠이 내리고 있었다. 내가 反長을 만난 건 그때였다.

그때 나는 2050년 전쟁이 벌어진 서울을 배경으로 한 〈도시 게릴라의 우수〉를 구상하고 있었다. 2050년 게릴라전이 펼쳐지고 있는 서울 한복판에서 주인공 게릴라는 생각한다.

'난 열두 살부터 총을 쏴왔어.'

주인공은 철모 커버에 끼워둔 여송연을 꺼내 문다.

'한때는 이 빌어먹을 전쟁을 누가 먼저 시작했는지 궁금해하기도 했지, 하지만 다 옛날 일이야. 지금의 난 거의 30분마다 사람을 쏴 죽이지.'

그러곤 총을 들어 건너편 블록에서 쓰레기통을 뒤지고 있는 한 녀석의 머리통을 쏴 날려버린다. 녀석의 튀어 오른 뇌 조각들이 맞은편 벽을 온통 새빨갛게 물들인다. '그런데도 권태란 놈은 물러갈 줄을 모르는군.'

"빌어먹을!"

주인공 게릴라는 그렇게 내뱉듯 중얼거리고는, 휴대용 대공

미사일 포를 어깨에 메곤 방아쇠를 당겨 빌딩 한 채를 통째로 주저앉힌다.

"빌어먹을!"

바로 그때 누군가 내 어깨를 치며 중얼거렸다. 내가 고개를 돌렸을 때 거기엔 우중충한 표정의 反長이 서 있었다.

"세상에!" 내가 놀라 소리쳤다. "네가 웬일이야!"

그러자 反長은 뭐가 웬일이냐는 식의 뜨악한 표정을 짓더니 이렇게 되물었다. "너야말로 웬일이야?"

우리는 시위가 다시 시작되기 전의 막간을 이용해 수다를 떨었다. 反長과는 고등학교 졸업 후 연락이 끊긴 상태였다. 내가 재수를 하고 있는 동안 놀랍게도 反長은 대학을 다니고 있었다. 反長이 대학에 들어갔다! 도대체 어찌 된 세상일까.

"아버지 덕이야."

反長은 껌을 딱딱 소리 나게 씹으며 내뱉듯 말했다. "우리 아버지 파워 덕이야, 알지?"

"우리 아버지가 살아 있는 동안은 난 세상에 무서울 게 없는 거지."

그렇게 말하는 反長의 얼굴은 대단한 불쾌감과 짜증으로 흉측하게 일그러져 있었다. "좆같애."

"나도." 내가 기가 막혀서 중얼거렸다.

집결 신호에 따라 反長과 나는 FB조들과 함께 앞으로 나아갔다. 화염병에서 흘러내린 시너와 휘발유 혼합액이 내 약간 덴 두 손을 차게 식혀주고 있었다. 여자애들이 새카맣게 지하철역 계단을 뛰어 올라오고 있었다. 그 아이들이 멘 색에는 화염병들이 한가득 담겨 있을 것이다.

시위대가 사거리 중앙을 메우기 시작했다. 전투조를 지휘하던 그 사내가 내 앞을 스쳐 지나가고 있었다. 사내의 반쯤 꺾인 허리와 깃대가 콧등을 시큰하게 했다. 사내의 얼굴은 이마부터 턱까지 어디선가 흘러내린 핏덩이로 둘로 쪼개져 있었다.

사거리 건너 동대문 쪽에서는 날이 늦었으니 해산하고 귀가하라, 는 선무 방송이 울려 퍼지고 있었다. 다연발 최루탄 발사차 전조등들만이 그 어두운 사거리에서 번쩍이고 있었다.

전경들이 전진해 오고 있었다. 아까처럼 사정없이 몰아대지는 않을 것이었다. 그들의 목적은 단지 이 귀찮을 뿐인 타조 떼들을 자기들 눈, 그리고 정치인들의 눈에 띄지 않을 만큼 먼 곳까지 흔적도 없이 날려버리는 것일 터였다.

전투조들이 오를 맞춰 섰다. 사내가 다가와 FB조들이 들고 있는 화염병 하나하나에 불을 붙여주었다. 사내 심지의 불꽃은 믿기지 않을 정도로 아름답게 타오르고 있었다. 우리 역시 믿기지 않을 정도의 공손한 태도로 그 불꽃을 받아들였다.

"물어볼 게 있어."

내가 反長을 돌아보며 말했다.

"물어볼 거 뭐?"

내가 막 입을 떼려는 순간 사내가 소리를 지르며 앞으로 뛰어나갔다. 사내를 따라 FB조의 팔들도 공중에서 커다란 불꽃 원을 그리며 돌아가기 시작했다. 反長이 제 얼굴에서 마스크와 생리대 패드를 떼어내더니 두 팔을 휘두르며 달려나갔다. 내 손을 떠난 화염병이 화염을 뿜고 있었다.

다연발 최루탄 발사차에서 굉음이 터져 나왔다. 전경들이 갑자기 속도를 내 쫓아오기 시작했다. 나는 뒤돌아섰다. 그러면서 본대의 후퇴하는 바를 살폈다. 도망치기 전에 남은 화염병 하나를 마저 던질 기회를 기다리고 있었던 것이다.

그것이 내 할 일이었다. 타조 떼를 가능한 한 사수(死守)할 것.

그렇게 밀고 밀리는 접전이 계속되고 있을 때 나는 다시 한 번 反長을 만났다. 反長은 차들이 어지러이 주차해 있는 어느 일방통행 도로에 있었다. 反長은 거기서 사복 체포조 하나를 곤죽으로 만들어놓고 있었다. 내가 다가가 뜯어말리며 말했다.

"왜 이래!"

"뭘 왜 이래?"

反長은 농구화를 신은 발로 사복 체포조의 얼굴을 짓이겨놓고 있었다. 아스팔트의 요철에 그의 살점들이 빨갛게 점점이 맺혀 있었다. "그저께 김귀정이 죽을 때, 내가 거기 있었다."

"그래서 이러는 거야? 나도 거기 있었어!"

그건 사실이었다. 김귀정이 죽어가고 있을 때, 나는 바로 그 옆 골목을 달리고 있었다. 나는 발길질을 계속하고 있는 反長을 뜯어말리며 소리 질렀다.

"니가 걔하고 아는 사이였어?"

"아니!" 反長은 씩씩 숨을 몰아쉬며 아니라고 했다. "전혀 몰라. 하지만 오늘 내가 이 자식을 죽여버린다. 누굴 죽이고 싶었는데 마침 핑곗거리가 생긴 거지."

"세상에! 나는 기가 막혀서 그렇게 중얼거리곤 한 발짝 물러났다.

사복 체포조의 얼굴은 이제 형체도 알아볼 수 없게 짓뭉개져 있었다. 전경들이 골목을 돌아 우리 쪽으로 들어서고 있었다. 나는 反長에게 뭔가 물어볼 말이 있었지만 그 상황에선 그건 전혀 중요한 게 아니었다. 그 상황에 비하면 그 어느 것도 농담에 불과했다.

"세상은 좆같애! 대학에 들어가서 어느 교수님께 물었지, 왜 세상은 몰락해가고 모든 게 엉망이 돼가냐고. 그랬더니 뭐라는지 알아?"

"그건 시대착오적인 질문이네, 지금은 80년대가 아니야."

교수의 그 말은 맞는 말이었다. 나 역시 세상은 조금씩 조금씩 나아져가고 있다고 믿고 있었고, 지금도 그렇게 믿는다. 세상은 조금씩 나아진다.

만약 그렇지 않다면…… 뭐가 그렇지 않다는 말인가, 인류가 이 지구라는 푸른 별을 떠나기라도 할 거란 말인가.

反長은 계속 소리 질렀다. "하지만 나는 그걸 물었던 게 아니었어. 80년대니 90년대니를 따졌던 게 아니었어. 창세기부터 아기 예수 탄생까지, 예수 부활부터 이 빌어먹을 6공화국 말기까지, 나는 인류의 모든 세기를 말하는 거였어."

전경들이 反長과 나와 고깃덩어리가 돼가고 있는 제 동료를 발견하고 소리를 지르며 달려오고 있었다. 反長은 내 어깨를 두드리며 윙크를 해 보였다. "아까 물어본다는 게 뭐였어?"

"지금은 바쁘니까 이따 전화하자."

反長과 나는 서로 다른 골목을 향해 뛰었다. 나는 그 이후로 지금까지 단 한 번도 그 어떤 이유로도 전화하거나 그와 얼굴을 마주하지 않았다.

우리, 불쌍한.

얼마 후 나는 타조 떼에서 떨어져 나와 어느 시장에 들어와 있었다. 나는 철시한 시장 상점들 사이를 넋 나간 얼굴로 걷고 있었다. 한 사내가 두 손을 마주 포갠 채 울먹울먹하고 있었다. 마주 포갠 그의 두 손은 시커멓게 그을려 있었다. 그을음들 새로 점점이 붉은 살점들이 내비치고 있었다. 화염병이 그만 그의 손안에서 터져버린 것이다.

또, 철시한 시장의 텅 빈 복판에 쓰러져 있는 전경도 보았다. 그의 경찰복은 흙 발자국들로 온통 더럽혀져 있었다. 성난 시위대들이 혹은 장난삼아 그를 눕혀놓고 매타작을 했던 것이다. 나는 허리를 굽혀 그의 입가에 귀를 갖다 댔다. 가냘프게 숨을 몰아쉬던 그는 그 어떤 전화번호를 다급하게 지껄여댔고, 그 전화번호로 내가 연락을 해주면 좋겠다고 부탁했다.

그 전경의 군화는 불이 붙었었는지 코팅이 거의 녹아내려 있었다. 나는 잠자코 있었다. 내 눈썹은 흉하게 일그러져 있었고 눈꺼풀은 쉴 새 없이 깜빡이고 있었다. 쓰러져 누운 채로 그는 주위에 방패며 진압봉 방독면들이 없는 것을 확인하더니 울음을 터뜨렸다.

나는 정류장에서 버스를 기다리고 있었다. 무릎은 언제 깨졌는지 옷 밖으로 피가 새어 나오고 있었다. 사파리 점퍼에는 최루탄에 맞아 생긴 작고 검은 구멍들이 몇 개 뚫려 있었다. 목덜미와 가슴이 최루 분말을 뒤집어써 생긴 작은 핑크빛 혈점들과 수포들로 부어올라 있었다. 불 꺼진 화염병 하나가 아직도 내 손에 들려 있었다. 나는 그것을 물끄러미 내려다보고 있었다.

다음 순간 나는 깜짝 놀라 두 팔을 허우적대며 그것을 근처의 쓰레기통에 떨어버렸다.

나, 불쌍한.

앰뷸런스 사이렌이 사방에서 쉴 새 없이 울려 퍼지고 있었다. 나는 차비로 쓸 동전 몇 개를 호주머니에서 꺼내 손에 쥐었다. 손가락들은 그것들을 멀리 아득히 내 발아래로 떨구었다.

하지만 내게는 동전들을 다시 주울 힘도 손가락들을 구부려 주먹을 다시 쥘 힘도 거의 남아 있지 않은 것 같았다.

"그래?"

"그래?" 캔디는 약간 울적해하고 있었다.

내가 캔디를 사귄 지 세 번째 되던 해의 어느 날이었다. 학교 앞마당 분향소의 초상들이 늘어가기만 하던 그런 즈음이었다. 그 초상들은 하나같이 이미 오래전에 죽어 있었던 것 같은 그런 얼굴들을 하고 있었다. 그날도 나는 가투를 나갔었고 핑크빛 수포들을 온몸 가득 피운 채로 초췌해져서 들어와 있었다.

"그래?"

"그래?" 캔디는 자꾸 그 말만 반복하고 있었다.

거의 몇 개월 만에 듣는 서로의 전화 목소리였다. 나는 그가 겪은 내 여러 무용담들을 한껏 과장해서 들려주고 있었다. 하나같이 웃기고 바보 같고 섬뜩한 것들이었다.

"너를 봤어."

캔디가 말했다.

"그래?" 나는 조금 의외라는 듯이 물었다. "어디서?"

"남산 조지훈 시비에서." 캔디가 힘없이 중얼거렸다.

"조지훈 시비?"

"거기서 내가 보여?"

"응, 좀 더 들어봐." 캔디는 중얼거렸다. "난 누구랑 같이 있었어."

무언가 나만 모르는 어떤 일이 이 세상에서 벌어지고 있는 것 같았다. "좋아."

내가 졸린 목소리로 물었다. "누구랑 같이 있었는데?"

"모르겠어?"

"응."

"푸른 갈색 눈동자."

"푸른 갈색 눈동자?"

그러자 응, 이라고 캔디는 대답했다.

"그 여자애?"

"응."

나는 잠시 그녀가 누구인지 기억을 더듬어보았다. 아마도 작년쯤에 캔디가 말했던 그 호감 간다던 여자애인 것 같았다.

"그래서?"

"몰라." 캔디가 말했다. "그냥 그렇게 둘이 앉아 있었어. 어쩌면 네 생각을 하고 있었는지도 모르지."

"그래?"

잠시나마 누구도 어찌할 수 없을 것 같은 침묵이 흘렀다.

"조지훈 시비에서 내가 보여?"

"응." 캔디는 응, 이라고 대꾸했다. "구름 기둥, 그걸 봤어."

"구름 기둥?"

"그래," 캔디는 그래, 라고 했다. "구름 기둥. 그걸 봤어."

"너희가 종로나 시청 앞 같은 데서 시위를 하면 흰색 최루가스며 분말들이 바람을 타고 하늘 높이까지 솟아올라."

"마치, 마치 구름 기둥처럼."

"그래?" 나로선 처음 듣는 얘기였다.

"그 하얀 분말들이 바람을 타고 구름처럼 뭉쳐져서," 캔디가 다시 말을 이었다. “하늘 높이 뜬다니까. 남산 조지훈 시비 앞에 앉으면 그게 다 보여.”

“정말?” 내가 믿기지 않아 되물었다.

나로선 처음 듣는 얘기였다. 캔디의 말처럼 그 구름 기둥이란 게 정말 존재한다면, 내가 그것을 보지 못한 것은 어쩌면 당연한 것이었다. 언제나 그 구름 기둥 밑에만 있었지, 그 밖에서 멀찌감치 떨어져서 그것의 전경을 볼 기회는 얻지 못했었기 때문이었다.

“나는 언제나 숲 안에만 있었구나.” 내가 말했다.

“그래.”

캔디가 말을 이었다. “네 머리 위에 솟아오른 하나의 하얗고 거대한 구름 기둥을 떠올려봐.”

“네 머리 위, 지상에서 솟아올라 그렇게 거대하고 하얀빛으로 얼마간 공중에 머무르다가 또 사라지는 그런 구름 기둥을 떠올려봐.”

“그게,” 캔디는 잠시 뜸을 들였다.

“얼마나 아름답고 따듯하고 위대해 보이는지.”

“글쎄.” 나는 글쎄, 라고 중얼거렸다.

뭐라 할 말이 생각나지 않았다. 나는 잠자코 구름 기둥 구름 기둥, 하고 몇 번 소리 내 중얼거려보았다. 듣기에 좋았다.

그렇지만 캔디의 표현처럼 아름답고 따듯하고 위대해 보인다는 구름 기둥 아래서, 어떤 난처하고 무용하고 심지어 끔찍하기까지 한 일들이 종종 벌어지곤 하는지에 대해선 얘기할 수 없었다.

나 혼자만의 느낌일 수도 있었고 어쩌면 그 두 가지 상반된 표현이 서로 다르지 않은 표현일 수도 있을 거라는 생각도 들었다.

"하지만 난 너희와 함께 그 구름 기둥 밑에 있을 수 없어." 캔디가 우울하게 중얼거렸다. "알지? 난 누구와도 함께 있을 수 없는 존재야."

나는 캔디가 이젠 더 이상 칫, 하고 웃지 않을 거라 생각하고 있었다. 그 칫, 하는 웃음을 더는 볼 수 없을 거란 생각도 했다. 또 지금의 나에겐 그런 웃음이 역겨운 것으로 받아들여질 수도 있었다.

"실은 뭣 좀 물어보려고……."

캔디가 머뭇거리며 다시 입을 열었다. 나는 수화기를 어깨에 걸친 채 막 잠이 들려 하고 있었다.

"뭘?"

"희라는 아일 어떻게 좀 해보고 싶어서."

무엇이 부끄러운지 캔디의 목소리가 기어들어가고 있었다.

"푸른 갈색 눈동자 말이야?"

"그런 걸 물어볼 남자 친구란 너밖엔 없어."

"그런 거?" 나는 곧 그 말이 무슨 뜻인지 알아차렸다. "아!"

"아!"

"무슨 뜻인지 알겠지?" 캔디는 거의 다 죽어가는 목소리로 말하고 있었다.

"그래!" 내가 자리에서 벌떡 일어나 앉으며 말했다.

캔디는 남자며 성인이며 마침내 누구에게도 간섭받지 않고 자기 자신의 사랑에 집요해질 수 있는 그런 나이에 들어선 것이었다. 맙소사.

캔디는 남자와 남자 사이가 아닌, 남자와 여자 사이의 섹스란 것에 대해선 아무것도 모르고 있었던 것이다. 나는 수화기를 다시 고쳐 들었다.

"누구라도 그 정도 일은 할 수 있어." 하지만 그렇게 운을 떼 놓고는 잠시 말을 끊었다.

그것이 정말 누구에게나 가능할 수 있는 일인지 문득 의문이 들어서였다. 누구나 할 수 있으리만치 그것이 쉽고 거리낌 없는 것인지 의문이 들어서였다.

"그건," 하고 나는 성교육 백서의 그 무미건조하고 장황한 어투로 이성애를 설명해주었다. 자연스러운 것이며 누구나 생래적으로 섹스하기에 적당한 육체적 정신적 구조를 지녔다고.

"넌 이제 새 상대가 생긴 거로구나."

내가 말했다.

"그래,"

약간 뜸을 들이며 캔디가 말했다. "하지만 여전히 널 좋아해."

"그래," 나는 졸음 속으로 기어들어가고 있었다.

"나도 그렇지."

캔디와 나는 서로가 서로에 대해 아는 것이 너무 없었다. 그리고 알아야만 할 것도 너무 없어 보였다. 문득 그 전화 통화가 못 견디게 싫어졌다.

"하지만 사실은," 내가 말했다. "나도 잘 몰라."

"뭘?" 캔디가 물었다.

"사랑 말이야."

"섹스?"

"아니 그것만은 아니고." 내가 반쯤 잠이 든 목소리로 대꾸했다.

졸려서 미칠 지경이었다. 정말 알 수 없는 관계들이었다. 이해할 수 없는 삼각관계였다.

나는 남자며 캔디도 남자인데, 캔디는 내 애인이고 나는 그 남자 애인의 새 여자 애인을 질투하고 있었던 것이다.

물론 학년 말이 다 되도록 나의 총잡이 작품은 아직 그 서두도 쓰이지 않은 상태였다.

내가 쓰고자 했던 것은 처음엔 총잡이에 의해 쓰인 총잡이의 총잡이를 위한 이야기였다. 그러한 내 앞에는 몇몇 까다로운 난관들이 놓여 있었다.

우선 아주 실제적인 의미에서 나는 총잡이가 아니었다.

총—살상용 총기류의 개인 소지는 금지돼 있다!—이라고는 잡아본 적조차 없었으며, 작품 속이 아닌 진짜 총잡이들의 삶의 양식에 대해서는 아는 바 전무했다. 특히 내가 쓴 이야기를 과연 살아 눈을 껌벅이는 총잡이들이 읽어주기나 할 것인지 나는 전혀 장담할 수 없었다. 기존의 많은 총잡이 작품들도 나는 거의 참고할 수 없었다. 그 참고 작품들은 일단 내 손을 한번 거치기만 하면, 답답하고 풀기 없고 생동감 없이 죽은 파지 뭉치가 되어 책상 아래 쌓여갔던 것이다. 나는 그들—진짜 총잡이들을 도대체 어디에 가면 찾을 수 있는지조차도 알지 못했다.

처음에는 단순하기 그지없던 그 총잡이라는 캐릭터 자체도 도무지 모호하게만 느껴졌다. 나는 한 가지 의문에 사로잡혔다.

"과연, 총잡이가 그걸 쓰려고나 할까?"

"아니, 시도는 해본다지만 잠자코 완성시킬 수 있을까? 총잡이에게 과연 완성이라 불리는, 그것이 가능하기나 한 것일까?"

"그런 모든 것들이 오히려 그의 진정한 과녁, 사냥감은 혹시 아닐까?"

아닐까?

그가 만약 진정한 총잡이라면 잘 계산된 시간과 공간—죽임의 미로만을 왔다 갔다 하고 스토리를 완전무결하게 만들기 위해 골머리를 썩이며 마침내 그 이야기에 The End를 찍는 순간까지 도달하기 위해 참을성 있게 기다리거나 하지는 않을 것이라는 게 내 생각이었다.

어느 완성되는 지점으로 향하는 노정 자체, 혹은 그 노정으로 생긴 어떤 우스꽝스럽지만은 않은 결과물, 그 모두가 그에겐 무의미하며 동시에 그의 과녁, 사냥감이 되는 것은 아닐까 생각했다.

이 세상에 쏘아버려야만 할 무엇을 또 자기 손으로 내놓는다는 사실 자체가 그에겐 혐오스러운 그래서 불쾌하기만 한 일이 되는 것은 아닐까?

언젠가 지금은 사라지고 없는 한 카페의 DJ가 했던 말처럼, 자기 자신까지 쏘아버려야만 하는 그 총잡이에게 우리는 너무나 역설적이고 짜증 나는 요구를 하고 있는 게 아닐까?

이러한 밑도 끝도 없는 질문들이 나를 괴롭혔다. 하나의 작품을 쓰느니 차라리 총 한 방을 더 쏘는 게 그 총잡이의 참된 할 일만 같았다. 나는 처음부터 헤아릴 수 없는 헤아리기에 불가능한 꿈을 꾸고 있었던 것이다.

헤아리기에 불가능한.

그러고 나자 내겐 거의 할 일이 없어졌다.

교수까지 내 위대한 총잡이 작품에 관심이 없는 듯했다. 그는 학기 초의 그 면담 이후로, 단 한 번도 내 작품에 대해 물어와오지 않았다. 까마득히 잊어버린 게 틀림없어 보였다.

또 언젠가 머지않은 시간이 흐른 후에, 교수 자신의 일상이 그 일상을 둘러싼 온 세상이 그 거의 미친 듯한 총잡이들로 포위되어버리리라는 위기감조차 못 느끼고 있음이 틀림없어 보였다.

그해 가을은 마치 총 한 방을 맞은 싸구려 엑스트라 악당처럼 모든 거리에서 쓰러져가고 있었다. 나는 학교 앞 카페 골목을 헤매고 다녔다.

나는 내 앞에 걸린 한 사진에 시선을 얹어놓고 있었다.

사절판 크기의 그 흑백 코팅 사진은 막 생명이 끊어지고 있는 한 사내의 전신을 담고 있었다.

몇 가닥의 잿빛 핏줄기가 그 사내의 관자놀이 귓구멍 콧구멍에서 마치 호스에서 새는 물줄기들처럼 거세게 뿜어져 나오고 있었다. 사내는 막 쓰러지려는 참이고 그 순간의 카메라 앵글의 초점은 약간 흔들려 있었다. 사내의 허리엔 커다란 버클이 달린 고전적인 혁대가 채워져 있었고, 싸구려로 보이는 티셔츠에는 JON SLI……라고 쓰여 있었다. 그다음 글자는 쓰러지지 않도록 사내를 붙잡고 있는 다른 누군가의 팔뚝에 가려 보이지 않았다.

JON SLI……는 무엇인가를 말하려다가 방금 다물어버린 어떤 입처럼 사진 가운데 씁쓰레하고 어리둥절하게 놓여 있었다.

사내의 손목에 채워진 전자시계가 몇 분 몇 초를 가리키고 있는지는 잘 보이지 않았다. 카메라 앵글의 초점이 약간 흔들린 까닭이었다. 잿빛 핏줄기 하나가 경련하면서 막 사내의 이마를 떠나 공중에서 원을 그리고 있었다.

사진 밑에는 꼬리표가 달려 있고 거기에는 이렇게 쓰여 있었다.

이한열, 1987년 6월 9일 오후 다섯 시경.

그 사진의 왼편에는 또, 지난여름 도심 한가운데서 다른 시위대들에 의해 압사당한 김귀정의 흑백 초상도 걸려 있었다. 김귀정의 그 초상은 신문에서 오려 키운 것인지 흐리고 망점들이 크게 확대되어 있었다. 그녀가 그렇게 되었을 때 나는 그 옆 골목을 신나게 달리고 있었다.

그때 나는 전투조였기 때문에 김귀정이 끼어 있던 본대와는 대충 50여 미터 거리를 두고 있었다. 몇 대의 다연발 최루탄 발사차에서 한꺼번에 벼락 치는 소리가 들렸고, 내가 본대로 뛰어가려고 뒤돌아섰을 땐 이미 본대는 포위되어 있었다.

그 때문에 우리 전투조들만이 상처 하나 입지 않고, 신발 하나 잃어버리지 않고 무사히 그 토끼몰이를 피해갈 수 있었다. 전경과 사복 체포조들은 오로지 본대만을 쳤던 것이다. 나는 그날의 무용담을 신이 나서 친구들에게 떠들어대곤 했었다.

김귀정의 초상 옆에는 또, 한 죽은 군인의 흑백사진도 걸려 있었다. 2차 대전이나 뭐 그런 때의 사진 같았다. 군인은 두 팔을 번쩍 치켜든 자세로 새하얀 모래톱에 길게 뻗어 누워 있었다. 군인의 두 눈은 마치 피에로 분장의 그것처럼 퀭하니 뚫려 있었다. 그렇게 쓰러져 누워 있은 지 꽤 된 듯싶었다. 물론 그 사진에서 가장 기괴한 것은 군인의 입이었다.

그 입은 사진 정중앙에서 헤벌쭉 벌어진 채 웃고 있었던 것이다. 그 사진의 건너편에는 또…….

그러한 사진들은 다른 역사적으로 유명한 기념물들과 마찬가지로 너무나 널리 알려져 있었기 때문에 차라리 아무 감흥 없이 따분하고 무의미한 것이 되어 있었다.

나는 그렇게 사방 벽에 걸린 어둠침침하고 흑백 일색인 사진들을 둘러보고 있었다. 나는 카페 〈JIRISAN〉에 앉아 있었던 것이다.

학기가 끝나기 전까지 제출하게 된 리포트 문건들로 가방은 뚱뚱해져 있었다. 학기 말 소설 과제에는 손도 못 대고 있던 상태였다.

나는 펜을 들고는 카페 〈JIRISAN〉의 노송 테이블에 총잡이, 총잡이, 총잡이, 라고 몇 번이고 휘갈겨 써 내려가고 있었다. 내 두 눈썹은 볼썽사납게 일그러져 있었고, 눈꺼풀은 쉴 새 없이 깜박이고 있었다.

카페 〈JIRISAN〉의 분위기는 그런 사진들로 항상 음험하고 어둠침침했다.

그런 사진들?

검은 리본을 두른 검은 프레임들의? 사진의 포인트라 부를 만한 이들은 거의 오른쪽 눈에 최루탄이 박혀 있거나, 불길에 휩싸인 채 건물 옥상에서 뛰어내리고 있거나 하고 있었다. 아니면 어느 날 문득 어느 호숫가에서 불쑥 떠오른 처참한 꼴들을 하고 있거나.

나는 어째서 카페 〈JIRISAN〉에 그런 사진들이 그렇게도 많이 걸려 있어야 하는지 알 수 없었다. 그러한 사진들 때문에 장사가 잘되지 않는 것이 분명했다.

주인의 설명에 의하면 그런 사진들은 이 시대의 전체적인 상징이었다.

전체적이기 때문에 어디에건, 카페 〈JIRISAN〉이건 테니스 코트이건 사창가 담벼락이건 대학 캠퍼스이건 걸려 있을 수 있다는 설명이었다.

아무튼 이 시대의 전체적인 상징, 모두를 한꺼번에 만나보려면 카페 〈JIRISAN〉으로 오라는 것이었다.

그렇게 이런저런 상념과 낙서로 시간을 죽이고 있을 때, 내가 앉은 테이블 뒤편에서 한 목소리가 들려왔다. 그 목소리는 내가 익히 잘 알고 있던 그런 목소리였다. 변성기가 막 지난 어린 남자아이의.

"그래."

"그 장국영은 생각했지, 마지막 타임의 손님치고는 아주 너저분한 놈이 걸려들었다고 말이야. 그 자식은 여자를 단 1초도 쉬게 놔두지 않고 착취했던 거야."

"그래?" 여자 목소리도 들려왔다. 동행이 있는 모양이었다.

"그래도 되는 거야?"

"물론, 그건 때때로." 어린 남자아이 목소리가 대답했다. "남자들에게서 발견되는 중요한 습성 중 하나지."

"게다가 그 자식은 발기부전이었거든."

"발기부전?"

"그래, 그래서 장국영이 아무리 용을 써도 꿈쩍도 안 했던 거야."

"그래서?" 여자가 재촉했다.

"장국영은 돈을 좀 더 내면 특별 서비스를 해주겠다고 제안했지. 언젠가 한번 효험을 본 적이 있었거든. 자식은 마지못해 몇만 원을 더 집어 줬지. 장국영은 자기 거시기에 젤리를 바르더니 그 자식 위에 올라탔어. 그러고는 그걸 꽂은 채 빙빙 맴을 돌았지."

"어머머." 여자는 웃었다.

"그런 걸 헬리콥터, 라고 하는 거야."

"어머머." 여자는 더 크게 웃었다.

"그런데도 그놈의 것이 도무지 설 생각을 안 하는 거야. 마침내 시간이 다 되어 장국영은 미안해하며 침대에서 일어났지. 그러자,"

"그 자식이 발끈 성을 내며 이렇게 소릴 치는 거야, 야, 이 갈보년아, 네년 아빠하고도 이따위로 해먹니!"

"어머."

"그 순간 장국영은 뒤돌아 앉아 바지를 꿰입으며 구시렁대고 있는 그 자식의 뒤통수가 그렇게 가증스러워 보일 수 없었던 거야."

"왜 안 그랬겠어." 여자가 놀란 투로 말했다.

"그래서 장국영은 제 옆에 있던 스탠드를 들어 자식의 뒤통수를 냅다 후려갈겼지. 자식은 꽥 소리 한 번 없이 고꾸라졌고."

"……."

"장국영이 그 싸구려 사창가를 빠져나올 때쯤 해선 자식의 뒤통수에서 흘러나온 피가 온 방 안에 범벅돼 있었고, 장국영은 발목까지 새빨갛게 피에 젖어 거길 빠져나와 사라졌지."

"물론," 어린 남자아이 목소리가 물론, 했다.

"정말인지 아닌지는 그 본인만이 알겠지만."

"……그게 끝이야?"

놀란 가슴을 가라앉히고 있었던지 말이 없다가 여자가 다시 입을 열었다.

"아니."

"그 뒤로 구름 기둥 이야기가 하나 더 있어."

어린 남자아이 목소리가 말했다.

"구름 기둥?"

"으응."

"그게 뭔데?"

"몰라, 가르쳐줄 수 없어."

"그 창녀랑 무슨 상관이 있는 거야?"

그러자 어린 남자 목소리는 여자의 그 순진한 물음에 기막히다는 듯 풋, 하고 웃었다.

"그게 무언지 알 만한 사람이 하나 더 있긴 하지."

"누군데?"

"내 첫사랑." 어린 남자아이 목소리는 내 첫사랑, 하고 잘라 말했다.

"하지만 걔 역시 아무에게도 가르쳐주지 않으려 할걸."

"그래?"

"그래. 이제 끝이야."

그 이야기는 反長 동현이의 사창가에서의 무용담과 캔디가 언젠가 들려준 구름 기둥 이야기 사이에 놓인 어떤 패러디담 같았다. 나도 그 이야기를 알고 있었다. 그건 내가 들려준 이야기였다.

나는 몸을 돌려 자리에서 일어섰다. 뒤편 테이블에서도 그들이 일어서고 있었다. 나는 내 뒤편 테이블에 앉아 이야기를 나눈 그 두 남녀의 얼굴을 보고 싶었다. 지난 1년 넘는 기간 동안 한 번도 보지 못했던 그 남자의 얼굴을 보고 싶었다.

캔디가 보고 싶었다.

캔디는 당황해하고 있었다. 내 얼굴을 잘 알아보지 못하고 있는 것만 같았다. 흘끔흘끔 나를 흘겨보고 있었다. 계산대로 가면서도 캔디는 그 떨리는 시선을 거두지 못하고 있었다. 그러긴 나도 마찬가지였다.

캔디의 옆에는 말로만 들은 그 사랑스러운 푸른 갈색 눈동자의 애인 희(噫)가 서 있었다. 그녀가 틀림없었다. 내 두 눈은 그 둘을 놓치지 않고 쫓고 있었다. 캔디의 턱 밑에는 잘 다듬어진 턱수염이 까뭇까뭇 덮여 있었다.

그 둘이 cafe JIRISAN이라고 선팅된 문을 마침내 열고 나갔을 때 나는 어질병을 느끼며 자리에 주저앉았다. 그가 아닌 다른 사람을 여태껏 보고 있었다는 생각이 들었다. 그가 아닌 다른 것,

캔디가 아닌 다른 무엇.

나는 한동안 넋이 나간 채 카페 〈JIRISAN〉의 그 흑백사진들을 거의 아무것도 보고 있지 않는 것이나 다름없는 시선으로 일별했다. 사진 속의 그 죽은 자들은 한결같이 아까와 같은 우스꽝스러운 자세들을 취하고 있었다.

아직 살아 있는 나로선 흉내조차 내지 못할 그런 자세들이었다. 나는 학기 말 리포트 과제들로 뚱뚱해진 가방을 주섬주섬

챙겨 자리에서 일어났다. 웃음이 터지고 엉덩이가 들썩거려 도저히 참을 수가 없었던 것이다. 나는 바로 갔다.

바에는 카페의 주인 가가멜이 약간 상기된 얼굴로 신문을 읽고 있었다. 가가멜은 상복 같은 검은 옷만 입는 그의 스타일 때문에 붙여진 그의 바 네임이었다.

"아저씨," 내가 말했다.

"저 사진들 좀 치워버리면 안 되겠어요?"

"뭐?"

"저 사진들 좀 내다 버리라고요."

"뭐!" 가가멜이 엉거주춤 자리에서 일어나며 말했다.

"저것들 좀 갖다 내버려요," 나는 소리 질렀다. "저것들 때문에 이렇게 손님이 없는 거라고요!"

"아저씨도 좀 보세요, 얼마나 구역질 나는 빌어먹을 것들인지!"

나는 화가 나서 상대의 기분 따윈 안중에도 없다는 듯이 그렇게 소리쳤다.

"저 꼴사나운 사진들은 당장 내다 버리고 무슨 비키니 파티 같은 데 나오는 여자애들 사진이나 갖다 놓으시라고요."

"당장요!"

가가멜의 얼굴이 붉으락푸르락하고 있었다.

"아저씨는 죽은 사람 사진만 모으는 변태죠?"

"그렇죠? 변태가 틀림없죠?"

"변태라고?" 가가멜은 갑자기 허허, 하고 허무한 웃음을 터뜨렸다. "내가?"

"나 말이야?"

"예, 아저씨 말이에요!"

"저 빌어먹을 것들 때문에 여기만 들어오면 항상 제 머릿속이 뒤죽박죽 뒤엉켜버려요. 왜 우리는 그럴 수밖에 없는 거죠? 왜 저도 反長도 캔디도 아저씨도 항상 머저리에다 바보일 수밖엔 없는 거죠? 호모가 아니면 발기부전 아니면 변태일 수밖에 없는 거죠? 왜 항상! 왜 다들 그렇게 될 수밖엔 없는 거죠?"

"예? 아시겠어요? 아즈라엘은 도대체 어디 있는 거죠?"

"어째서 아저씨도 反長도 나도 캔디도 결국엔!"

나는 웃음이 터져서 더는 말을 이어나갈 수 없었다. 잠시 후, 나는 마침내 이렇게 소리 질렀다. "캔디가 죽었어요!"

"캔디가 죽었단 말이에요, 방금!"

"캔디가?"

가가멜은 허허, 하고 허무하게 웃었다.

"빌어먹을." 나는 눈썹을 흉하게 일그러뜨리고 쉴 새 없이 눈꺼풀을 깜박이며 문을 박차고 뛰쳐나갔다. 캔디와 사귄 지 세 번째 되던 해에 있은 일이었다.

캔디는 그렇게 해서 죽었다.

우리. 불쌍한.

US WHEELING 1942

나와 그녀 앞엔 그것이 놓여 있었다. 그것은 이미 노랗고 빨갛고 달아올라 나와 그녀의 두 엉덩이를 노랗고 빨간빛으로 물들여놓고 있었다. 그것은 언제나 풀이 죽은 모습이거나 성이 잔뜩 난 모습이었다.

너무 차갑지 않으면 너무 뜨거웠다. 요컨대 너무 닳아빠져 있었던 것이다. 나는 솜털이 보송보송한 그녀의 엉덩이를 좋아하고 그녀는 내 옛 애인 이야기를 듣길 좋아한다. 그 이야기를 듣고 싶어 할 때면 귀를 쫑긋 세우고 마치 토끼처럼 빤한 두 눈을 똥그랗게 뜬다.

그녀는 그 이야기 외엔 어떤 것에도 귀 기울이려 하지 않는다.

나는 그녀에게 어떤 노래를 불러주고 있었다. 한때, 우리의

귀와 눈을 매혹했던 어떤 만화영화의 주제가였다:

외로워도 슬퍼도

나는 안 울어, 참고 참고 또 참지 울긴 왜 울어

웃으면서 달려보자 푸른 들을 푸른 하늘 바라보며 노래하자

내 이름은 내 이름은 내 이름은 캔디

그렇게 나는 그 노래를 나직하고 졸린 목소리로 불러주곤 한다. 나는 그 노래 외에 어떤 이야기도 결코 하려 하지 않는다.

그녀의 나직하고 약간 졸린 듯한 성기는 쉴 새 없이 오물오물하는 토끼의 입 같은 버릇을 갖고 있다. 나는 그것에 이따금 내 커다란 소시지를 물리기도 하지만 한 번도 씹어 먹힌 적은 없다.

나는 노랗고 빨갛게 물든 나와 그녀의 엉덩이를 바라보고 있었다. US WHEELING 1942는 도무지 차분하게 자신을 표현할 줄 모른다. 그것이 쇠로 된 몸체는 이제 너무 얇고 닳아빠져서

조금만 불길이 세져도 노랗고 빨갛게 달아오르곤 하는 것이다.

그녀는 그것을 내 할아버지, 라고 부르곤 한다.

그것의 바람 마개에는 US WHEELING 1942라는 표식이 찍혀 있다.

매해 초겨울 우리는 그것을 창고에서 꺼내 온다. 그것의 몸에 난 두꺼운 녹을 사포로 닦아낸 다음 다시 고운 사포로 몸체 깊숙이 박혀 있는 녹 찌꺼기들까지 솎아낸다.

그러고는 돼지기름을 빈틈없이 발라 광을 내는 것이다. 우리가 아주 조금만 방심해도 그것—US WHEELING 1942는 겨울이 채 다 가기도 전에 다시 흉측한 붉은 녹들로 뒤덮여버린다.

녹들의 침입은 끊임없으며 우리는 그것에 끊임없는 주의를 기울여야 한다.

그녀와 내가 황학동 벼룩시장에서 처음 그것을 보았을 때 그것은 한갓 녹이 잔뜩 슨 폐철 한 뭉치에 불과했었다. 그것의 바람 마개에는 그것이 어느 도끼 살인자의 유품임을 알리는 꼬리표가 달려 있었다.

텍사스, 댈러스, 토브 후퍼, 도끼 살인자, 1942~1950.

US WHEELING 1942는 아마도 장작용이나 석탄용으로 제작되었다가 나중에 카뷰레터를 달아 기름 난로로 개조된 것일 터였다. 그것이 요즘의 날렵한 잘 빠진 몸매의 기름 난로와는 달리 한 아름으로 껴안아도 부족할 정도로 뚱뚱한 허리를 가진, 우리에게 낯익은 고전적인 난로의 형태를 하고 있기 때문이었다.

우리가 인터넷 정보 서비스망을 통해 알아낸 바에 의하면 그 토브 후퍼, 라는 작자는 1942년부터 1950년까지 텍사스 댈러스 일대의 사회주의자나 무정부주의자들을 대상으로 한 다소 그로테스크한 살인을 일삼았다. 아마도 그는 유대계였고, 장작을 패듯 그 버림받은 혁명가들을 때려죽였다는 것이다.

어쩌면 그 토브 후퍼는 US WHEELING 1942에 넣을 장작을 패기 위해 도끼를 들었다가 그만 잘못 휘둘러 살인을 시작하게 된 불운한 작자였는지도 모른다.

꼬리표가 정말 믿을 만한 것—그의 유품이라는—이라면 그녀와 나처럼 토브 후퍼 역시 매해 초겨울 창고에서 그것을 꺼내 녹을 닦아내고 돼지기름을 칠했을 것이다. 그 이후의 알려지지 않은 소유자들도 역시.

그러니까 US WHEELING 1942는 1942년 이후로 토브 후퍼와 알려지지 않은 다른 많은 소유자들의 손에 의해 매년 닦여지고 닦여졌던 것이다.

거의 60여 년 동안.

끊임없이 침투하는 붉은 녹들에 대항하여.

그러니 그토록 몸체가 얇은 것도 이해할 수 있다. 그렇게 매년 손질하지 않았다면 그것은 그저 거의 다 녹아내린 하나의 쪼그라든 폐철 뭉치에 불과했을 것이었다.

“60년,”

“60년.” 그녀는 그렇게 중얼거린 다음 불쌍한 내 할아버지, 하고 덧붙이길 좋아한다.

그녀의 할아버지가 정말 그 도끼 살인자인지는 알 수 없다.

나는 US WHEELING 1942의 카뷰레터 밑 기름받이 통으로 떨어지는 한 투명하고 단속적인 기름방울들의 행렬을 보고 있었다. 그 방울들을 통해 본 이곳은 둥글게 일그러지고 약간 무지갯빛이 나며 잘 구별할 수 없는 몇몇 점들로 이루어진 하나의 둥근 방처럼 보인다.

그 방 속에—방이 틀림없다면—그녀와 나, 그리고 US WHEELING 1942가 있는 것이다. 노랗고 빨갛게 물든 그것과 우리의 두 엉덩이가 있는 것이다.

나는 그녀에게 들려줄 무엇도 더 이상은 가지고 있지 않다. 하지만 나는 그녀가 무엇인가를 더 원한다고는 생각하지 않는다. 그녀는 토끼 같은 두 눈과 엉덩이를 가지고 있으며, US WHEELING 1942는 식을 줄을 모른다. 그러면 세상이 다 좋은 것이다.

"해줘."

"해줘." 그녀는 반쯤 졸린 목소리로 말한다. 나는 그것 쪽으로 두었던 엉덩이를 모로 눕히며 노래를 시작한다:

> 나 혼자 있으면
> 어쩐지 쓸쓸해지지만 그럴 땐 얘기를 나누자
> 거울 속의 나하고
> 웃어라 웃어라 캔디 캔디야 울면 바보다 캔디 캔디야

나는 그 노래 외엔 어떤 이야기도 하려 하지 않는다. 그녀 역시 내 옛 애인 이야기 외엔 어느 노래에도 귀 기울이려 하지 않는다. 그러니 그녀는 내 옛 연인 이야기를 한 번도 들은 적이 없고 나 역시 내 노래를 한 번도 그녀에게 들려준 적이 없는 것이다.

그러고도 나와 그녀가 다투지 않고 잘 지낸다니 이상한 일이다.

우리는 그저 그것 쪽으로 나란히 엉덩이를 두고 있을 뿐이다. 그녀의 불쌍한 내 할아버지인, US WHEELING 1942조차 단 한 번 폭발한 적이 없다.

겨울은 아직 오지 않았다. 우리는 하루 대부분을 앞으로 닥칠 어떤 것들에 대해 생각하며 지내지만, 그 앞으로가 언제 왔는지도 모르는 채 우리는 매해 초겨울 창고에서 US WHEELING 1942를 꺼내 녹을 제거하고 돼지기름을 칠한다.

그러고는 그만큼 또 얇아진 그것의 쇠로 된 몸체를 보며, 그 얇아진 만큼의 아주 작고 보잘것없는 변화가 우리에게도 또 일어났음을 확인하는 것이다.

그 앞으로, 가 우리에게 끼친 영향은 그것밖엔 없는 것인지도 모른다.

하지만 그 어김없고 끊임없는 붉은 녹들의 침입에 의해, 우리의 US WHEELING 1942도 언젠가는 이 둥글게 일그러지고 약간 무지갯빛이 나며 잘 구별할 수 없는 몇몇 점들로 이루어진 방에서 사라질 것이다. US WHEELING 1942의 나지막하고 졸린 듯한 쇠로 된 몸체는 그렇게 단 하나의 유일한 미래 속으로 천천히 굴러갈 것이다.

내 도끼 아래서의 고통 따위는 영원히 실현될 수 없는 이상을 무작정 기다리는 고통에 비하면 약과…….

라고 그 도끼 살인자는 말했다.

토브 후퍼는 불에 타 죽었다.

불쌍한 꼬마 한스

1997년 8월 11일 《16민거나말거나박물지》가 나왔을 때, 나는 한국보훈병원 영안실에 있었다. 할머니가 돌아가셔서였다. 그날 열한 시쯤인가 열두 시쯤인가 출판사로부터 호출이 왔다. 책이 나왔으니 와서 보라는 것이었다.

"거기 어디예요, 민석 씨?"

"영안실이에요."

"예?"

"영안실요."

"어머? 어머!"

그렇게 해서 나는 오후 세 시쯤에, 내 세 번째 책이자 첫 작품집인 《16민거나말거나박물지》를 받아볼 수 있었다. 영안실에서. 나는 영안실 한 모퉁이에 붙박여선 아주 오랫동안, 책 뒤에 실린 복거일 선생의 해설을 읽었다. 책에 수록된 열여섯 개의 단편들 중 여섯 개는 이 병원 8층 입원실에서 썼다. 보호자 침대에 쪼그리고 앉아서. 상황이야 어떻든 책이 나온다는 것은 좋은 소식임에 틀림없다. 1996년에 나온 장편《내가 사랑한 캔디》도 비슷한 경우였다. 그 책의 첫 번째 독자는 한국보훈병원 신경외과 중환자실의 간호사들이었다. 출판사에서 책을 받아 들자마자 나는 병원으로 달려갔다. 아직 서점에도 깔리기 전이었다. 그 비슷한 경험은 1995년에도 있었다. 의정부에 있는 성모병원에서였다. 이번엔 고모였다. 나는 문예지《문학과사회》여름호를 기다리고 있었다. 내 데뷔작이 수록돼 있을 것이었다. 그 데뷔작은 내가 병원 영안실에서 읽은, 내 첫 번째 소설이 되었다. 고모는 1993년부터 1995년까지 근 2년을, 안양 평촌 우리 집과 의정부 성모병원을 오가며 앓았다. 내 첫 장편《헤이, 우리 소풍 간다》는 그 기간에, 고모를 따라다니며 쓴 것이었다. 고모는 언젠가 이런 말을 했다. 작가한테는 인생 상담을 하는 게 아냐, 그게 되고 싶니? 그 연배의 어른이면 드물지 않게 그렇듯, 고모도 소싯적엔 문학소녀였다.

뭔가 쓸 때마다 뭔가 낼 때마다, 병원이 나오고 중환자실과 영안실이 등장한다. 1994년 1995년에도 그랬고, 1996년 1997년에도 그랬다. 이젠, 병원 중환자실 영안실이란 말만 들어도 마음이 정겹다.

지금 쓰고 있는 이 글이 나의 네 번째 책이 될 것이다. 나는 예민해지지 않을 수 없다. 좋은 소식이 반드시, 그런 장소들 꽁무니에 붙어 오란 법은 없는데 말이다. 영안실에서 《16민거나말거나박물지》를 받아 들면서, 나는 어떡해야 웃으면서 동시에 울 수도 있는지 알지 못해 당황했다. 이미 겪어봤던 일인데도 말이다. 나는 생각한다, 이러다 신경증에 걸리지 않을까.

이젠 누가 죽어도 눈 하나 깜짝 않을 자신이 있어. 요즘 내가 하는 생각이다.

정말 그럴까?

도서관 소년의 미래

선애 씨가 한국을 떠났다. 그 사실은 내게 어떤 다른 사실 하나를 깨닫게 해줬다.

그녀란 존재가 생각보다 내게 훨씬 소중한 것이었다는.

겨우 지난달 말쯤의 일이다. 나는 정신과 대체요법 비디오(뤽 베송의 다큐멘터리 〈아틀란티스〉)를 보고 있었고, 그러다 어쩐 일인지 그녀 이름이 떠올랐다. 그녀는 잘 지내고 있을까. 1997년 5월에 생강차 한 잔 마신 후로 그녀완 안부 전화 한 번 없었다. 수첩엔 그녀의 기숙사 전화번호가 그대로 남아 있었다. 언젠간 다시 만나리라 생각했던 것 같다.

나는 근 1년 만에 그녀의 기숙사로 전화를 넣었다.

"선애 씨 방이죠?"

"아, 아."

"선애 씨 부탁드립니다."

"……아, 아, 선애 언니, 그만뒀어요."

"……예?"

"……아, 아, 미국 갔어요."

바로 그쯤 해서 나는 상황이 어떻게 돌아가고 있는지 알아챘다. 전화를 받은 여자는 그녀의 기숙사 방 짝이었다. 병원 중환자실 나이트 근무를 끝내고 기숙사로 돌아와 달게 자고 있던 모양이었다. 방 짝은 선애 씨가 미국 로스앤젤레스로 갔다고 했다. 겨우 며칠 전에.

"음! 연락처 알 수 있을까요?"

그녀의 방 짝은 '아, 몰라요!' 했고, 사라져버렸다. 방 짝은 그녀가 한국을 떠났다고 했다. 로스앤젤레스로 갔다고 했다. 수화기를 내려놓은 다음 나는, 그 순간 내가 뭘 알아챘는지 더듬어보았다. 떠나면서 내게 연락하지 않은 걸 보니 나 역시 그녀에게 그닥 소중한 존재는 아니었던 모양이다.

어쨌든 이로써 그녀는 내게서 어떤 기회를 앗아가버린 셈이었다. 그녀를 좀 더 소중한 존재로 여기고, 접할 기회 말이다. 그리고 나 역시 그녀에게 그런 존재로 여겨질 기회.

선애 씨가 미국으로 간 이유는 굳이 묻지 않아도 알 수 있었다. 일하러 갔다. 3년 전 처음 만났을 때부터 그녀의 머릿속은 그 생각으로 복작거리고 있었다. 한국에서 일할 것인가, 미국에서 일할 것인가. 그녀에게는 국제간호사자격증이란 게 있었다. 그건 미국의 병원에서 간호사로 일할 수 있음을 뜻하는 것이었다. 그녀는 'CGFNS Certification'이라는 뭔가 대단히 복잡해 보이는 과정을 수료했다고 했다. 아마도 그것이 너싱 테스트(nursing test)를 위한 준비 과정이었던 모양이다. 그녀의 간호사로서의 능력이 미국 의료계에도 적합한 것인가, 하는 테스트 말이다.

그녀는 통과했고, 그래서 그녀는 일할 병원만 있다면 언제든 떠날 수 있었다. 미국으로.

내가 얘기하지 않았던가.

그녀는 간호사다. 내가 데이트를 해본 세상 유일한 간호사.

나는 선애 씨의 방 짝(얼마 전까지만 해도 방 짝이었던)이 잠을 푹 자고 일어나길 기다렸다가 다시 전화를 했다.

"왜 그러세요!"

"간호사 하러 간 겁니까?"

"……그럴 거예요, 아마."

"미국 어느 병원인지 연락처 알 수 있어요?"

"없어요."

방 짝은 연락처를 알고 싶으면 선애 씨의 고향 집으로 전화해보라고 했다. 그녀의 고향은 강원도 속초였다. 나는 고향 집 전화번호는 알 수 있겠냐고 다시 물었다. 방 짝은 선애 언니와 어떻게 아는 사이냐고 되물었다. 나는 사실대로 답했다. 병원에서 만났어요, 2, 3년 전에.

"중환자실 환자셨어요?"

"아뇨."

선애 씨는 신경외과 중환자실에서 일하고 있었다. 그것도 7년 근속.

"그럼, 환자 보호자셨어요?"

"아뇨, 고향 집 전화번호는 알 수 있을까요?"

"몰라요!"

그러고는 방 짝은 사라져버렸다.

처음 만났을 때도 선애 씨는 미국에서의 간호사 생활이 과연 어떠할지 생각이 많았다. 몇 년째 부지런히 영어회화 학원에도 다니고 있었다. 효과는 의심스러웠지만 하루의 열두 시간을 병원에서 보내는 그녀로선 달리 방법이 없었다. 학원에선 서양식 레스토랑에서 메뉴판 읽는 법까지 가르치는 모양이었다. 어느 날 갑자기 그녀는, 서울 천호동의 레스토랑엔 있지도 않은 메뉴를 종다리처럼 읊었다. 하여간 그러다가…….

드디어 미래라는, 두께도 알 수 없고 페이지 번호도 없는 결재 서류에 최종 서명을 한 것이다. 미국행, 말이다.

내가 짐작하기로, 선애 씨의 미국행은 작년 연말쯤에 구체적인 모양을 띠었을 것이다. 천박하게 얘기하자면 그 결재의 와중에 IMF 구제금융이 한몫했을 것이다. 그것도 큰 몫을.

그녀는 작년 11월쯤에 이런 안 좋은 소식을 들었을 것이었다. 연말 보너스요? 국물도 없대요. 내가 아는 것을 중환자실 7년 근속인 그녀가 몰랐을 리 없다. 한국의 외환 보유고가 바닥나면서, 수입 의료기구와 수입 의약품에 주로 의존하는 한국의 병원들도 같이 바닥나고 있었다. 그녀는 환자 보호자들을 찾아다니며 이렇게 종용했을 것이었다. 병원 창고가 바닥났대요, 바늘 카테터나 소변 백 같은 건 바깥에서 직접 사 오세요, 약이야 어떻게 되겠지만.

어쩌면 약조차도 환자들이 외국에 직접 주문해 가져와야 하는 그런 상황이 닥칠지도 몰랐다, 조만간.

그리고 그녀 개인적으론 훨씬 더 안 좋은, 이런 소식도 들었을 것이다. 3교대 근무를 2교대로 바꾼대요! 3교대 근무를 2교대로 바꾸면 업무인계 시간까지 더해 근 열세 시간을 일하게 되는 셈이었다. 하루 열두 시간 노동이라. 싫어? 그러면 병원을 그만둬도 좋고. 그녀는 주사를 놓을 때마다 바늘 끝이 파르르 떨리는 것을 느꼈다. 3교대를 2교대로 바꾸면 남는 인력들은 병원을 떠나야 한다. IMF 구제금융이 그녀의 주삿바늘 끝에까지 강림한 것이다. 사실 그런 전 국가적인 위기는 선애 씨의 주삿바늘 끝 같은, 사회의 가장 여린 부분부터 먹고 들어와…… 맨 나중까지 남아 뭉그적거린다.

그래서 그녀는 한국을 떠나 미국으로 갔다.

어쨌든 그녀에겐 국제간호사자격증이 있었다. 그것은 두 가지 사실을 의미했다. 한국에서 일자리를 잃으면 미국에서 되찾을 수 있다는 것, 그리고 보수를 원화가 아닌 미화로 받을 거라는 것. 환율이 달러당 1760원대를 오르내리고 있었으니까. 달러당 1760원이라. 게다가 거기에서는 최소한 직업적 자긍심에 스스로 침을 뱉으며 환자에게 주삿바늘이 떨어졌다고 하지 않아도 될 테고.

그것은 그녀에게, 쾅쾅 울려대는 안 좋은 소식들 틈에서 가냘프게 지지직거리는 잡음처럼 들려왔다. 좋은 것은 늘 그렇게 온다. 목청 큰 불행들 틈에 가냘프게 끼여서. 한국을 떠나도 될까? 그녀의 물음에 한국 전체가 답한 셈이었다.

*

그 얘기를 듣고 수화기를 내려놓았을 때 나는 내 몸이, 공중으로 3센티미터쯤 들어 올려진 것 같다는 느낌을 받았다. 3센티미터쯤 들어 올려졌다가 다시 3센티미터쯤 내려진 것 같다는 느낌을 받았다. 뭔가가 나를 살짝 들어 올렸다가 다시 바닥에 내려놓은 것 같다는.

그건 거의 확실한 느낌이었다. 나는 조금 전과 약간 다른 상태로 옮겨져 있었다. 조금 전과 약간 다른 장소, 약간 다른 시간으로 옮겨져 있었다.

이를테면 전이(轉移)된 것이다. 이 상태에서 저 상태로.

수화기를 들고 있을 때 나는 TV 브라운관 앞 비닐 쿠션에 비스듬한 자세로 앉아 있었다. 그리고 물론, 수화기를 내려놓았을 때에도 여전히 그 자세였다. 그저 고개만 약간 뒤로 젖힌 상태였다.

*

사실 그런 전이감(轉移感)은 나로선 낯선 게 아니었다. 익숙할 뿐더러 그로 인한 마음고생까지 진하게 하고 있었다. 수화기를 내려놓았을 때 나는 그 현상이 다시 도진 게 아닐까, 하고 의심했다.

내가 아직 10대도 되기 전이었다. 초등학교 저학년이었을 적에, 나는 그 현상과 처음 맞닥뜨렸다. 이 상태에서 저 상태로 살짝 옮겨진 것 같은 현상과 말이다.

나는 그때 책을 읽고 있었다.

외계 생물이 지구의 남성과 사랑을 나눈다는 내용이었다. D. 워프라는 사람의 SF였는데, 소설 속 외계 생물의 성(性)은 모호하게 처리되었던 듯싶다. 미국 노스다코타주 비밀기지의 미친 과학자들은 외계 생물의 돌출 위장 아래서 뭔가 길쭉한 것을 발견한다.

나는 사실 암컷인지 수컷인지 모를 이상한 외계 생물이 나오는 그런 책보다는…… 도서관의 멋진 책상과 걸상에 홀딱 빠져 있었다. 나는 늘 다니던 교회를 멀리하고 그 대신 도서관에 나가고 있었다. 나는 도서관의 신(요즘 갤러리아 명품관 광고 카피에도 나오듯 만물엔 저마다의 신이 있다)께 기도를 드렸다, 우리 동네에 도서관을 내려주셔서 감사합니다.

그땐 도서관이 흔한 게 아니었다. 물론 지금도 여전히 드물다. 인구 대비 설립 수로 보나 사람들 마음속에 존재하는 수로 보나. 70년대 후반엔 멀어서 도서관을 찾지 않았고, 90년대 후반엔 도서관이란 학교와 함께 졸업하는 곳이라고 생각하기 때문에 사람들이 찾지 않는다.

아무튼 그전까진 책이 많은 장소를 찾고 싶다면 버스를 타고 멀리 나가야 했다, 종로도서관이나 남산도서관까지.

새로 생긴 도서관의 새 책걸상들은 내가 다니던 초등학교 교실의 책걸상들과는 격이 달랐다. 매끄러운 표면에, 투명한 호박빛깔이었고, 갓 칠한 바니시 냄새가 났다. 나는 책을 읽다 말고 책상에 코를 박곤 했다. 향긋한 화공약품 냄새를 흐읍, 하고 들이마시기 위해서.

그것들은 어린 내게 새것에 대한 환상을 심어주었다. 새로운 것은 좋은 것.

그날은 봄날이었고 날씨는 그야말로 화창했다. 도서관이 산의 언덕배기에 위치했기에 창 쪽으로 고개를 돌리면, 시야의 3분의 2쯤이 휑하니 비워져 있는 창밖 풍경과 마주치게 되어 있었다. 나는 창 쪽의 10인용쯤 되는 커다란 테이블에 앉아 있었다. 고개를 입구 쪽으로 돌리면 사서가 보였다. 그녀는 어린이 열람실 입구 쪽 작은 철제 책상에 앉아 온종일 우리를 지켜보고 또 지켜봤다. 그녀는 여드름으로 고생하고 있었다.

이미 말했듯이 난 그때 책을 읽고 있었다. 노스다코타주 비밀기지의 과학자들은 외계 생물에게 이름을 지어주려 했다. 외계 생물은 내겐 원래 이름이 있소, 하고 선 굵은 목소리로 대꾸했다. 내 이름은 '러브'라오. 그는 지구 남성과의 사랑 때문에 괴로워하고 있었다. 어린 나로서는 이해하기 어려운 대목이었기에 곧 따분해졌다. 나는 책에서 눈을 뗐다. 줄지어 선 책장들 사이로 통로가 보였다. 늘 왁스 칠이 되어 있는, 예쁜 리놀륨이 깔린 통로였다. 우린 거기서 매일 미끄럼을 탔다.

나는 창 쪽으로 고개를 돌렸다. 하품을 했다. 하품 때문에 비어져 나온 눈물을 닦는 그 순간, 뭔가가 보였다. 뭔가가 창 맨 저쪽 끝에서 이쪽 끝까지 가로지르고 있었다. 그것은 헤엄치고 있었고, 부러우리만치 느긋한 자세로 도서관 창밖을 가로지르고 있었다. 창 저편에서, 이편으로.

"누가 하늘에 낙서를 했구나, 그것도 모나미 매직펜으로."

나는 첫 순간 그렇게 중얼거렸다. 그것은 누군가 하늘에 쳐 놓은 무정형의 둥그러미처럼 보였다. 그 둥그러미는 커다랬고, 좌우가 뾰족하니 약간 돌출해 있었다. 그 낙서는 화창한 봄 하늘 가운데서 찌그러들었다 펴졌다 늘어났다 줄어들었다 하고 있었다.

하지만 그건 문제가 있는 생각이었다. 펜으로 그은 낙서가 하늘을 날 리는 없으니까. 그 정도는 분별하고도 남을 나이였다.

그제야 뾰족한 좌우 양끝이 보이기 시작했다. 나아가는 쪽의 끝에는 뒤집어진 원뿔 모양의 선 몇 개가 덧붙여 있었다. 그 뒤쪽의 끝에는 보일락 말락 희미한 선 몇 개가 방사형으로 널따랗게 펴져 있었다. 저건 '마치……' 하고 나는 생각했다.

저건 마치 생선처럼 생겼는걸, 저건 아가리고, 저건 꼬리지느러미야. 아! 저건 생선이야. 나는 당황한 나머지 그것의 정체를 내 얼마 되지 않는 지식 속에서 찾고자 했다. 내 얼마 되지 않는 지식에 의하면, 그것과 가장 근사한 형상은 생선이었다. 그것은 둥그랬고, 길쭉길쭉한 가시(그렇게 부를 수만 있다면) 같은 것들이 그 내부를 얼키설키 가로지르고 있었다. 아마도 그 지식이란 게 저녁 밥상에서 나온 모양이었다. 나는 가시 한 줄 흐트러뜨리지 않고 살만 고스란히 발라 먹은 어떤 생선의 잔해를 떠올리고 있었다.

저건 생선 가시야. 나는 거의 몽롱한 상태에서 중얼거렸다. 그것은 기다란 뼛조각이 다섯 개쯤 들어 있는 지느러미도 네 개나 갖고 있었다. 아무튼 그것은 도서관 창밖의 화창한 봄 하늘을 느릿느릿 저어 가고 있었다.

그것의 몸통은 아주 맑아서 그 안에 든 가시뿐 아니라, 그 너머에 있는 것들까지도 환히 보일 정도였다. 구름들과 북악산 자락까지. 그 몸통의 표면엔 우둘투둘한 반투명한 것들이 다닥다닥 어지러이 달라붙어 있었다. 그것은 나아가는 쪽으로 대가리를 돌리고 있었다, 북악 스카이웨이 쪽으로.

나의 입은 딱 벌어져 있었다. 그것은 아무리 잘 봐줘도 화창한 봄 하늘이라는 깨지기 쉬운 그릇에 담긴 거대한 생선 가시, 그 이상으론 보이지 않았다. 다만 그것은 헤엄치고 있었고, 부러우리만치 느긋한 자세로 도서관 창밖을 가로지르고 있었다. 창 저편에서, 이편으로.

그리고 그것은 사라졌다. 갔다.

아마도 그것과 한 번쯤 눈을 마주치고 싶었는지도 모른다. 꼬마야, 뭐 하고 있니? 그렇게 물어주길 바라고 있었는지도 모른다. 나는 아무 일도 없었다는 듯 펼쳐진 책 위로 시선을 떨궜다. 책이나 마저 읽자. 난 기껏해야 생선 가시를 보았던 것뿐이니까…….

정말 그럴까?

정말은 그렇지 않았다. 나는 고개를 들었다. 침침한 빛깔의 책장 하나가 느닷없이 눈앞을 가로막고 나섰다. 어린이 과학백과 전집이 빼곡히 꽂혀 있는 연하늘색 책장이었다. 사실 책장은 거기 있으면 안 되는 것이었다. 나는 주저하며 어깨를 오른쪽으로 약간 눕혔다. 통로의 마름모꼴 입구가 책장 귀퉁이에서 반짝 엿보였다. 나는 아, 하고 안도했다. 통로가 사라져버린 줄 알았던 것이다.

엉덩이가 배겼다. 왼쪽 엉덩이의 3분의 2쯤이 걸상 밖으로 나와 있었다. 나는 얼른 고쳐 앉았다. 엉덩이가 다 아플 정도니, 대체 얼마나 이런 자세로 앉아 있었던 걸까. 머릿속에서 물음표들이 뭉게뭉게 피어오르고 있었다.

누군가 날 살짝 들어 올렸다가, 4센티미터쯤 왼쪽으로 옮겨 놓은 것 같았다. 들어 올렸다가 4센티미터쯤 왼쪽으로 옮겨 앉힌 것 같았다.

살짝.

나는 넋 나간 낯빛을 하고 있다가 이렇게 중얼거렸다.

"난 지금 화장실에 가고 싶어. 그것도 지금 당장."

나는 자리에서 일어나 어린이 열람실 입구로 달려갔다.

실은 오줌이 마려웠던 게 아니었다. 오줌은 전혀 마렵지 않았다. 나는 입구의 사서에게 달려가고 있었다.

"선생님, 그게 뭐죠?"

"뭐?"

나는 착한 학생이었고, 모르는 게 있으면 주위 어른에게 물어보라는 교훈을 실천하고 있었다. 나는 손짓 발짓을 해가며 창밖에서 무엇을 보았는지 조금이라도 정확하게 전달하려고 애를 썼다. 그것의 생김생김이 저녁 밥상에 올라오던 생선들의 가시 같더라, 헤엄치더라, 투명하더라, 창 이쪽으로 사라질 때까지 내 쪽은 한 번도 쳐다보지 않아 섭섭하더라…… 그게 뭐죠!

사서의 얼굴엔, 어린아이의 천진난만한 거짓말을 잠자코 들어줄 때 어른들이 짓곤 하는 그런 미소가 떠올라 있었다. 나는 사서가 뭐라 대꾸할지 뻔히 알고 있었다.

"물론 이 선생님은 알고 있지."

나는 그 뒤에 나올 말까지도 뻔히 알고 있었다.

"하지만 지금의 네가 이해하기엔 너무 어렵단다. 네가 그걸 이해할 만한 나이가 될 때까지 어디 한번 기다려보자……. 우리 같이."

나는 내가 뻔히 짐작하고 있던 대답을 들었다는 데 더 기분이 상했다. 나는 입을 다물어버렸다.

사서는 잠시 후 조심스러운 목소리로 물었다.

"네게 무슨 해를 끼쳤니, 그게?"

나는 고개를 저었다.

"아뇨, 그건 그저 날기만 했어요."

그러자 사서는 귀찮은 꼬마를 떼어낼 기회를 얻었다는 듯 반가운 얼굴로, 책상 서랍을 소리 나게 열었다 닫았다. 그 서랍엔 무엇도 적혀 있지 않은 원고지 꾸러미가 들어 있었다. 그 꾸러미는 이따금 책상 위로 올라와 있곤 했다. 그건 내가 생선 가시를 처음 본 해인 1979년 봄부터, 내가 그 도서관을 영영 떠난 해인 1983년 겨울까지 거기 놓여 있었다. 항상, 변함없이 빈 것인 채로. 사서는 말했다, 좋은 소식이로구나! 무언가 네게 해를 끼치지 않는다면…….

"그건 그 자체만으로도, 좋은 것이란다."

사서는 사건을 종결지었다.

하지만 끝난 건 아무것도 없었다. 그때의 사서에겐 사건을 종결지을 아무 권한도 없었다. 그건 온전히 생선 가시와 나와의 일이었으니까. 지금 와서 생각해보면 그날의 일은 오히려 시작이었다.

수화기를 내려놓곤, 나는 약간 몸을 떨었다. 다시 찾아온 전이감 때문에. 병원에 다시 가봐야 할까?

사실 선애 씨도 그 전이감 때문에 만나게 된 것이었다. 그녀는 병원 로비 커피 자동판매기 앞에 서 있었다.

*

의사는 그 옛날 도서관 창밖을 떠다니던 생선 가시 이야기를 흥미로워했다. 그는 거기서 암시나 뭐 그 비슷한 걸 찾아내고 싶어 했다. 또 최근의 이야기도 듣고 싶어 했다. 그는 말했다. 우린 이제 도서관 어린이 열람실 층계에서부터 찬찬히 거슬러 내려와보는 거야! 그리고 그와 동시에 가장 근래의 일로부터 찬찬히 거슬러 올라가보는 거야! 그러다 보면 어디선가 만나겠지! 1996년 9월 10일, 화요일 오후의 일이었다.

나는 생각했다, 이 아저씨는 퍼즐이나 스무고개 수수께끼에 소질이 있어 보여.

"최근의 일이라고요?"

그래서 나는 오늘 아침의 일을 들려줬다. 칫솔 얘기 말이다.

잠시 후, 의사가 물었다.

"칫솔이 어쨌다는 거지?"

나는 의사 대신 진료실 한쪽 벽에 걸린 달력을 쳐다보고 있었다. 창을 통해 들어온 햇볕은 진료실의 온갖 것들 위에서 반짝거리고 있었다. 환하고 강렬하긴 했지만, 온기 없이 냉랭한 햇볕이었다. 햇볕은 무색투명한 셀로판지처럼 사방에 펼쳐져 있었다.

"뭘 생각하고 있는 거지?"

"아…… 만지면 빠닥빠닥 소리를 낼 것 같아요."

"뭐가?"

"햇빛요. 좋은 날씨예요."

나는 의사의 시선을 피하고 있었다. 진료실에 들어와서 인사를 나누고 도서관 얘기를 할 때까지만 해도, 나는 자연스레 행동하고 있었다. 그러다가, 의사와 눈을 똑바로 마주하는 걸 나 자신이 결코 맘 편해 하지 않는다는 걸 깨달았다.

의사의 눈빛은 넌 내 한 입 거리밖엔 안 돼, 라고 말하고 있었다.

"좋은 날씨야. 하지만 우린 칫솔에 대해 얘기하고 있지 않았나?"

의사는, 환자의 오락가락하는 정신을 단숨에 제압하는 데 경험이 많은 노련한 눈을 하고 있었다. 최소한, 환자의 눈빛을 감당 못 해 쩔쩔매는 풋내기는 아니었다. 그의 진짜 진료실은, 햇볕이 빠닥빠닥한 이 방에 있지 않았다. 진짜 진료실은 내 눈 속에 있었다. 그는 진료실을 내 안구(眼球) 속에 차려놓고 있었다.

나는 다시 칫솔 이야기로 돌아갔다. 나는 입을 크게 벌려 아랫잇몸에 난 상처를 보여주었다. 오늘 아침, 다섯 번째로 칫솔이 부러졌을 때 난 상처입니다. 양치질을 하고 있는데 칫솔대가 부러지면서, 그 부러진 끝에 잇몸이 찔렸다고 했다.

의사는 심상한 표정을 지어 보이며 말했다. 힘을 너무 줬나 보군.

"그러지 말게. 긴장을 풀어."

"그건 저도 알아요. 하지만 간단한 문제가 아닙니다."

의사는 듣는 둥 마는 둥 하더니 처방을 내렸다. 좀 더 유연한 칫솔을 쓰게. 그러곤 피부과에 들러 잇몸에 바르는 연고를 타가라며 처방전을 써주었다.

"어쩔 수 없다면 말이야. 휘어지는 손잡이의 칫솔을 써보게."

의사는 탁상시계를 쳐다봤다. 약속한 한 시간에서 몇 분 정도 지나 있었다. 나는 상담용 소파에서 일어섰다. 그는 앉은 채로 가볍게 목례했다.

나는 피부과와 약국에 들러 번호표를 받아 들곤 곧장 로비의 커피 자동판매기로 갔다. 긴팔 면셔츠에 옅은 진을 입은 여자가 내 앞에 있었다. 그 여자는 유자차 컵을 막 빼 들고 있었다.

사실을 말하자면 그 여자의 외관은 적어도 내가 보기엔, 이렇다 할 특징이 없는 외관이었다. 특징 없는 여자였다.

키는 160센티미터쯤 됐고, 하나로 깔끔하게 묶어 내린 머리카락은 등까지 내려왔다.

굳이 뭔가 지적해야 한다면, 그 여자의 피부는 아주 맑았다.

내 머릿속 한 귀퉁이에 남아 있는 인상은 그 여자가 아니라 그 여자의 피부에 대한 것이었다. 난 그 맑고 깨끗한 피부가, 여자의 직업에서 기인한 것이리라 지금도 믿고 있다.

"참 싱겁군요."

나중에 친구가 되고 나서, 내가 그 자판기 앞에서의 얘기를 들려주자 선애 씨는 그렇게 자신의 소감을 밝혔다.

선애 씨는 자판기 앞에 서 있던 날 기억하지 못했다. 당연한 일이다. 나 역시, 그녀가 보기에, 인상적인 외관을 지닌 남자는 아니었으니까.

키는 170센티미터가 조금 넘는 듯하고, 머리카락은 70년대 고교생처럼 촌스러운 스포츠형으로 짧게 밀어버린, 외관이 별로 인상적이지 않은 남자. 그녀 눈에 나는 그렇게 비쳤을 것이었다.

나는 병원을 나와 돌아가는 길에 의사의 말대로 휘어지는 손잡이가 달린 칫솔을 샀다. 아트만인가 뭔가 하는 칫솔이었다.

그로써, 부러진 칫솔에 잇몸이 찔리지 않을까 하는 걱정은 사라졌다. 연고는 바르지도 않았다.

*

나는 다음 주 화요일에 다시 병원을 찾았다.

조금 일찍 도착했다. 조금 일찍 도착해, 접수를 하고, 약속 시간을 확인하고, 심심해하는 그 늙은 의사에게 들려줄 오늘 치 상담거리를 짜냈다.

병원 앞마당은 광장이라고 해도 좋을 만치 시원스레 넓었다. 파란 방수도료가 칠해진 분수도 있었다. 키가 3미터쯤 되는 커다란 석상이 분수 가운데 세워져 있었다. 착한 사마리아인이 쓰러진 누군가를 부축해, 입에 물주머니를 대주고 있는 상이었다.

사마리아인의 파란색 정수리 너머로 흰 구름 두어 개가 떠 있었다. 그 분수는 물을 뿜지 않는 분수였다. 사마리아인의 주머니에선 아무것도 솟지 않았다.

나는 분수대에 걸터앉아, 접수 후 매점에 들러 산 캔커피와 김밥을 먹었다.

"선생님은 약속이 언제예요?"

누군가 곁에 와 앉았다. 검붉은 체크무늬 점퍼 차림의 사내였다. 턱은 삐죽삐죽 흐트러진 수염투성이였다. 두 눈에 시름이 가득했다. 자기소개를 했는데, 나와 같은 정신과 상담 환자라는 것이었다. 지난주에 날 봤다고 했다. 나보다 대여섯 살은 많아 보였다.

"전 벌써 약속 시간을 넘겼어요. 의사 선생님이랑 열한 시에 만나기로 했는데, 친구 회사에 잠깐 들렀다가 그만."

사내는 두려움과 걱정에 떨고 있었다. 상쾌한 날씨와는 전혀 어울리지 않는 낯빛이었다. 그는 약속 시간을 어겨 그 벌로 의사가 만나주지 않을까 봐, 울상을 짓고 있었다. 치료비를 빌리러 갔다가 그만 늦었다는 것이었다. 5년째 병원을 들락거리고 있고, 신관 4층에 있는 정신과 병동에 입원도 했었다고 했다. 나는 아무 말도 하지 않았다. 나는 듣고 있었다. 그는 아픈 사람이었다. 의사 선생님이 만나주실까요? 그는 점퍼 주머니에서 겉장이 하얗게 닳은 수첩을 꺼냈다. 선생님, 한번 보세요. 그건 벌써 내 코밑에 펼쳐져 있었다.

손바닥만 한 그 수첩은 일종의 치료비 지불 내역서 같은 것이었다. 사내는 수첩을 한 장 한 장 넘기며 설명해줬다. 각 항목들이 칸칸이 정밀하게 나뉘어져 있었다. 수첩은, 연월일이 표기된 칸과 상담한 의사의 이름이 기록된 칸, 상담이 시작된 시간과 상담이 끝난 시간이 표기된 칸, 그리고 그날에 지불한 치료비 금액, 치료비 누계가 기록된 칸들로 빽빽하니 메워져 있었다. 차비니 식사비니 잡비까지 섬세하게 기록되고 있었다.

사실, 그건 그의 설명이었고 내 눈에 보이는 건 오로지, 볼펜 잉크의 번지고 엉키고 뭉개진 흔적들이었다. 숫자, 숫자, 숫자들로 이뤄진 사내의 5년 동안의 과거였다.

사내는 마지막 장 마지막 줄에, 때 낀 손톱으로 줄을 그으며 말했다. 수첩의 맨 마지막 줄은 유난히 길고 지저분했다.

"오늘이 꼭 261주(週)가 되는 날이로군요, 제가 이 병원에 출입하기 시작한 지."

사내는 이 병원에 다닌 지난 261주 동안 꼭 125,307,200원을 썼다고 했다. 지난 261주 동안의 치료비와 잡비의 누계가 그렇다는 것이었다. 5년 동안 1억 원 넘게 병원비로 쓰였다. 그렇게 많이 드나? 놀랄 일이었다.

"직장은 다니세요?"

"아뇨, 선생님."

돈을 어떻게 다 조달했을까, 나는 그게 궁금했다. 사내는 한동안은 그럭저럭, 이었지만 지난 1년 동안은 정말 간신히, 였다고 말했다. 오늘 아침에도. 부모든 친척이든 친구든, 요즘은 여기저기 손을 벌려 해결한다고 했다. 하지만 그것에도 한계가 있을 것이었다. 도대체 어떻게 다 조달하셨어요? 내가 궁금해하며 묻자 사내는 씨익, 웃었다.

"안 될 것 같죠? 그런데 그게 다 돼요."

사내는 부드럽게 한숨을 내쉬었다. 그 기간에 병원 대신 직장에 다녔다 하더라도 그만큼은 벌지 못했을 겁니다. 그러니까……. 그는 재빨리 계산을 했다.

"한 달에 평균 208만 원가량 쓴 셈이네요, 선생님. 200만 원 월급 주는 직장이 가능하기나 할까요, 머리 아픈 제게."

그러면서 사내는 반짝이는 눈빛을 하곤 나지막이 이렇게 덧붙였다, 참 신비하죠?

사내의 표현은 이상하게도, 매우 적절한 것이었다. 나는 그를 향해 입을 열었다.

"그래요, 참 신비로운 얘기네요."

나는 크게 숨을 들이마셨다. 사내의 반짝이는 두 눈은, 이 세상이란 실은 하찮지만 아름다운 선행(善行)들로 가득 차 있다고 얘기하는 듯했다. 가득 차 있는데도 좀처럼 우리 눈에 띄지 않는 것은, 그 선행들이 자신의 하찮음을 부끄러워해 사람들 앞에 모습을 드러내려 하지 않기 때문이라고.

사내는 다시 수첩을 뒤적이기 시작했다. 그러곤 언제 그랬냐는 듯 울상에 시름이 가득한 눈빛으로 돌아갔다. 그때 마당 저쪽을, 어떤 여자가 잰걸음으로 가로지르는 게 보였다. 조깅 트랙이 있는 쪽이었다.

긴팔 면셔츠에 옅은 진을 입은 여자였다. 운동화를 신었고, 손에는 뭔가가 잔뜩 든 비닐봉지가 들려 있었다.

"특징 없는 여자가 또 지나가는군."

나는 거의 무의식중에 중얼거렸다.

나는 그 여자가 시야에서 사라질 때까지 흐린 눈으로 뒤를 좇다가, 깜짝 놀랐다. 내가 어쩐 일로 저 여자를 기억하고 있을까. 그 여자는 마치, 지난 일주일 내내 내 머릿속 한 귀퉁이 눈에 띄지 않는 한편에 숨어 기다리다가 그 순간, 갑자기 뛰쳐나온 듯 보였다.

"전 그만 가야겠어요. 약속 시간이."

내가 김밥 포장지와 빈 캔을 비닐봉지에 주워 담으며 말했다.

"선생님, 전 어떡할까요?"

"전 선생님이 아니에요."

내가 살짝 웃어 보이며 말했다.

나는 사내가 무엇이든 결정할 때까지, 잠시 그 앞에 서서 기다려주었다. 사내는 그저 수첩만 들여다볼 뿐이었다.

"난 자네가 내게 들려주고 싶어 하는 얘길 듣고 싶어 해."

의사가 말했다.

나는 의사에게 어떤 이야기를 듣고 싶냐고 물었다. 의사는 내가 하고 싶은 이야기가 바로, 당신이 듣고 싶어 하는 이야기라고 말했다. 나는 그 말뜻을 잘 이해하지 못했다. 너무 길었다.

하지만 어쨌든 알아듣기는 했다. 의사는 내가 뭔 헛소리를 해도 받아줄 것임을 분명히 했다.

"그 몇 년 후입니다, 도서관에서 그걸 본 지."

나는 도서관 창밖을 날던 그 이상한 것을 한 번 더 보았다. 몇 년 지나서.

나는 마침내 10대가 되었다. 초등학교 고학년이 되었다. 변한 것도 있었고 변하지 않은 것도 있었다.

변한 것은 우선, 내게 장난감들이 생겼다는 사실일 것이다. 나는 초등학교 고학년이었고, 따라서 옆 건물에 저학년들이 많이 생겼다. 저학년들은 몇 년 전까지만 해도 내가 뛰놀던 옆 건물에서 천진난만한 비명들을 지르며 한꺼번에 몰려나오거나 몰려들어가곤 했다. 저학년들은 내 장난감이 되었다.

나는 막 성(性)에 눈뜨고 있었다.

나는 쉬는 시간이면 옆 건물로 가, 장난감을 고르곤 했다. 저학년 여자아이들이 비명을 지르며 교실에서 뛰쳐나오면, 나는 얼른 다가가 손바닥으로 여자아이의 아랫도리를 훑었다. 내가 아랫도리를 훑으면, 여자아이는 영문 모를 표정으로 고개를 들었다. 여자아이가 내 얼굴을 빤히 쳐다보려고 할 때쯤이면, 나는 이미 거기에 없었다.

나는 한 번 훑은 후, 곧장 남학생용 화장실 한편으로 튀어 달아났다. 그러곤 오래도록 콩당콩당 뛰는 내 심장을 즐겼다.

난 어쨌든 그랬다. 유치한 놀이였다. 갓 10대가 된 사내아이가 그럼, 유치하지 않으면 뭘 어쩌란 말인가. 나는 그때 내 손바닥 감촉을 통해 뭔가 확인하려 했던 것 같다. 남자아이는 역시 여자아이와 달라, 뭐 그쯤을. (겁이 많은 나는 그 놀이를 곧 그만뒀지만, 거기에 진짜 재미를 들인 놈도 있었다. 그놈은 졸업할 때까지도 저학년 여자아이들을 장난감으로 취급했다. 놈은 이를테면, 소년 치한이었다.)

변함없는 것도 있었다. 나는 여전히 도서관에 다니고 있었다. 여전히 어린이 열람실 독서 회원이었다. 꽤 오래 다녔기 때문에, 경력이라 불릴 만한 것도 갖게 되었다. 어린이 독서 모임의 회장, 이라는 직함 말이다. 그 직함이 의미하는 건 아무것도 없었다. 비상연락망 관리나, 대여 도서의 반납 독촉 같은 사소한 업무조차도 내게 맡겨지지 않았다. 그렇지만 그건 그 자체로 갓 10대가 된 아이에겐 자랑스러운 것이었다.

나는 도서관의 책걸상들에서 바니시 내를 더는 맡을 수 없음을 섭섭해하고 있었다. 책걸상들은 여전히 맑은 호박 빛깔이었지만, 산뜻한 화공약품 내는 더 이상 나지 않았다. 조심했음에도 책걸상 여기저기 흠집이 났다. 호박 빛깔도 조금씩 흐릿해지고, 불투명해지고 있었다.

나는 그때 누군가의 엉덩이 아래 깔려 있었다.

그건 아주 컸다. 나는 요즘도, 브리태니커백과사전 다섯 번째 권을 꺼내 펼칠 때면, 그때의 엉덩이를 떠올리곤 한다. 그건 활짝 펼쳐져 있었다. 나는 활짝 펼쳐진 그 두꺼운 책을 도저히 읽을 수가 없었다.

서울 광장동인가 구의동인가에 있는 어린이대공원에서였다. 도서관 회원끼리 대공원으로 소풍을 갔다. 여자아이 넷에 남자아이 다섯이었다. 회원들은 아주 열심히 놀았다.

어린이 유격훈련장을 다녀온 후였다. 오후 두 시쯤이었을 것이다. 우리는 마른풀과 낙엽이 깔린 공터에서, 쉬지도 않고 무언가 또 다른 놀이에 열중했다. 무슨 놀이였는지는 기억나지 않지만, 그 벌칙에 내가 걸렸다. 나는 흙바닥에 쓰러졌고, 무언가 커다란 것이 내 얼굴을 덮쳤다.

같이 간 여자아이들 중에 몸이 좋은 아이가 있었다. 나보다 손가락 하나만큼 더 컸다. 여자아이들은 내가 보기에도 육체적으로나 정신적으로 남자아이들보다 많이 성숙해 있었다. 적어도 저학년 학생들을 쫓아다니며 손바닥으로 훑는 짓 따위는 하지 않았다. 아마도 짐작건대, 성 의식적으로도 남자아이들보다 성숙해 있었다. 여자아이들의 평소 행동에선 벌써부터 조신하는 투가 느껴지곤 했다. 한 패는 숙녀가 될 준비를 하고 있었고, 한 패는 치한이 될 준비를 하고 있었다.

아무튼 몸 좋은 그 여자아이는, 분별을 잃을 정도로 즐거웠던 모양이었다. 조신하는 것도 잊어버리고 내 얼굴을 대번에 깔고 앉았으니까.

'아, 숨 막혀. 그것 좀 치워주지 않을래'라고 부탁할 수도 없었다. 활짝 펼쳐진 그 엉덩이는 내 얼굴을 다 가리고도 남았다. 나는 숨 막혀 발버둥쳤다. 온몸을 비틀어댄 덕에, 겨우 두 눈만 밖으로 빼낼 수 있었다. 그때였다.

주위 낙엽수들의 높다랗게 뻗은 앙상한 가지들 사이로, 빛바랜 가을 하늘이 보였다. 나뭇가지들이 엉성하니 엉켜 있는 사이로, 하얗게 바랜 하늘이 보였다. 그 하늘을, 그것이 가로지르고 있었다. 그것이 하늘을 느릿느릿 휘저어 가고 있었다. 나는 그것을 기억하고 있었다.

'아, 아.'

그것은 도서관 창밖을 날고 있던 그것이었다. 나는 발버둥치던 것도 잊고 눈으로 뒤를 좇았다. 내가 움직임을 멈추자 그제야 여자아이는, 엉거주춤 내 얼굴에서 일어났다. 잠깐 동안이었는데도, 그것은 이제 보이지 않았다. 그것은 여자아이의 엉덩이 한편으로 사라져버렸다. 그것이 날던 자리는 이제, 여덟 개의 즐거워 깔깔대는 얼굴들로 채워져 있었다.

괜찮니? 괜찮아? 침 좀 닦아. 아이들은 왁자지껄 부산을 떨었다.

나는 얼마 동안 그대로 누워 있었다. 느낌이 왔다. 내 몸이 공중으로 살짝 들어 올려졌다가, 다시 바닥에 내려진 것 같다는. 뭔가가 나를 3센티미터쯤 살짝 들어 올렸다가 다시 내려놓은 것 같다는.

나는 이상할 정도로 차분해져서 조금 전의 그 느낌을 되짚어 보고 있었다. 그저 살짝, 일 뿐이었지만 나는 확실히 느끼고 있었다. 내가 지금 누워 있는 흙바닥은, 조금 전과는 약간 다른 흙바닥이었다. 나는 조금 전관 약간 다른 흙바닥으로 옮겨져 있었다. 조금 전관 약간 다른 때의 흙바닥, 약간 다른 장소의 흙바닥으로.

물론 내가 누워 있는 자리는 여전히, 가을 낙엽 깔린 어린이

대공원의 그 흙바닥이었다. 아이들은 뭔가 또 다른 놀이에 열중하고 있었다. 하늘도 희게 바랜 모습 그대로였다. 하지만 거의 확실한 느낌이었다. 내가 누워 있는 흙바닥은 아까의 그 흙바닥이었지만, 완전히 똑같은 흙바닥은 아니었다.

어린이대공원에서의 그 소풍은 아름다운 추억이 되었다.

"그 여자애완 어떻게 됐어?"

의사는 엉뚱한 데 관심을 보였다.

"예뻤지만 제 타입은 아니었어요. 지금은 이름도 기억 안 나고."

"그런가?"

"그 애가 제 얼굴을 덮친 순간, 저흰 깨닫고 있었어요. 저흰 그 순간, 뭔가 나누었던 셈이지요."

"뭐를?"

의사는 뭐를? 하고 물었지만 알 만하다는 표정이었다. 의사와 나는 거의 속삭이듯 하고 있었다.

"글쎄요, 어리긴 했지만 성이 뭔지 알아가던 나이였으니까요. 그 후론 도서관에서 마주칠 때마다, 둘 다 얼굴이 빨갛게 되곤 했답니다. 말은 안 하고 있었지만."

의사는 호! 그런가, 하고 한숨을 내쉬었다. 의사에게도 10대로 갓 접어든 시기가 있었을 테고, 추억이라 부를 만한 것도 있었을 것이었다. 하지만 그 추억을 떠올리려면, 내 나이의 두 배쯤 되는 시기를 되짚어 내려와야 할 것이었다.

약속한 상담 시간이 거의 다 되어 있었다. 소파에서 일어나기 전에 나는 의사에게 별것 아니지만, 하는 투로 물었다.

"근데 그게 뭐라고 생각하시죠?"

"뭐?"

"그 느낌 말입니다. 이 상태에서 저 상태로 옮겨진 것 같다는."

"낸들 아나. 두고 봐야지, 쯥."

의사는 혼잣말처럼 중얼거리며 입맛을 다시더니 다음 주에 또 보자, 고 했다.

*

물론 나는 다음 주에도 병원에 갔다. 9월 24일 화요일이었다.

나는 약속한 세 시보다 75분이나 일찍 병원에 도착했다. 평소의 나는 20분 정도 일찍 도착하곤 했다. 이번엔 75분이었다. 버스를 잘못 탄 덕분이었다.

평소와는 다른 노선의 버스를 탔기 때문이 아니었다. 나는 12-5번 버스를 타고 다녔고, 오늘도 12-5번을 탔다. 잘못 내렸기 때문도 아니었다. 병원이 12-5번 버스의 종점 근처에 있었기에 나는 종점에서 내리곤 했고, 오늘도 그랬다. 내가 평소보다 일찍 버스에 오른 것도 아니었다. 내가 버스에 올라탔을 때 운전석 백미러 옆에 붙은 디지털시계는 한 시 반을 가리키고 있었고, 그건 지난주에도 그랬고 지지난 주에도 그랬다.

나는 의사와 약속한 세 시보다 20분 정도 일찍 12-5번 버스 종점에 도착하곤 했다. 한 시 반에 12-5번 버스에 올라 세 시 20분 전쯤 종점에서 내리곤 했다. 오늘은 20분 일찍이 아니라 75분 일찍이었다. 뭔가 잘못됐다.

종점에 도착해 버스 앞뒤 출구가 활짝 열렸을 때, 나는 무언가 잘못되었다는 걸 알았다. 경리가 버스에 올라 요금통을 뽑아 들었을 때 백미러 옆 디지털시계에는 1:45라는 숫자가 찍혀 있었다. 경리는 요금통을 위아래로 한 번 털더니, 저 친구는 뭐야? 하는 식으로 날 쳐다봤다.

나는 디지털시계와 내 손목시계를 번갈아 쳐다보면서, 어둡고 피곤한 표정을 짓고 있었다. 손목시계의 분침과 시침도 한 시 42분쯤을 가리키고 있었다. 평소보다 55분쯤 일찍 도착한 것이었다. 안 내려요, 아저씨? 버스 운전사는 내가 버스에서 그만 내려주길 기다리고 있었다. 뭐가 잘못됐을까. 도로가 갑자기, 내가 탄 12-5번 앞에서 텅 비어버렸던 걸까.

흔한 일은 아니지만, 도로 위의 차량 수가 오늘따라 적었을 수도 있었다. 평소보다 55분쯤 시간을 앞지를 수 있게. 오늘따라 운전자들이, 강남역 앞이나 교통회관 앞을 기피했을 수도 있었다. 대형 교통사고나 퍼레이드 같은 것이 있다고, 교통방송에서 잘못 알렸을 수도 있었다. 그런 게 아니라면, 정말로 사고나 행진이 있어서 12-5번 버스의 노선이 통제되었을 수도 있었다. 노선이 통제되어, 55분쯤 빠른 다른 노선으로 질러왔을 수도 있었다.

그런 것도 아니라면, 손님이 없는 정류장 몇 개를 서지 않고 그냥 지나쳤을 수도 있었다. 항상 있는 일이니까. 12-5번의 노선엔 서른두어 개 정도의 정류장이 있는데, 그중 몇 개쯤 그냥 지나쳤을 수도 있었다. 정류장 몇 개를 지나쳐야 55분쯤 운행 시간을 단축할 수 있을까. 어쩌면 정류장 몇 개를 그냥 지나치고, 노선도 짧은 걸로 바꾸고, 도로까지 휑 뚫려 있었을 수도 있었다. 그 모든 경우가 한꺼번에, 오늘 일어났을 수도 있었다.

하지만 내가 알기로 그런 일들은 없었다. 12-5번 버스는, 지난주 지지난 주가 그랬던 것처럼 이번 주도, 과히 막히지도 그렇다고 시원스럽지도 않은 평소와 다름없는 노선을 달렸다. 그냥, 약간 한가로운 오후 시간의 노선을 달렸다.

졸거나 자지 않았으니, 뭔가 평소와 다른 점이 있었다면, 내 눈에 띄었을 것이었다. 나는 졸거나 자지 않았다. 두 손을 무릎에 올려놓은 채 멍한 눈으로 차창 밖을 내다보며, 그냥 앉아 있었다. 다른 승객들처럼.

버스에서 쫓기듯 뛰어내리면서 나는 생각했다.

'최악의 경우만 아니라면 말이야…….'

최악의 경우란, 버스 안에서 졸거나 잤는데도 내가 전혀 기억 못 하는 경우였다. 나는, 그 정도까진 아니었다. 내 문제는 다른 종류의 것이었다. 최악의 경우는 아니었다.

최악의 경우가 아니라면 나는 버스를 잘못 탄 것이었다. 그런데 어떻게 버스를 잘못 타야 55분쯤 시간을 앞질러 올 수 있는 걸까.

상담 시간까진 한 시간도 넘게 남아 있었다. 원치 않은 여유였다. 나는 접수를 하고 약속 시간을 확인한 다음, 얼빠진 표정이 되어 나가 분수대 앞에 앉았다.

날씨가 좀 쌀쌀해져서 그런지 산책하는 환자들의 수도 줄어든 듯했다. 여기저기 둘러보다가 자리에서 일어나, 막 병원 로비 현관을 밀고 나오는 휠체어를 탄 이에게로 달려갔다.

"밀어드려도 괜찮겠어요?"

내가 휠체어를 탄 사내에게 말했다. 환자복을 입고 있으니 나이를 짐작하기가 훨씬 쉬웠다. 서른네다섯 살쯤 된 사내가 고개를 끄덕였다.

"요기, 정문 밖에 가는데요. 의료기 상점에."

나는 아주 천천히 휠체어를 밀었다.

"환자 가족이에요?"

사내가 물었다. 나는 아니라고 했다. 그의 다리 위엔 의료용 비닐 백이 놓여 있었고, 핏물 같은 것이 반쯤 차 있었다. 핏물 같은 것은 휠체어가 흔들릴 때마다 찰랑찰랑 물결쳤다. 가는 튜브가 환자복 상의 속 어딘가로 연결돼 있었다. 그는 내가 그걸 보고 있는 걸 알았는지 두 손으로 덮어 가렸다.

사내는 병원 정문에 바짝 붙어 있는 의료기 상점에 들러 실리콘 카테터와 반창고를 샀다. 그와 나는 병원으로 돌아왔다. 나는 그의 휠체어를 입원실로 가는 엘리베이터 안까지 밀어주었다. 버튼도 눌러주었다. 그의 입원실은 6층에 있었다. 그는 고맙다고 했다. 나는 조심해 들어가시라고 했다. 엘리베이터 문이 닫힐 때까지 나는, 웃음 띤 얼굴로 그 앞에 서 있었다.

나는 또 뭔가 소일거리를 찾아야 했다. 휠체어라도 밀지 않는다면 내 표정은 훨씬 어둡고 피곤해 보일 것이었다. 로비 의자에 멀거니 앉아 있으면 많이 피곤해질 것이었다. 나는 움직여야 했다.

로비 여기저기 휠체어가 눈에 띄긴 했지만 모두 동행이 있었다. 나는 병원의 램프로 갔다.

층계를 오르내리기 힘든 환자들이나 휠체어 환자들이 이용할 수 있도록 한 통로였다. 바퀴나 신발이 미끄러지지 않도록 바닥엔 진녹색 고무 장판이 깔려 있고, 완만한 경사와 부드러운 커브로 층층이 이어져 있었다. 허리 높이쯤에 계단 난간처럼 손에 쥐고 의지할 수 있는 지지대도 붙어 있었다.

나는 천천히 램프를 올랐다. 4층 커브에선 여자 몇이 신문지를 펴놓고 둘러앉아 피자와 콜라를 먹고 있었다. 5층에선 환자 둘이 지지대를 잡고 나란히 서서 오르내리기 연습을 하고 있었다. 7층에선 한 사내가 쪼그리고 앉아 어깨를 들썩이며 울고 있었다. 8층에선 의사 차림의 사내와 평상복 차림의 몇몇이 둘러서서 이야기를 나누고 있었다. 10층 커브엔 병상 몇 개가 포개진 채로 놓여 있었다. 램프는 11층에서 끝났다. 램프가 끝나는 모퉁이에선, 중학생 고등학생으로 보이는 환자 몇이 담배를 태우고 있었다.

11층은 입원 병동이었다. 나는 이 방 저 방 기웃거리며 11층의 끝에서 끝까지 걸었다. 복도의 양 끝엔 볕이 잘 들도록 전면창이 설치돼 있었다. 창 아래로, 서너 층 아래쯤에, 신관과 이어지는 공중 통로가 내려다보였다. 공중 통로 천장은 속이 환히 비치는 아치형의 유리 덮개로 짜여 있었다. 정신과는 신관에 있었다. 이 병원은 외형 면에선 우리나라에서 손꼽히는 대형병원이었다.

복도 끝 창 아래 벤치에는 볕을 쬐는 사람들로 북적거리고 있었다. 나는 식수대에서 물 한 컵을 마시곤 비상계단 출구로 나갔다. 11층 층계참엔 대형 쓰레기통이 각 용도별로 세 개가 놓여 있었다. 병실에서 나온 일반 쓰레기, 캔이나 우유팩 같은 재활용 쓰레기, 그리고 시트나 베갯잇 같은 빨랫거리들. 나는 옥상으로 가는 계단을 올랐다.

옥상 문은 활짝 열려 있었다. 내가 알기로, 대개의 병원들은 옥상 문을 잠가놓고 출입을 통제하고 있었다. 열어놓으면, 누군가가 거기서 뛰어내릴 테니까.

내가 옥상 문 안으로 한 발 내디뎠을 때 누군가 내려가요, 하고 소리쳤다. 트레이닝복 차림의 한 사내가 옷가지들을 널고 있었다. 옥상의 한 귀퉁이는 빨랫줄에 빽빽이 널린 옷가지들로 어둡게 그늘져 있었다. 사내의 얼굴은 늘어진 비옷 한 자락에 가려 보이지 않았다. 그는 안 돼요, 내려가요, 하고 소리쳤다.

나는 다시 램프로 돌아왔다. 나는 램프를 따라 오를 때처럼 천천히, 층층을 내려왔다.

11층 모퉁이에선 아까 그 아이들이 아직도 담배를 태우고 있었다. 하나는 양손에 깁스를 하고 있었다. 옆의 아이가 그 아이 입에서 담배를 빼, 대신 재를 털어주고 있었다. 10층 커브엔 프레임을 앙상하게 드러낸 침대 몇 개가 차곡차곡 포개져 있었다. 9층에선 환자복 차림의 여자와 재킷 차림의 사내가 바싹 마주 서서 귀엣말을 나누고 있었다. 7층에선 아까의 그 사내가 더 크게 어깨를 들썩이며 울고 있었다. 사내는 내 또래로 보였다. 짧게 민 스포츠형 머리였고 키는, 나란히 앉으면 어깨가 서로 평행을 이룰 것 같았다. 4층 커브에선 아까의 여자 몇이 구운 통닭과 콜라를 먹고 있었다. 2층에선 환자 둘이 오르내리기 연습을 하고 있었다. 그 둘이 몰아쉬는 거친 숨소리가 번갈아가며 나지막이 램프를 울렸다.

나는 자판기에서 커피를 뽑아 들곤 병원 마당 분수대로 나왔다.

날씨는 좋았다. 바람은 가벼웠고, 건조했다. 바람은 여기저기서 살랑거렸다.

나는 담배에 불을 붙이고 문 다음, 양 볼이 볼록하게 연기를 물었다간 느릿느릿 내뿜었다.

"산뜻하고 조용한 곳이야."

나는 분수대를 돌아 마당을 가로질렀다. 재활치료를 하는 1층짜리 건물과 신관 사이로 난 길을 걸었다. 그러곤 널찍한 콘크리트 보도가 원형의 조깅 트랙과 만나는 곳에서 걸음을 멈췄다. 트랙의 길이는 거의 500미터쯤 돼 보였다. 규모만 작았지, 육상경기용 트랙이나 다름없게 꾸며져 있었다. 원형 트랙이 감싸고 있는 중앙의 잔디밭 저쪽엔 과녁판이 두 개 놓여 있었다. 짚으로 짜이고 가운데는 과녁 그림이 붙어 있는, 유원지에서 흔히 볼 수 있는 그런 과녁판이었다. 트랙 왼편 저 멀리로 작은 가건물이 세워져 있었다. '체력단련장 안내'라는 간판이 붙어 있었다.

가건물은 비어 있었다. 몇 년 몇 월 며칠에 누군가가, 이 체력단련장을 병원에 기부했다는 내용의 안내판이 창구 위쪽에 붙어 있었다. 트랙은, 걷고 있는 나 말곤 텅 비어 있었다. 오른쪽 나지막이 솟아 있는 계단식 관람석 중간에서 캔커피를 마시며 앉아 있는 남녀가 체력단련장에 있는 사람의 전부였다.

환자들은 조깅 트랙보다 분수대가 있는 마당을 더 즐겨 찾는 모양이었다. 조깅 트랙은 병동이 많은 구관과 300미터 정도 떨어져 있었다. 이동이 불편한 이들에겐 상당한 거리일 수도 있었다. 스탠드의 남녀는 곧 신관 뒤편으로 사라졌다.

나는 스탠드로 올라갔다. 햇볕이 밝은 자리를 골랐다. 스탠드에 앉아 내려다보니, 청회색 조깅 트랙과 트랙에 그어진 흰 라인들이 훨씬 단순하게 한눈에 들어왔다. 트랙 가운데 아직 시들지 않은 잔디들이 약간 어두운 초록빛을 띠고 있었다. 그것들은 훨씬 단아해 보였다. 기껏해야 열 단짜리 스탠드 위에 올라와 있는 것뿐인데도, 밑에서 볼 때보다 훨씬 단아해 보였다.

이제 단아한 것에 마음이 끌리는 나이가 되었나 보다고 나는 생각했다. 그 생각은, 잠깐 머물다가 곧 사라졌다.

나는 흰 라인이 그어진 그 청회색 조깅 트랙을 한참이나 내려다봤다. 어딘가 12-5번 버스를 생각나게 하는 구석이 있었다.

12-5번 버스가 트랙의 한 지점을 출발한다. 12-5번 버스가 정류장이 서른두어 개 정도 있는 노선을 따라 트랙을 달린다. 그 12-5번 버스엔 내가 타고 있다. 나 역시 트랙을 따라 달린다…….

그러다 나는, 약간 어두운 빛을 띤 잔디밭을 살짝 가로질러, 트랙 저 앞쪽 어디에서 12-5번 버스를 내린 것이다. 55분쯤 앞선 곳에. 55분쯤 살짝 가로질러.

"살다 보면 그러기도 하는 거야."

나는 청회색 조깅 트랙과 약간 어두운 빛을 띤 잔디밭을 내려다보며 중얼거렸다. 그 일에 대해선 여러 가지 설명이 가능했다.

하나의 물체가 각기 다른 시간대에 각각, 동시에 존재하고 있는 경우가 있을 수 있었다. 한 대는 내가 타고 있는 12-5번 버스, 또 다른 한 대는 그 버스보다 55분쯤 앞서 트랙을 달리고 있는 12-5번 버스. 그 두 대의, 같은 12-5번 버스는 서로 다른 시간대에 속해 있기에 서로를 느낄 수도, 서로 만날 수도 없다. 트랙을 달릴 때 무언가가 나를 살짝 들어 올려, 55분쯤 앞선 시간대를 달리고 있는 또 다른 12-5번 버스로 옮겨놓은 것이다.

또 다른 설명이 있을 수 있었다. 가장 단순한 설명이다. 내가 탄 12-5번 버스가 시간의 소용돌이 속으로 쑥 말려들어갔던 것이다. 말려들어갔다가 나와 함께, 55분쯤 앞의 세상으로 튕겨져 나온 것이다. 55분쯤 앞의 세상. 내가 탄 12-5번 버스가 시간의 소용돌이, 그러니까 시간이 발밑에서 접혀지는 지점을 지나왔던 것이다. 나와 12-5번 버스, 전체가.

세 번째 설명도 가능했다. 처음부터 내가 탄 12-5번 버스가 여러 대 존재하고 있었다. 내가 탄 12-5번이 실은 여러 대였던 것이다. 그 여러 대의 12-5번 버스는 트랙의 각기 다른 지점 각기 다른 시간대를, 동시에 달리고 있었던 것이다. 그 여러 12-5번 버스마다 내가 타고 있다. 나 역시 각기 다른 지점 다른 시간대에 여럿 존재하고 있는 것이다. 정류장에서 처음 올라탔을 때의 나는, 트랙의 종점에 도착해 시계를 쳐다보았을 때의 나와는 좀 다른 나였다. 그건 55분쯤 일찍 트랙을 출발한 12-5번 버스에 타고 있던 나였다. 물론 둘 다 나다. 하지만 완전히 똑같은 나는 아니었다. 시간이 무수히 작은 단위로 쪼개질 수 있듯이, 12-5번 버스와 나도 무수히 다른 시간대에 존재할 수 있는 것이다. 무수한 나와 12-5번 버스.

그렇다면 처음 버스를 올라탔을 때의 12-5번 버스와 나는 어디로 갔을까? 55분쯤 뒤처진 지점의 트랙에 있을까?

나는 고개를 저었다. 어디서 많이 들어본 얘기들이었다. 흔해빠지고, 식상한.

"바보 같은 얘기들이로군."

나는 구겨진 담뱃갑을 뒤져 담뱃가루를 바닥에 털어버렸다. 담배를 물고 불을 붙였다가 다시 바닥에 비벼 껐다. 오늘 처음 겪은 일도 아닌걸 뭐, 하고 나는 혼잣말을 했다.

"이것도 저것도 그것도 아니라도 괜찮아. 누구나 다 겪는 일일 거야. 나만 그러는 게 아닐 거야."

세 시 반이었다. 상담 약속 시간은 세 시였고, 30분이나 늦어버렸다.

"졸려."

접수를 했으니 내가 올 줄 알고 있을 텐데. 나는, 의사가 지금 궁금해하고 있을 거라고 생각했지만, 엉덩이를 털고 자리에서 일어나지는 않았다. 나는 모로 드러누웠다. 신관 정신과의 문을 노크하고 의사 앞으로 걸어 들어가는 대신에 나는 모로 드러누웠다. 스탠드의 콘크리트 바닥이 느껴졌지만 결코 시리거나 차갑지 않았다. 당연한 얘기지만, 그건 그저 단순한 콘크리트 바닥이었다.

"산뜻하고 조용한 곳이야."

나는 까무러졌다.

*

"오늘은 버스를 잘못 타지 않았나 보군."

의사가 말했다.

"오늘은 잘못 타지 않았습니다."

내가 말했다. 창피한 느낌이었다.

나는 의사에게, 지난주에 오지 못한 사정을 얘기했다. 단지 사실을 얘기할 뿐인데도 용기가 필요했다. 나는 의사가 내 얘기를 듣자마자, 망상증 환자라며 구속복을 입히고 엉덩이를 뻥 차서 정신병동으로 올려 보낼 거란 생각을 하고 있었다. 그러지 않는다면 최소한, 나를 타고난 거짓말쟁이로 여기게 될 테지.

나는 지난주의 버스를 잘못 탄 얘기가, 타인들에겐 전혀 엉뚱하게 들릴 거란 사실을 잘 알고 있었다. 버스를 어떻게 잘못 타야 시간을 55분이나 앞질러 올 수 있을까, 라는 의문조차 사람들은 갖지 않을 것이다. 사람들은 저 타고난 거짓말쟁이, 라고 손가락질하거나 아니면 기껏해야 저 친구 변명거리가 궁했구나, 하고 생각할 것이었다. 세상 누군가에게 실제로 벌어지는 일이라고는, 결코 생각하지 않을 것이었다.

의사가 내 손등에 살며시 자기 손을 올려놓으며 작은 소리로 말했다.

"다음부턴 차가운 시멘트 바닥에서 자지 말게나."

의사는, 내가 체력단련장의 스탠드에서 저녁 여덟 시까지 잠을 잤던 것에 대해 얘기하고 있었다. 나는 지난주에 스탠드에 모로 누워선 자세 하나 흐트러뜨리지 않고 내리 여덟 시까지 죽은 듯 잠을 잤다.

"차갑진 않았습니다."

"그래도."

의사는 그러다간 입이 삐뚤어지는 경우가 있다고 했다. 그러면서 손가락으로 뺨 한쪽을 밀어 올렸다. 그의 입술이 보기 흉하게 일그러졌다. 설마 이렇게 되길 원하진 않겠지?

그는 사람 좋은 이웃 늙은이처럼 웃고 있었다. 의사는 구속복을 입히지도 않았고, 엉덩이를 뻥 차지도 않았고, 망상증 환자라며 간호사를 부르지도 않았다. 그는 내 입이 삐뚤어질까 봐 걱정하고 있었다.

"도대체 그런 일이 왜 일어나는 걸까요?"

"무슨 일?"

"……버스를 잘못 타는 일 말입니다."

"글쎄……."

의사는 이마를 짚고선 잠시 생각하는 듯하더니 이렇게 말했다.

"지금으로선 잘 모르겠어. 자네만 괜찮다면 자네의 그 현상을 좀 더 관찰해보고 싶어."

의사는 내 두 눈을 똑바로 들여다보며 말했다. 나는 그가 내 두 눈에서 뭘 찾고 있는지 알고 있었다. 그가 찾는 건 정직함이나 진실 따위가 아니었다. 그는 내 눈 속에서 병증(病症)을 찾고 있었다.

20여 년 전 도서관 창밖을 날고 있던 그 생선 가시를 찾고 있었다. 어린이대공원 하늘을 저어가던 그 생선 가시의 꼬리를 찾고 있었다.

나는 상담실을 나와 신관과 구관을 잇는 긴 복도를 걸었다. 구관 쪽 복도 산부인과 접수창구 옆엔 엘리베이터가 여섯 대 설치되어 있었다. 특별히 더 큰 두 대의 엘리베이터는 병원 직원과 환자 전용이었다. 나는 그 앞을 천천히 걸었다. 엘리베이터 앞은 늘 그렇듯 사람들로 붐비고 있었다. 남자 간호조무사 한 명이 침대카를 세워놓고 누군가와 큰 소리로 얘기하고 있었다. 그 누군가는 병원 마크가 찍힌 코발트색 트레이닝복을 입고 줄의 맨 끝에 서 있었다. 그 누군가는 여자였다. 나는 엘리베이터 앞을 지나치면서 이렇게 중얼거렸다.

"특징 없는 여자가 또 나타났군."

그렇게 중얼거리곤 로비 입구까지 곧장 걸어나갔다. 그러다 깜짝 놀라 걸음을 멈췄다. 특징 없는 여자? 그 여자는 지지난 주에도 이미 날 놀라게 한 적이 있었다. 나는 뒤돌아서서 엘리베이터로 되돌아갔다. 코너를 막 돌았을 때, 이미 문은 닫히고 있었다. 닫히는 문 틈새로, 침대카의 긴 폴에 매달려 흔들리는 노란 링거병이 보였다.

나는 엘리베이터 앞에 어정쩡하니 서 층수 표시 화면의 숫자가 한 층 한 층 올라가는 것을 바라봤다. 엘리베이터는 한 층도 빼놓지 않고 일일이 멈춰 서며 11층까지 올라갔다.

*

그다음 주인 10월 8일 화요일에 나는 의사에게, 하늘을 나는 그 이상한 생선 가시를 세 번째로 본 사연을 들려줬다. 그때도 나는 책을 읽고 있었다. 초등학교 6학년 겨울방학의 어느 날 오후였다.

나는 성인 열람실에 있었다. 나는 이미 어린이 열람실의 책들에 흥미를 잃은 상태였다. 성인 열람실엔 몇 아름이나 되는 바퀴 달린 커다란 시렁이 있었는데, 매월 초면 산뜻한 냄새가 나는 새 책들이 켜켜이 쌓이곤 했다. 나는 도서관에 갈 때마다 시렁에 코를 박고 그 새 책 냄새들을 맡곤 했다. 보는 사람이 없을 땐 손잡이를 쥐고 시렁을 이쪽저쪽으로 밀어보기도 했다. 왁스 칠한 열람실 바닥에서 시렁의 바퀴는 아주 매끄럽게 미끄러지곤 했다.

약간 빛바래긴 했지만 새것에 대한 내 환상은 여전했다. 아마도 나는, 이렇게 생각한 듯싶다. 책장은 새 책으로 자꾸만 채워줘야 한다, 고.

처음 도서관이 세워졌을 때 내가 보던 책들 중엔 너무 낡아 못 읽게 된 것도 있었다. 페이지가 찢겨지거나, 떨어져나가거나, 표지를 덧붙이거나, 중요한 대목—주인공이 육체적인 사랑을 나누는 따위—에 낙서가 돼 있거나, 읽고서 제자리에 꽂아놓지 않아 필요할 때 찾지 못하게 되거나, 훔쳐가거나, 대여했다가 반납하지 않아 영원히 도서관으로 돌아오지 않게 되거나 한 것들이 꽤 있었다. 그대로 놔두면 책장은 빈자리투성이가 될 것이었다.

나는 이렇게 생각하고 있었다. 자꾸 새 책으로 채우지 않고 가만 놔두면, 그 책장은 언젠간 쓸모가 없어지게 된다, 고.

거의 5년이나 도서관을 드나들다 보니 눈에 익어서, 나중엔 책장들에 생기는 작은 변화까지도 놓치지 않게 되었다. 어린이 열람실에도 매월 새 책들이 들어오곤 했고, 그때마다 책장들의 빛깔에 조금씩 변화가 일곤 했다. 고동색 표지의 《어린이 그림 동화전집》이 들어온 해나, 황색 표지의 《어린이 세계대백과사전》 전질이 들어온 해는 열람실의 전체 분위기까지 달라 보이곤 했다. 처음 도서관이 생겼을 땐 어느 열람실의 책장에나 빈 데가 많았다. 해가 바뀌면서 그 빈 데는 차츰 새 책들로 메워졌고, 5, 6년쯤 지나자 책장이 책들로 넘치기까지 했다. 책장을 몇 개 더 들여놓기도 했고, 원래의 책장에 몇 단을 더 쌓아서 키를 높이기도 했고, 통로 여기저기에 자그마한 책시렁들을 가져다 놓기도 했다. 흉하리만치 망가진 책들은 지하 매점 옆에 있는 책 창고로 내려보내지기도 했다. 없는 책을 찾으면, 사서가 다음 날 창고를 뒤져 열람실에 가져다 놓곤 했다.

그건 단지 책들의 수가 늘어났다는 의미만이 아니었다. 그건 단지 책장이 새로운 읽을거리들로 채워지고 있다는 의미만도 아니었다. 책 권수가 늘어나면서 단조롭던 책장의 빛깔이 훨씬 풍요로워졌다는 의미도 아니었다. 《어린이 세계대백과사전》 옆에 《소년소녀 과학백과사전》이 새로 꽂혀서, 이탄층(泥炭層)에 묻힌 광부 미라에 대해 더 많은 읽을거리를 찾게 되었다는 의미도 아니었다. 코난 도일의 《셜록 홈스》 시리즈 뒤표지의 대출카드가 몇 번이나 새것으로 갈아 끼워졌다는 의미도 아니었다. 책장들은 변하고 있었다. 그것은 나나 내 또래의 아이들처럼 변화하고 있었다. 앙상하던 가슴팍에 살이 붙고, 눈에 띌 정도로 골격이 커다래지고, 어린애들이 어린애로서의 지식과 경험이 늘어나듯 못 보던 종류의 읽을거리들로 다채롭게 채워졌다. 단순하던 것이 복잡하게. 단조롭던 것이 다채롭게. 매월 초 새 책이 들어올 때마다 조금씩 조금씩 눈에 띄지 않게 이뤄지던 변화였다. 그러다 내가 6학년이 되었을 때 그건, 무언가 다른 것이 되었다.

초등학교 6학년 학생의 눈으로 보기에 그건, 5년 전의 그 책장이 아니었다. 물론 5년 전이나 지금이나 그건 여전히 책장이었다. 하지만 나는 코를 킁킁대다 말고 생각하곤 했다, 이건 내가 알고 있던 그 책장이 아니야. 내 코앞의 책장은, 지난 5년 동안의 변화의 결과물이었다. 읽을 책을 고르기 위해 책장 앞에 설 때면 나는 곤혹스러워지곤 했다. 나는 어떤 낱말 하나를 찾고 있었다.

나는 5년 동안의 변화들을 한데 묶어 부를 어떤 낱말을 찾고 있었다. 나는 기껏해야 초등학교 6학년이었다. 표현에 대한 자신의 곤혹스러움을 단번에 해결할 만큼 내 낱말 실력은 뛰어난 게 아니었다. 사실 내 실력은 형편없었다. 그 낱말은 이를테면, 책뚜껑을 여는 순간에 페이지들이 하얗게 비워지는 어떤 마법에 걸린 책과 같았다. 찾은 듯싶어서 재빨리 혀를 굴리면, 낱말은 사라지고 새하얀 하품만 새어 나왔다.

나는 어제 읽다 만 G.V.케이세일이라는 사람의 소설을 찾아 뽑아 들고 사서에게로 갔다. 《다윈의 희생자들》이라는 무지 재밌는 SF였다. 초등학생은 성인 열람실에서 책을 읽지 못하도록 돼 있었다. 아마도 시끄럽고 산만하다는 이유에서일 것이었다. 성인 열람실의 사서는 내가 책을 고르면, 어린이 열람실로 가져가 읽을 수 있도록 허락해주곤 했다. 어린이 독서회원 1호인 나에 대한, 도서관 측의 자그마한 배려였다.

나는 사실 책을 읽는다는 것에 좀 심드렁해 있었다. 슬렁슬렁 심심함을 이기기 위해 책을 펼쳐 드는 정도였다. 방학만 지나면 나도 중학생이었다. 중학생이면 책 대신 뭔가 다른 걸 읽어야 한다, 중학생 여자애를.

나는 책을 들고 어린이 열람실로 가는 대신, 2층으로 올라갔다. 2층 복도의 맨 끝에는 커다란 채광창이 있었다. 나는 채광창 아래로 갔다. 아침에 온 눈이, 채광창 창틀에 내 새끼손가락만큼이나 높다랗게 쌓여 있었다. 눈은 막 녹기 시작한 참이었다. 쌓인 눈의 표면이 반짝반짝, 빛을 내고 있었다. 창틀 너머로 새하얗게 눈이 쌓인 테라스가, 그 너머로 도서관 마당이, 그 너머로 이웃 주택가와 경계를 이루는 어린 전나무 행렬이 보였다. 눈은 사방에서, 새하얗게 빛을 내고 있었다. 나는 채광창 아래 벤치를 딛고 서 창문을 열었다.

나는 테라스로 나가 쌓인 눈을 책으로 쓸어내고, 발을 바깥으로 내놓은 자세로 걸터앉았다. 바람엔 오히려 온기 같은 것이 묻어 있었다. 나는 새하얀 입김을 폭폭, 소리 나게 뿜으며 발장구를 쳤다. 2층 창가의 테라스이니 그때의 내 키로 봐선 꽤 높은 것이었다. 꽤 높았지만, 즐거웠다. 나는《다윈의 희생자들》의 주인공 흉내를 내고 있었다.

나는 어제 살짝 접어두었던 책 페이지를 펼쳤다.《다윈의 희생자들》의 주인공은, 머리 뚜껑이 활짝 열리면서 새하얀 스팀을 내뿜고 있었다. 두 발은 물장구를 치듯 심하게 떨고 있었다. 주인공은 발정기의 거위처럼 꽥꽥 노래를 부르고 있었다.

주인공은 임상실험가들의 실험대 위에 꽁꽁 묶여 있었다. 실험대는 꼭 처형장의 전기의자처럼 생겼다. 주인공의 사지는 가죽 벨트로 꼼짝 못 하게 묶여 있었다. 허리에도, 용쓰지 못하게 큼지막한 벨트를 채워놓았다. 주인공 머리에는, 십자가 위에서 이방인의 왕이 썼던 가시면류관 같은 것이 씌워져 있었다. 주인공이 쓴 면류관에는 가시 대신, 전극 장치가 하나씩 꽂힌 수십 개의 반창고가 달려 있었다. 머리카락 한 올 없는 주인공의 머리는, 반창고들로 온통 하얗게 덮여 있었다.

임상실험가들은 반창고들에 전기를 흘려 넣곤, 주인공이 비명을 지르는 동안 진지한 표정으로 서류에 숫자들을 써 넣었다.

십자가의 이방인 왕이 가시면류관을 쓰고 희생했듯이, 주인공도 반창고 면류관을 쓰고 희생되고 있었다. 이방인의 왕은 이

방인의 원죄를 위해, 주인공은 미친 과학자들의 원망을 위해.

임상실험가들은 실험대를 '다윈'이라는 애칭으로 부르고 있었다. 다윈의 정식 명칭은 '이중관념제조기'였다. 다윈은 간단히 말하자면, 피험자에게 이중관념을 심는 미친 기계였다. 반창고에 붙은 전극 장치를 통해, 특별하게 설계된 전기 자극을 피험자의 뇌로 흘려보내는 기계였다. 다윈을 사용하면, 피험자가 갖고 있던 기존의 관념을 임상실험자들 맘대로 재구성할 수 있었다.

다윈의 조작판에 붙은 텔레타이프 라이터(그 소설은 옛날 SF였다)에 미리 설계된 관념들을 타이핑해 넣으면, 피험자의 뇌에 입력되는 것이었다. 입력이 끝나면, 임상실험자들은 다시 조작판에 붙어 있는 텔레타이프를 통해 결과를 출력했다. 기다랗게 늘어진 텔레타이프 테이프에 찍혀진 부호들을 보곤, 실험이 얼마나 성공적이었는지 확인하는 것이었다.

아니, 할 수 있다고 미친 과학자들은 믿고 있었다. 그래서 주인공의 머리에선, 뚜껑을 열고 뜨거운 물을 부은 것처럼, 흰 스팀이 뿜어져 나왔던 것이다. 머리털은 홀랑 벗겨지고, 전기 충격 때문에 두 발은 물장구치듯 경련하고, 온종일 거위처럼 꽥꽥

댔던 것이다.

다윈이란 애칭의 이중관념제조기를 통해 재구성된 피험자의 이중관념은 대체로 이런 것이었다. 그것은 항목별로 정교하게 설계되었다.

먼저 사랑의 항목.

피험자는 사랑에 대해 이런 관념을 갖고 있었다. 석양이 깔린 플로리다 남부(미국 소설이었다)의 어느 해변에서, 흑발의 긴 생머리에 파란 눈을 가진 비키니를 입은 아가씨(주인공은 미국 남성이었다)와 여름 한철을 보내는 것. 여름을 보내면서, 앞으로 둘이 함께할 인생과 곧 태어날 둘의 아기에 대해 오랜 시간 사랑 넘치는 대화를 나누는 것.

이번엔 엄마의 항목.

피험자는 엄마에 대해 이런 관념을 갖고 있었다. 시카고 교외에 있는 집 뜰에서 귀여운 쌍둥이 형제를 품에 안고 동화책을 읽어주는 사람. 주인공은 쌍둥이였고, 세상에서 가장 좋아하는 것은 둘 다, 동화를 읽어줄 때 가볍게 진동하는 엄마의 젖가슴.

이번엔 아빠의 항목.

피험자는 아빠에 대해 이런 관념을 갖고 있었다. 집 근처 자그마한 공원 잔디밭에서 아들에게 자상히 자전거 타는 법을 가르쳐주는 사람. 잔디밭은 아름답고 부드러워서 넘어져도 다치지 않는다. 오히려 자꾸 쓰러져 눕고 싶을 정도.

이번엔 자신의 항목.

피험자는 자기 자신에 대해 이런 관념을 갖고 있었다. 고등학교 졸업반이 되자마자 서핑을 배워, 말리부 해변에서 멋쟁이 서퍼 노릇을 해보는 것이 꿈인 소박한 청년. 주인공은 비록 서퍼는 되지 못했지만 대신 요트를 배운다. 멋진 요트 한 척을 장만해 말리부 해변에 한번 띄워보는 게 꿈인 여전히 소박한 청년.

주인공이 평소에 갖고 있던 관념들은 어쨌든 그랬다. 미친 임상실험자들은 주인공에게 반창고 면류관을 씌워 평소의 관념들을 재구성하고자 했다.

과학자들이 설계해놓은, 새로 타이핑해 넣을 관념들은 이렇다.

먼저 사랑의 항목.

피험자는 사랑에 대해 이러한 설계된 관념을 갖게 된다. 빨간 벨벳 커튼이 둘러쳐진 비좁은 홀로 걸어 들어간다. 홀 가운데엔 창백한 피부의 발가벗은 여자가 주인공을 기다리고 있다. 젖가슴과 치부엔 다섯 손가락 모양의 빨간색 스티커가 각각 붙어 있다. 여자는 바닥의 회전판 위에 서 있고, 회전판이 서서히 회전하면, 주인공은 여자 주위를 따라 돌며 손가락 스티커들을 하나하나씩 떼어낸다.

이번엔 엄마의 항목.

피험자는 엄마에 대해 이러한 설계된 관념을 갖게 된다. 엄마는 부엌에서 과자를 굽고 있다. 오븐은 뻘겋게 달아올라 있고, 엄마는 밀가루를 치대다 말고 갑자기 밀대를 휘두르며 고래고래 욕설을 퍼붓는다.

이번엔 아빠의 항목.

피험자는 아빠에 대해 이러한 설계된 관념을 갖게 된다. 사방에 빨갛고 파란 경광등 불빛이 아련히 번져 있고, 아빠는 침대카 위에 가지런한 자세로 누워 있다. 눈은 약간 뜬 상태지만, 두 눈동자의 시선은 망치로 때려 박은 듯 꼼짝 않고 고정돼 있다.

이번엔 자신의 항목.

피험자는 자기 자신에 대해 이러한 설계된 관념을 갖게 된다. 유치장에 갇힌 나. 온통 흑백 풍광이고, 셔츠 자락엔 창살 그림자들이 썩은 핏물처럼 흘러내린다.

이로써 주인공은 사랑과 엄마와 아빠와 자신에 대해 이중관념을 갖게 된다. 주인공은 다원에 묶인 채 비명을 지르다, 히죽 웃다, 고뇌가 복받쳐 울기도 한다.

"자넨 이제, 이중관념을 갖게 됐네."

돋보기를 두 개씩이나 찬 미친 임상실험자들의 팀장이 말했다.

"언뜻 보기엔 전혀 상반된 관념들이지만…… 우리는 그렇게까지 상반된 것들이라 생각하지 않네."

팀장은 뇌파 그래프와 숫자들이 새카맣게 들어찬 기록표를 보여주었다. 부호가 수도 없이 찍힌 기다란 텔레타이프의 천공테이프를 읽어주었다. 그는 힘주어 강조했다.

"우린 사실 아무 생각이 없어! 그냥 해본 거야."

팀장을 비롯한 임상실험자 팀원들은 미친 듯 깔깔, 깔깔, 깔깔 짖어댔다. 주인공의 눈동자는 초점을 잃은 지 오래였다. 동공은 전기 충격으로 혈관이 확장돼, 터진 달걀노른자처럼 개개

풀려 있었다.

미친 과학자들은 그 진지한 장난을 계속했다.

먼저 행복의 항목.

피험자는 행복에 대해 이러한 설계된 관념을 갖게 된다. 모터쇼의 클라이맥스에, 회전무대에 막 등장한 최신형 메르세데스 벤츠. 주인공은 은빛 실크 턱시도 차림으로 관객들을 향해 멋지게 손을 흔들어 보이며 벤츠에 올라탄다. 벤츠의 좌석들은 온통 은화와 금화, 지폐 다발투성이다.

이번엔 조국과 적의 항목.

피험자는 조국과 적에 대해 이러한 설계된 관념을 갖게 된다. 맨해튼의 새파란 하늘을 배경으로 우뚝 솟아 있는 자유의여신상. 그 밑으론 붉은 십자가 문양의 깃발을 든 극우주의자들의 행진이 계속된다. 적은 히틀러다. 적은 브레즈네프다. 적은 호찌민이다.

여기까지가, 내가 어제까지 읽은 부분이었다. 주인공이 원래 갖고 있던 관념들이 지워지고 그 자리를 새 관념들이 차지한 것이 아니었다. 원래의 것들은 전혀 손상되지 않고 그대로 남아 있었다. 주인공의 머릿속에서 원래의 관념들은 새 관념들과 나란히 공존했다.

주인공이 미치는 것은 당연했다.

미친 과학자들은 이제 실험의 강도를 높인다. 과학자들은 다윈의 텔레타이프 라이터에 아무렇게나 쳐 넣는다. 항목이고 뭐고 없다. 설계고 뭐고 없다. 피험자의 건강이고 뭐고 없다. 미친 듯이 키보드를 찍어댔고, 게걸들린 듯이 '엔터'를 눌러댔다. 겨자와 케첩을 잔뜩 친 치킨 버거와 핫도그를 씹어댔다.

피험자의 뇌 속은 그로써, 받침이 떨어져나간 틀린 글자들과 띄어쓰기가 잘못된 틀린 문장들로 가득 차게 되었다. '엔터'로 인한 무수한 단락과 결절점들이 무질서하게 끓어올랐다. 텔레타이프의 키보드는 튄 겨자와 케첩으로 지저분하게 끈적거렸다. 다윈의 출력기는 천공 테이프를 덩어리째 뱉어냈다. 엉키고, 찢겨서, 아무것도 읽을 수 없게.

피험자의 뇌는 뒤죽박죽이 됐다. 엄마는 통곡하고 있다. 아빠는 중증 알코올중독자다. 사랑은 난교 파티다. 행복은 룰렛 게임이고, 나는 포르노 배우를 가르치는 섹스 교관이다. 행복의 최고 경지는 자살의 순간이다. 사랑은 절개된 가슴뼈 속의 심장이고, 아빠는 히틀러다. 엄마는 중국인이다. 사랑은 섹스 쇼이고, 행복은 히로뽕이다. 조국은 백인우월주의다. 나는 폭동의 한가운데서 경찰의 곤봉에 머리를 얻어맞는다. 적은 인디언이고 펜타곤이다. 나는 추락하기 위해 110층 빌딩의 엘리베이터를 타고 올라간다.

불쌍하게도, 그 꽝꽝거리는 뒤엉킨 관념들 틈새로, 주인공 본래의 관념들이 잡음처럼 지지직 지지직 끼어들기 시작했다. 뇌 속에서, 원래의 관념들과 타이핑해 넣은 관념들이 동시에 발언하기 시작했다.

그건 피험자 뇌의 입장에선 대단히 좋지 않은 소식이었다.

주인공의 뇌에 과부하가 걸린 것이었다. 과부하가 걸려서 폭발하기 직전의 지경에 내몰린 것이었다.

"이 부분이 그 책의 클라이맥스입니다."

내가 의사에게 말했다. 의사는 내 소설 얘기에 흥미를 보였다.

"주인공은 그래서 죽었어?"

"아뇨, 그럴 리가요."

나는 《다윈의 희생자들》 얘기를 계속했다.

바로 그때 구원자가 나타난다. 실험실 창문 유리창을 깨고.

구원자는 미친 임상실험자들 앞을 가로막고 섰다. 그러곤 거룩한 목소리로 자신이 왔음을 알렸다.

"나는 사랑의 전령 큐피드다!"

사랑의 구원자 큐피드는, 놀라 눈이 휘둥그레진 미친 임상실험자들을 때려눕힌다. 주인공은 구출된다. 주인공의 뇌는 손상될 대로 손상된 상태였다. 주인공은 바보가 됐다. 큐피드는 다시 한 번 그 놀라운 사랑의 힘을 발휘한다. 큐피드는 이중관념제조기의 텔레타이프 앞에 선다. 그러곤 이렇게 쳐 넣는다.

사랑사랑사랑사랑사랑사랑사랑사랑사랑사…….

타이핑이 끝나고 마침내 다윈에서 풀려났을 때, 주인공은 큐피드를 향해 이렇게 말한다.

"사랑."

소설은 그렇게 끝나 있었다. 그때의 내가 SF를 좋아했던 이유는 그런 데 있었다. 인류가 처한 상황은 두말할 나위 없이 잔인하고 끔찍하다……. 하지만 언젠가는 꼭 구원을 받을 것이다. 인류의 미래는 그렇게 되도록 처음부터 프로그래밍돼 있었던 것이다.

소설 얘기만으로도 상담 시간은 빠듯했다. 내게는 그다음이 더 중요했다. 《다윈의 희생자들》을 다 읽고 덮은 다음이 더 중요했다. 책을 덮고 저 먼 쪽의 하늘로 고개를 들었을 때, 무엇이 보였는가가 더 중요했다. 의사는 소설 속 주인공에게 관심을 보였다. 정신과 의사로서, '사랑'이라는 이 한 단어밖에 떠올릴 줄 모르는 주인공에게 애정을 느꼈을 것이다.

"어떻게 몇십 년 전에 읽은 책 내용을 지금껏 기억하고 있어?"

의사가 물었다.

"글쎄요……."

실은 나도 그게 궁금했다. 내가 의사 앞에서, 책 내용을 정확히 읊은 것은 아닐 것이다. 세월이 지나면서, 어딘가에 가필이 있었다. 어딘가에 내 창작이 끼어들었다. 하지만 그 얘기는 의사에게 하지 않았다. 내가 그걸 얘기하면, 의사는 그 부분을 찾아내려 할 테니까. 어쩌면 그 옛날 책을 구해 와, 원본과 내 창작

부분을 조목조목, 정신과적으로 비교 분석하려 할지도 몰랐다.

"요즘도 도서관에 가나?"

의사가 물었다.

"아뇨……. 대학 졸업과 함께 도서관도 졸업했죠, 다들 그렇게 하는 것처럼."

그러자 의사는 매우 흥미롭다는 투로 이렇게 말했다.

"……자넨 도서관 소년이었군, 그래."

"예?"

"자넨 도서관 소년이었다고."

도서관 소년?

틀린 말은 아니었다. 난 그 한때 도서관에서 살다시피 했으니까. 초등학교 6학년 때까지.

난 그 한때, 책도 아주 많이 읽었으니까. 읽은 책들의 리스트만 보아도 알 수 있듯이.

난 그때 여섯 권짜리 하드커버 《수호지》를 몇 번이나 읽었다. 난 그때 스물여섯 권짜리 《셜록 홈스 시리즈》를 다 읽었다. 난 그때 펄벅의 하드커버 《대지》를 다 읽었다. 난 그때 《O. 헨리 단편선》을 다 읽었다. 난 그때 다섯 권짜리 《세계명작단편선

집》과 스무 권짜리 《세계대표명작선집》을 반쯤 읽었다. 난 그때 하드커버에 여섯 권짜리 《사진으로 보는 그리스 로마 신화》를 다 읽었다. 난 그때 하드커버에 여덟 권짜리 《삼국지》를 다 읽었다. 난 그때 F. 모왓의 《개가 되고 싶지 않은 개》를 몇 번이나 읽었다. 난 그때 하드커버에 다섯 권짜리 《후 삼국지》를 다 읽었다. 난 그때 하드커버에 일곱 권짜리 《서유기》를 다 읽었다. 난 그때 문고판 《오멘》과 《엑소시스트》를 다 읽었다. 난 그때 서른 권짜리 문고판 《세계SF명작선집》을 다 읽었다. 난 그때 염상섭의 하드커버 《표본실의 청개구리》와 단편선집을 다 읽었다. 난 그때 두 권짜리 《일본 대표공포소설선》을 다 읽었다. 난 그때 열다섯 권짜리 《만화 구약 신약 성서》를 몇 번이나 읽었다. 난 그때 구약 신약 성서를 대충 읽었다. 난 그때 열 권짜리 《세계괴기소설선집》을 다 읽었다. 난 그때 존 버니언의 두 권짜리 만화 《천로역정》을 몇 번이나 읽었다. 난 한때 닥치는 대로 읽었다. 난 한때 도서관 주최 독후감경진대회에서 가작을 받았다. 동시경진대회에선 아무 상도 받지 못했다. 난 한때 책을 많이 읽는 소년이라고 칭찬을 받았다. 칭찬받는 게 좋아서 더 많은 책을 읽었다.

돌이켜보건대, 그 한때가 내 짧은 삶의 전성기이자 절정기였다.

난 그때 이후로 쭉, 내리막길을 걸었다. 생의 그 꾸준한 하강 곡선엔 바닥이 보이지 않는다.

도서관 소년은 이제 일주일에 한 번씩 정신과 상담을 다니고 있다.

도시 전설:
20세기 최후의 괴물들

"지금도 책을 많이 읽나?"

의사가 물었다.

대답하기 부끄러운 질문이었다. 내가 입을 다물고 있자, 의사는 알 만하다는 듯 고개를 끄덕였다.

"하지만……."

내가 화제를 돌렸다.

"도서관에 오래 다녔다는 것하고 제 증세하곤 그다지 관련이 없는 것 같은데요."

"좀 더 두고 봐야지."

의사는 고개를 끄덕이며 나지막이 속삭였다.

"하지만 자네가 옛날에 도서관에 좀 다녔다는 사실에서, 억지로 뭔가를 추출해낼 생각은 없어. 난 아무것도 억지로 짜 맞출 생각은 없네……. 불쌍한 꼬마 한스 얘기 들어봤나?"

"예?"

의사는 진지한 얼굴로 책상의 탁상시계를 쳐다봤다. 세 시 50분이었다. 시곗바늘을 쳐다보면서 그토록 진지한 표정을 짓는 사람은 처음이었다.

의사는 내게, 꼬마 한스 이야길 들려줬다.

꼬마 한스는 말(馬)을 무서워하는 5세 소년이었다. 소년은 말이 나타나 자기를 깨물까 봐 걱정했다. 거의 공포의 감정이었다. 동물원 가서 큰 짐승만 보아도 겁에 질렸다. 말에 물릴까 봐 산책도 못했다. 그 두려움은 날이 갈수록 더해져서, 공포증이 되었다. 창밖이 어두워지면 극도로 우울해했다. 이제 누구하고도 외출하려 하지 않았다. 느닷없이 길 한가운데 말이 나타나 자기를 깨물 거라는 공포 때문에.

꼬마 한스의 아빠는 한스의 공포증을 정신분석학자 프로이트에게 문의했다. 1908년의 일이다. 프로이트는 한스의 아빠와 편지를 교환한다. 말을 무서워하는 증세에 대한 편지였다.

한스는 세 살 때부터 자기 성기에 관심을 보였다. 한스가 3년

6개월 되었을 때 여동생이 태어난다. 4년 6개월이 되었을 때, 여름휴가를 갔다가 14세 소녀를 만난다. 한스는 14세 소녀에게 색정적인 감정을 품는다. 한편 여동생이 목욕하는 걸 보곤, 여자의 성기는 남자의 성기와 다르다는 사실을 깨닫는다. 말을 무서워하는 증세는 1908년 한스가 다섯 살이 된 때부터 나타난다.

프로이트는 아빠의 편지를 가지고 꼬마 한스의 증세를 해석한다.

꼬마 한스는 엄마에게 지나친 성욕을 느끼고 있다. 한스는 아빠를 증오하고 살해하려 한다. 말에 대한 공포는 아빠를 향한 증오심의 상징적인 표현이다. 한스는, 아빠를 죽이고 엄마와 섹스하고 싶어 한다.

한스의 공포증은 치료가 시작되고 얼마 후에 호전된다. 프로이트는 병세의 호전을, 한스의 오이디푸스 갈등이 해결된 탓이라고 주장했다. 그러니까, 한스가 이제는 더 이상 아빠도 죽이고 싶어 하지 않고 엄마와 섹스하고 싶어 하지 않게 되자, 자연스레 말에 대한 공포증도 사라졌다는 해석이었다.

"많이 들어본 얘기지?"

의사가 다시 한 번 시계를 들여다보며 말했다. 이제 네 시 5분 전이었다.

"예."

많이 들어본 얘기였다. 아버지를 죽이고 어머니와 섹스하고 싶다는 얘기는.

"하지만 그 해석은 꼬마 한스가 아니라 한스의 아빠가 보낸 편지에 의한 거였다고. 프로이트는 정작 환자인 꼬마 한스를 딱 한 번밖에 만나보지 않았어. 환자는 아빠가 아니라 한스인데도 말이야. 무지하게 바쁜 의사였거든."

의사는, 프로이트의 그 해석은 프로이트의 창작이었다고 했다. 꼬마 한스가 어머니에게 성적 감정을 느끼고, 아버지를 살해하고 싶어 한 증거는 어디에도 없다고 했다. 프로이트는 꼬마 한스가 장난감 말을 두들기며 노는 행동조차 아버지에 대한 증오심의 표현이라고 해석해버렸다. 프로이트는, 말 공포증이 해소된 시기가 아버지에 대한 오이디푸스 갈등이 해소된 시기와 같다고 주장하는데, 그걸 입증할 만한 증거는 없었다.

정작 당사자인 꼬마 한스는 자신의 증세를 어떤 식으로든 아버지와 연결시키는 것을 완강히 부인했다. 프로이트는 꼬마 한스의 얘길 무시했다.

아무튼 정신분석학자 프로이트는 노련한 음모가였다. 프로이트는 꼬마 한스의 사례 분석을 통해 학자로서 확고한 위치를 다질 수 있었다. 꼬마 한스에 관한 사례 분석은 그 후 40여 년 동안 학계에서 경전(經典)의 위치를 누렸다.

"난 꼬마 한스가 불쌍해."

의사가 맑은 목소리로 말했다. 의사가 오늘처럼 말을 많이 한 것은 처음이었다. 의사는 주로 들었고, 나는 주로 말했다. 의사는 꼬마 한스를 불쌍한 꼬마 한스라고 불렀다.

"나는, 장난을 쳤다고 프로이트를 비난하는 게 아냐. 그 장난에 희생된 꼬마 한스가 불쌍할 따름이지……. 공포증을 치료받는 대가치곤 가혹했다는 생각 안 들어? 꼬마 한스는 그렇게 왜곡된 채로, 이후 40여 년 동안이나 프로이트의 논문에 이름이 오르내렸네. 존속살해 욕망과 근친상간 욕망의 상징처럼 말이야. 20세기의 범죄를 대표하는 인물처럼 말이야. 점잖은 성인으로 성장해 이웃과 함께 살아가는 데는 대단히 불명예스럽고도 모욕 같은 일이었지."

의사는 산뜻한 목소리로 결론지었다. 그러곤 다시 시계를 쳐다봤다. 네 시였다. 상담은 끝났다. 의사는 함빡 미소 지으며 이젠 일어나보라는 손짓을 했다.

"존엄성이란 무엇보다 소중한 거야. 아무리 꼬마 한스라도."

"존엄성이란 무엇보다 소중한 거군요. 아무리 꼬마라도."

내가 미소 지으며 고개를 끄덕였다.

*

다음 주에, 10월 15일 화요일에, 나는 50분쯤 일찍 병원엘 갔다. 물론 이번엔, 버스를 잘못 탄 게 아니었다. 그저 평소보다 좀 이르게 출발한 것이었다. 몇 주만 더 지나면 가을도 끝날 것이었다. 나는 병원 분수대 앞을 천천히 가로질렀다. 마당은 눈에 띄게 한산했다. 바람이 차졌기 때문이다. 산책을 오솔길이나 공원이 아닌 병원 마당에서 한다는 건 좀 이상하지만, 어쨌든 난 걸었다. 깔끔하고 산뜻한 날씨를 즐기면서.

체력단련장 끝까지 갔다가 분수대 앞으로 돌아오면서 나는, 눈에 익은 행색의 한 사내가 분수대에 앉아 있는 것을 보았다. 검붉은 체크무늬 점퍼 차림에 턱은 지저분한 수염으로 덮여 있고, 손엔 수첩을 들고 있었다. 몇 주 전에, 나와 분수대에 앉아 지난 5년 동안의 의료 비용에 대해 얘기를 나눴던 사내였다. 병원비를 꾸러 다니느라 병원 상담 시간에 늦었다던.

"잘 지내셨어요?"

나는 반갑게 인사했다. 정말 반가운 마음이었다. 그 반가움은 특별한 종류의 반가움이었다. 내가 사내처럼 정신과에 다니고 있지 않다면 결코 가질 수 없는, 그런 종류의 반가움이었다.

"아."

사내의 눈을 보니 날 기억하지 못하는 듯했다. 사내의 손엔 여전히 수첩이 있었다. 사내가 느릿느릿 입을 떼었다.

"친척한테 병원비를 빌리러 갔다가 늦었어요. 제 상담 시간은 한 시인데, 혹시 선생님 시계 있으신가요?"

"아…… 지금은 두 시 반이에요."

"그래요? 전 매주 목요일 한 시부터 두 시까지 상담을 받아왔어요. 지난 5년 동안 줄곧. 정신과 이 선생님한테. 이 선생님을 혹시 아시나요? 선생님?"

나는 사내의 말과 눈빛을 보곤, 무엇이 어찌 돼가는 건지 깨달았다. 오늘은 목요일이 아니라 화요일이었고, 정신과엔 이 씨

성을 가진 의사가 없었다.

"선생님, 이리 와서 이 수첩 좀 보실래요?"

"아, 아뇨."

나는 곤혹스러워하며 손을 저었다. 아, 아뇨. 나는 시간이 없다며 종종걸음으로 사내 앞을 떠났다. 사내는 시름에 잠긴 얼굴로 다시 수첩으로 고개를 떨궜다.

나는 분수대 반대편으로 돌아갔다. 사내는 고개를 푹 수그린 채로 꼼짝 않고 있었다. 분수대의 착한 사마리아인 석상은 여느 때처럼 바싹 말라 있었다. 파란 방수도료가 칠해진 착한 사마리아인의 파란색 이마 끝에 흰 구름 하나가 동그랗게 걸려 있었다. 사내가 눈이 먼 것처럼 착한 사마리아인의 눈도 멀어 있었다.

나는 본관으로 가 접수를 하고 램프로 들어갔다.

나는 램프를 따라 구관 6층으로 올라갔다. 6층의 한끝은 폐병 환자들을 위한 격리병동이었다. 복도의 가운데엔 간호사들이 업무를 처리하는 스테이션이 있었고, 그 맞은편엔 엘리베이터와 내과 중환자실과 신경외과 중환자실이 있었다. 두 중환자실 바깥쪽 자동 개폐문엔 유리 주의, 정숙, 면회 시간 외 출입금지 같은 안내문이 붙어 있었다. 환자 가족들의 면회 시간은 하루 네 번이었다.

그때였다. 안쪽 자동 개폐문이 열리면서 상하의가 모두 초록색인 복장을 한 여자가 나타났다. 이마엔 역시 초록색 두건 같은 천 조각이 씌워져 있었다. 그건 간호사복이었다. 초록색 간호사복은 처음 보는 것이었지만, 처음 봐도 쉽게 알 수 있었다. 초록색 간호사복을 입은 여자는 안쪽 개폐문 앞에서 잠시 서성이더니, 두 개폐문 사이의 통로 안쪽으로 사라졌다. 초록색 천에 둘러싸여 있어 그런지 여자의 얼굴이 더 환하고 맑게 도드라져 보였다.

"특징 없는 여자를 네 번째로 보는군" 하고 나는, 거의 무의식중에 중얼거렸다. 그러곤 깜짝 놀라 펄쩍 뛰다시피 했다. 로비 커피 자판기에서 본 후로, 마당에서, 엘리베이터 앞에서, 그리고 중환자실 자동 개폐문을 사이에 두고, 네 번째 보는 것이었다.

나는 중환자실 문 앞에 멍한 얼굴이 되어 서 있었다. 중환자실 안쪽 문이 열리면서 여자와 똑같은 초록색 복장을 한 여자들이 대여섯 몰려나왔다. 그들은 여자가 사라진 쪽으로 빠르게 가버렸다.

나는 거기 그대로 서 있었다. 그리고 잠시 후 내가 얼떨떨한 표정으로 뒤돌아서려 할 때, 바깥쪽 자동 개폐문이 열리면서 여자가 나왔다. 초록색 간호사복 차림은 아니었다. 노란색 티셔츠와 감색 면바지 차림이었다. 여자는 빠른 걸음으로 내 앞을 지나쳐, 중환자실 문께의 엘리베이터 앞에 가 섰다.

나는 머뭇머뭇 여자 곁으로 다가갔다. 여자에게선 아무 냄새도 나지 않았다. 샴푸 내도, 화장수 내도, 비누 내도 나지 않았다. 여자는 작은 빨간색 비단 백을 들고 있었다. 피부는 처음 보았던 대로 맑고 깨끗했다. 아주. 그리고 역시, 외관상 별 특징이 없는 여자였다. 어쨌든 내가 보기에. 내 두 눈에 비치기에.

내가 곁에 서서 코를 킁킁거리고 있자, 여자가 힐금 곁눈질했다. 나는 재빨리 고개를 돌렸다. 엘리베이터 문이 열렸다. 여자가 올라타자 나도 뒤따랐다. 그러고는 그대로 1층까지 내려갔다.

1층에 내린 여자는 신관 쪽으로 빠르게 걸어갔다. 그러고 보니, 여자는 급하게 걷지 않은 적이 없었다. 볼 때마다 여자는 종종걸음을 치고 있었다. 뭔가 바쁜 일이 있어서 그런지 아니면 걸음이 유난히 빠른 건지 알 수가 없었다. 꼭 무언가를 바삐 뒤쫓고 있는 사람의 걸음걸이 같았다. 나는 신관 맨 끝 출입문이 있는 곳까지 여자를 쫓아갔다.

"누구세요?"

여자가 신관 끝 출입문 앞에서 갑자기 멈춰서 뒤돌아보고 말했다.

"왜 자꾸 따라와요?"

여자가 재차 물었다. 나는 여자와 아주 가까이 서 있었다.

"아."

내가 아, 했다. 입속이 싸하게 헹궈지는 느낌이었다.

"왜 자꾸 따라오냐고요."

"아, 그러니까……."

나는 나쁜 짓을 해놓고 변명거릴 찾는 아이처럼 입을 꾹 다물었다. 여자는 그런 나를 한심하단 듯 흘겨보더니, 출입문을 열고 바깥으로 나갔다. 체력단련장의 청회색 조깅 트랙과 약간 어두운 초록 잔디로 이어지는 출입문이었다. 여자는 이제 뛰듯이 조깅 트랙 쪽을 향해 걸음을 옮겨가고 있었다. 나도 뒤따라 뛰었다.

나는 여자에게 뭔가 얘기해야 했다.

"안녕하세요."

그러자 여자는 다시 걸음을 멈췄다. 여자는 뒤돌아서 아무 말 않고, 내 눈을 똑바로 쏘아봤다. 아랫입술을 살짝 깨문 채로. 그러곤 잠시 후, 여자의 얼굴에서 어떤 미소 같은 게 흐릿하니 떠올랐다.

"좋아요, 빨리 말해보세요."

여자의 미소는 좀 더 분명해졌다. 여자는 완전히는 아니지만 어느 정도 경계를 푼 듯했다. 그때의 내 표정은 낯모르는 여자의 뒤나 쫓으며 귀찮게 하는 치한의 표정은 아니었다. 여자도 그걸 안 것이다. 내 얼굴은 치한보다는 도서관에 처박혀 주말 내내 책이나 읽는 겁 많고 쑥스러움 많이 타는 소년의 표정에 가까웠다. 얼굴이 온통 화끈거렸다. 내 뺨은 아마도, 여자 손의 작은 비단 백만큼이나 새빨갰을 것이다.

"벌써 네 번이나 봤어요. 여기저기서. 자판기 앞에서, 마당에서, 엘리베이터 앞에서, 오늘은 중환자실 앞에서. 그러니까 그쪽이…… 이름이 뭐죠?"

나는 창피스러운 끝에 큰 소리로 떠들어댔다.

여자는 이름을 댔다. 여자의 이름은 선애, 였다. 자신을 선애 씨라 밝힌 여자는 호락호락하지 않았다. 그녀는 내 이름을 먼저 물었고, 내가 이름을 대자 두 눈을 똥그랗게 부릅뜨곤 주민증을 보자고 했다. 그녀는 정신없이 몰아붙였다. 내가 주민증이 든 지갑을 꺼내 막 펼쳐 보이려는 순간, 그녀는 이렇게 짧게 잘라 말했다.

"됐어요. 아무개 씨, 라고요?"

"예."

나는 치한이라도 된 듯한 기분이었다. 마당의 착한 사마리아인 석상을 두고 맹세하건대, 초등학교 이후로 계획적으로 치한 짓을 한 적은 단 한 번도 없었다. 나는 바보같이 굴었다. 주민증은 프라이드다. 보잔다고 보여주는 물건이 아니다. 그녀는 세상의 다른 모든 여자들과 마찬가지로, 남자를 겁먹게 하는 여자였다.

"무슨 용건이에요?"

그녀가 물었다.

"한번 뵐 수 있어요?"

나는 되는대로 지껄였다. 생각해서 나온 말이 아니었다.

"바빠요."

그녀가 살짝 웃어 보였다.

"음, 그럼 다음 주엔 어떻게……."

이것도 생각해서 나온 말이 아니었다. 그녀는 눈을 가늘게 뜨곤 말없이 있더니, 이렇게 말했다.

"다음 주도 바빠요! 다음 주부터 행사가 있어요. 놀러 올래요? 장소는 구관 4층 정신과 병동 복도예요. 네 시쯤에. 병원 환자들을 위한 행사인데…… 아무튼 손님들이 많았으면 좋겠어요."

그녀 말에 의하면, 4층 정신과 병동에서 환자들을 위한 행사가 있다는 것이었다. 다음 주 월요일부터 5일 동안. 그녀는 그게 무슨 행사인지는 말하지 않았다. 아무튼 손님이 많았으면 좋겠다고만 했다. 자신이 이 병원 간호사라는 사실도 말하지 않았다(그건 나중에 알았다). 지금 내가 왜 이 병원에 있는지도 묻지 않았다. 내가 다음 주에도 이 병원에 올 것인지, 그런 것도 묻지 않았다. 그녀는 다만 이렇게 말했을 뿐이다, 난 그 행사의 안내를 맡았어요, 손님이 많이 왔으면 좋겠어요.

그리고 그녀는 매번 그랬던 것처럼, 총총걸음으로 체력단련장 스탠드 뒤편으로 가버렸다.

생각해보니 그녀에게, 왜 자꾸 내 앞에 나타나느냐고 물을 수는 없는 일이었다. 그녀의 의지가 아니었으니까. 그녀의 의지가 아니라, 그저 내 흐릿한 두 눈에 그녀가 비쳤을 뿐이었다. 내가 지금 다니고 있는 이 병원은 규모도 크고, 역사가 깊은 만큼 명성도 높은 곳이었다. 병원에 드나드는 사람 수를 따져보면, 하루 천 명도 훨씬 넘을 것이었다. 그녀는 병원의 간호사였고, 거의 매일같이 출근할 것이었다(나중에 확실히 알게 되었지만, 출근이 아니라 기숙사 생활을 하고 있었다). 간호사 업무를 보면서 그녀는 병원 여기저기를 돌아다닐 테고, 그러다 보면 누군가의 눈에 띌 확률은 일반 방문객보다 높아진다. 확률상으로. 게다가 그 활동에 일정한 시간의 궤가 있고 그 궤가 내 시간의 궤와 우연히 겹치는 것이었다면, 더.

어쨌거나 그녀의 이름은 알게 되었다. 그녀 이름은 선애 씨였다.

"그래, 책을 읽은 다음의 일을 들어보자!"

의사는 지난주에 내가 들려준 얘기를 잊지 않고 있었다. 다윈이라는 미친 기계 말이다. 나는 책뚜껑을 덮은 직후에, 무슨 일이 있었는지 얘기하기 시작했다.

그리 추운 날씨는 아니었지만, 엉덩이만은 몹시 시렸다. 나는 그때 코듀로이 바지에 솜 내복, 팬티까지 입고 있었다. 시멘트의 한기는 이것저것 아랑곳없이 엉덩이의 맨살까지 뚫고 들어왔다. 너무 시려서 눈물이 비어져 나오고, 정신이 다 없을 정도였다.

나는 책뚜껑을 덮었다. 엉덩이는 시려왔지만, 책으로 말할 것 같으면 가슴 뿌듯한 내용이 아닐 수 없었다. 최악의 상황에 처했던 주인공은 사랑의 힘으로 위기를 극복하고 살아남았다. 미친 과학자들은 사랑의 힘 아래 무릎을 꿇었다. 2층 테라스에 걸쳐 앉아 그저 한 시간 남짓 읽은 것치고는 상당한 즐거움이었다.

나는 일어나 열람실로 돌아갈 생각으로 고개를 들었다. 도서관에 이웃한 주택가 너머로, 완만히 경사가 진 하양과 진초록의 언덕이 보였다. 빽빽한 사철나무 숲이 하얗게 눈을 뒤집어쓰고 있었다. 하늘은 뿌옜다. 뿌옇고 흐렸다.

그 흐린 하늘 저쪽을, 뭔가가 가로지르고 있었다. 뿌연 하늘

먼빛으로, 뭔가 보였다. 그것은 하늘 저쪽을 느릿느릿 휘저어 가고 있었다.

생선 가시였다.

굵은 매직펜으로 찍찍 낙서해놓은 것 같은 몰골의. 저녁 밥상에 올라온 생선의 잔해 같은. 커다랗고, 둥그렇고, 부러우리만치 느릿느릿 느긋한 폼으로 날던.

벌써 세 번째였다. 그것을 처음 보았을 때 나는 어린이 열람실에서 책을 읽고 있었다. 그것을 두 번째로 보았을 때 나는 어린이대공원에서 여자애의 커다란 엉덩이 아래 깔려 있었다. 그것을 세 번째로 보고 있는 지금의 나는 2층 창밖 테라스에 걸터앉아 엉덩이가 시려 어쩔 줄 몰라 하고 있었다. 그것은 아주 천천히 서울 중앙청의 하늘을 날고 있었다. 가시 한 줄 흐트러뜨리지 않고 살만 고스란히 발라 먹은 어떤 생선의 잔해. 거대한 생선 가시.

내 입은 딱, 벌어져 있었다. 벌어진 입에서 입김이 하얗게 솟아올랐다. 세 번째로 보는 것이니, 놀랄 필요까지는 없었다. 게다가 우리 동네 도서관 2층 테라스에서 중앙청까지의 거리는, 초등학교 6학년생인 나로선 가늠하기조차 어려운 먼 거리였다. 어린이 열람실 사서의 말처럼, 뭔가가 아무런 해도 끼치지 않는다면 그것만으로도 좋은 소식인 것이었다. 초등학교 6학년생이 생각하기로 뭔가 해를 끼치기엔, 그것은 너무 멀리 떨어져 있었다.

정말 그럴까? 그것은 헤엄치던 것(그렇게 부를 수만 있다면)을 갑자기 그치더니 하늘 한가운데 우뚝 멈춰 섰다. 나는 어쩌면 그다음 순간 무슨 일이 벌어질지 예감하고 있었는지도 모른다. 나는 책을 꼭 움켜쥐었다. 하지만 그것은 너무 가벼워서 아무런 위안도 되지 못했다. 저 먼 중앙청 하늘에서 그것은 이제, 고개를 돌리고 있었다. 이쪽으로.

이쪽, 도서관 쪽으로. 나는 움찔하며, 더 세게 책을 움켜쥐었다. 책은 맥없이 동그랗게 휘어졌다. 나는 이제 그것의 앞대가리를 4분의 3쯤 볼 수 있었다. 생선 가시의 앞대가리를 그 정도로 볼 수 있었던 건 처음이었다. 자세히 살피기엔 너무 먼 거리였지만, 어쨌거나 나는 그것의 얼굴(그렇게 부를 수만 있다면) 생김을 볼 수 있었다. 얼굴은 마름모꼴 형상이었다. 마름모꼴 도형에 선 굵은 모나미 매직펜으로 새카맣게 색칠해놓은 듯한 형상이었다. 뼈만 남기고 살과 껍질은 발라낸 앙상한 생선 대가리

같은.

책은 이제 가을 운동회 이어달리기 때 쓰는 바통처럼 완전히 똥그랗게 말려 있었다. 마름모꼴 대가리에 하얗게 빛나는 점 두 개가 나타났다. 아주 작은 점이었다. 아주 작긴 했지만, 아주 환한 점이었다. 그리고 나는 2층 테라스 아래로 떨어졌다.

나는 2층 테라스 아래로 떨어졌다.

뚝, 하고.

도서관 뒷마당의 눈 쌓인 잔디밭이 내 콧등을 향해 돌진했다. 나는 정신을 잃었다.

깨어보니 병원 침대에 누워 있었다. 병원 침대에 누워보기는 그때가 처음이었다. 아늑했다.

작은 소아과 의원이었다. 부실한 조명에 곰팡내와 소독약 내가 나고, 벽 여기저기 얼룩들이 누렇게 져 있는 그런 곳이었다. 약품을 넣어두는 서랍장도, 가정집에서 흔히 쓰는 식기 찬장 이상은 아니었다. 창유리들이 이상할 정도로 몽롱한 빛을 발하고 있었다. 겨우 20여 년 전인데도 서울엔(아무리 서울이라도) 그런 곳이 많았다. 굳이 둘러보지 않아도 익히 보아온 실내 풍경이었다.

나는 그저 가만히 누워 있었다. 사람 기척이 느껴지지 않았다. 주위엔 아무도 없었다. 병원 침대 몇 개가 눈에 띄었지만, 그것들은 하얗게 비어 있었다.

아픈 데는 없었다. 팔다리를 여기저기 꼼지락거려보았지만 멀쩡한 듯싶었다. 결린 곳도 없었다. 등을 다쳤다면 숨을 쉬는 게 곤란할 텐데 그것도 아니었다. 몸에 반창고 하나 붙어 있지 않았다. 다친 데는 없었다. 나는 도서관 2층 테라스에서 떨어졌다. 나는 그 사실을 아주 잘 기억하고 있다.

나는 테라스 턱에 엉덩이를 걸치고 앉아 있었다. 두 다리를 테라스 바깥으로 내놓고. 테라스 턱의 폭은 좁았지만, 내 엉덩이 역시 그에 못지않게 작았다. 나는 기껏해야 초등학교 6학년이었다. 누군가 등 뒤에서 떼밀지만 않는다면 결코 떨어지거나 할 불안한 위치가 아니었다. 생선 가시의 앞 얼굴을 보았다는 놀라움 때문에 순간적으로 무게중심을 잃고 흔들렸을 수도 있었다. 테라스에서 떨어진 다음이 아니라, 떨어지기 전에 정신을 잃었던 것일 수 있었다. 정신을 잃고 곤두박질쳤을 수도 있었다.

하지만, 이것도 저것도 그것도 아니었다. 등을 떼민 사람은 없었다. 놀라긴 했지만 자리에서 펄쩍 뛰어오를 정도는 아니었다. 정신은 떨어지는 도중에 잃었다. 도서관 뒷마당의 눈 쌓인 잔디밭이 내 콧등을 향해 돌진해오던, 바로 그 순간에. 이것도 저것도 아니라면 왜?

나는 공중으로 살짝 들어 올려진 것이었다. 테라스 턱에서 4센티미터쯤. 나는 4센티미터쯤 살짝 들어 올려졌다가, 테라스 턱 밖으로 4센티미터쯤 다시 살짝 옮겨진 것이었다.

4센티미터쯤.

나는 그렇게, 내 또래 초등학교 친구들이 들어도 납득 못 할 생각을 하면서도, 아무런 의구심도 품지 않았다. 내가 테라스 턱 밖으로 옮겨졌다는 생각은 오히려 확신에 가까운 것이었다. 이미 두 번이나 그런 경험을 해봤던 전력이 있었으니까. 약간 다른 장소 약간 다른 시간으로 살짝, 옮겨졌다는.

이전의 두 번은, 도서관 열람실 의자 위와 어린이대공원 흙바닥 위에서였다. 병원에 실려 올 이유가 없는 곳들이었다. 하지만 이번엔 달랐다. 이번엔 2층 테라스 턱에서였다. 바로 그것이 문제였다.

4센티미터 정도면, 테라스 턱에서 뒷마당 잔디밭으로 떨어지기에 충분했다. 그렇게 해서 나는 병원까지 실려 왔다.

그때 간호사가 들어왔다. 금속 받침이 붙은 무슨 서류철을 들고 있었다. 간호사가 말했다.

"안녕?"

간호사는 친절한 미소를 지어 보이며 몸이 좀 어떠냐고 물었다. 의사 선생님 곧 들어오실 텐데, 어디가 아픈지 잘 생각해 두었다가 말씀드리라고 했다. 간호사의 얼굴은 아주 나이 들어 보였고 피곤해 보였다. 잠시 후, 의사와 도서관의 경비 아저씨가 들어왔다. 경비 아저씨가 도서관 마당에서 정신을 잃은 나를 발견한 모양이었다. 경비 아저씨의 주 업무 중 하나는, 온종일 도서관 관내를 돌아다니며 나 같은 꼬마들에게 잔소리를 해대는 것이었다. 아저씨는 잔뜩 걱정하는 표정을 하고 있었다. 내가 일어나려 하자, 아저씨는 어깨를 잡더니 도로 자리에 눕혀 주었다.

의사는 몸이 좀 어떠냐고 했다. 나는 괜찮다고 했다. 의사는 무슨 일이 있었느냐고 했다. 의사의 눈빛과 표정을 보니 정말로 몰라서 묻는 것이었다. 나는 모르겠다고 했다. 의사는 그럼 그냥 쓰러진 것이냐고 물었다. 나는 그렇다고 했다. 의사는 평소에 밥은 잘 먹느냐고 물었다. 반찬은 안 가려 먹고? 나는 그렇다고 했다. 나는 밥 잘 먹고 반찬도 안 가려 먹는 착한 소년이라고 했다. 의사는 잠시 잠자코 있더니 내게 원기소나 비타민제, 그런 걸 먹길 권했다. 그러곤 내 머릴 한 번 쓰다듬고는 밖으로 나갔다. 의사는 아주 나이 많이 든, 피로한 얼굴을 하고 있었다. 의사는 피곤에 찌든 할아버지였다.

의사가 나가자 간호사가 말했다.

"전화번호 좀 가르쳐줄래?"

나는 전화번호를 댔다. 간호사가 다시 물었다.

"지금 전화하면 엄마가 받으실까?"

"엄마는 안 계세요."

내가 말했다.

"안 계셔? 언제쯤 돌아오실까?"

나는 안 계시는 게 아니라 없어요, 라고 말했다. 간호사의 눈이 커졌다. 그럼 아빠는 언제 들어오실까? 나는 아버지도 안 계시다고 말했다. 간호사의 눈은 더 커졌다. 부모님이 두 분 다 안 계시니? 나는 예, 라고 했다. 그럼 누구랑 같이 사니? 나는 주저 없이, 늘 하던 대로 간단히 대답했다. 할머니요. 간호사는 암말 않고 잠시 있더니 밖으로 나갔다.

나는 침대 위에서 얼마간 더 시간을 보냈다. 경비 아저씨는 침대 옆 보호자 침대에 앉아 꾸벅꾸벅 졸았다. 창문은 이제 오렌지빛으로 물들어 있었다. 나는 침대에서 일어나 경비 아저씨를 깨워 병실 밖으로 나갔다. 걷는 데 아무 불편도 없었다. 간호사는 데스크에 앉아 뜨개질을 하고 있었다. 주홍빛의 아주 예쁜 털실이었다. 나는 데스크 앞 거울에 서서 잠깐 얼굴을 비춰봤다. 2층 테라스에서 떨어졌는데도, 생채기는커녕 혹 하나 없이 말끔 깨끗한 얼굴이었다. 콧등도 말짱했다.

간호사는 내게 괜찮냐고 물었다. 혼자 집에 갈 수 있겠냐고 물었다. 나는 고개를 끄덕였다. 나는 그렇다고 했다. 그러자 간호사는 미소 지으며 책상 밑에서 《다윈의 희생자들》을 꺼내 주었다. 네가 손에 쥐고 있더구나, 간호사가 말했다. 나는 까맣게 잊고 있었다. 간호사는, 병원에 업혀 와 침대에 누일 때까지도 그 책을 꼭 쥐고 놓지 않더라, 고 일러주었다.

내가 인사를 하고 경비 아저씨와 막 문을 나서는데, 간호사가 뒤따라 나와 이렇게 말했다.

"몸이 아프면 언제든 우리 병원으로 오려무나. 망설이지 말고."

정신과 상담 시간은 정해진 한 시간에서 10분가량 남아 있었다. 평소엔 늘 2, 3분씩 모자라곤 했다.

오늘의 얘기가 평소보다 짧았던 모양이었다. 의사는, 이야기 끝부분의 착한 간호사와 착한 소아과 의사 얘기에 호감을 보였다. 의사는 부러 감탄까지 했다.

"선한 분들이시구나!"

의사는 다시 내 얘기로 돌아왔다. 의사는 조금 주저하는 듯 하더니 이렇게 물었다.

"그러니까 여기서 저기로 살짝 옮겨졌다는 느낌이 들 때, 그 때의 자네 기분은 어떻지?"

"예?"

"그러니까 그런…… 현상이 나타날 때의 자네 기분 말이야."

의사는 '현상'이란 말을 쓰는 데 주저하고 있었다. 내가 겪은 일들에 '현상'이란 말을 갖다 붙이는 걸 주저하는 눈치였다. 믿기 어려운 일일 테니까. 의사로서의 입장은 나도 잘 이해하고 있었다.

"그건 뭐랄까, 힘이 쭉 빠지는 느낌이었어요."

잘 생각해보면, 여기서 저기로 살짝 옮겨지고 난 다음 내가 매번 느낀 감정은, 말뜻 그대로 무기력함이었다. 손가락이나 발가락에 나 있는 보이지도 않는 미세한 구멍들로 신체를 지탱하는 힘들이 싸악 빠져나간 듯한 느낌이었다. 내부를 지탱하는 힘들이 빠져나가, 천근만근의 대기압 아래 온몸이 납작해진 느낌이었다. 슬픔이나 놀라움, 상실감이나 흥분 같은 것이 아니었다. 그저 무미건조하고 덤덤한, 내 신체를 지탱해주던 내부의 압력이 몽땅 빠져나가 사라진 것 같은 느낌이었다.

"뭘까요, 그게?"

"뭐?"

"여기서 저기로 옮겨진 것 같다는."

그러자 의사는 아무 감정도 느껴지지 않는 눈으로 날 잠시 쳐다봤다. 그는 글쎄, 하고 중얼거렸다. 그러더니 말없이 고개를 끄덕였다. 그는 찾고 있었다. 임시방편을. 그는 볼펜으로 서류 쪽지에 뭐라 뭐라 끼적였다.

"이걸 약국에 갖다 줘."

나는 약국에서 일주일 치 약봉지가 든 우윳빛 비닐봉지를 건네받았다. 약봉지 하나엔 파란색 정제가 두 개, 가루약이 든 캡슐이 하나 들어 있었다. 약은 오전 오후 두 번 먹게 돼 있었다. 정확히 어떤 약인지는 알 수 없었다. 하지만, 최소한 어떤 목적으로 처방되었는지는 짐작할 수 있었다. 목구멍 너머로 삼키는 것관 큰 상관이 없는 약이었다. 나는 처방을 따랐다. 그리고 의사가 뜻했던 바대로, 자기암시를 했다. 난 방금 좋은 약을 먹었어, 좋은 약을 먹었으니 곧 괜찮아질 거야.

*

다음 주 화요일에 나는 일찌감치 두 시쯤 병원에 도착했다. 선애 씨를 보기 위해서였다. 그 특징 없는 여자, 선애 씨는 화요일 병원 구관 4층으로 오라고 했다. 행사가 있다고 했다.

정신과에 접수를 하고 나는 4층까지 천천히 계단으로 걸어 올라갔다. 오늘 약속이 데이트 약속인가. 그 여자와 데이트할 생각은 없었다. 성명을 교환할 생각도 없었다. 지난주에 여자 뒤를 쫓아가 바보처럼 주민증까지 보여주려 한 건 의도했던 바가 아니었다. 그냥 그렇게 된 것이었다. 머리는 가만있는데, 발이 먼저 뛰기 시작한 경우였다.

한 층 한 층 오르며 나는 몇 번이나 되돌아갈 생각을 했다. 여자를 만나면, 또 얼굴이 빨개질 것 같았다. 스물여덟 나이에 여자 앞에서 얼굴이 빨개진다는 건 남자들 사회의 통념상 부끄러운 일이다. 여자가 내 얼굴을 아직 기억하고 있을지도 알 수 없었다.

구관 4층 복도에 오르자, 계단 출입구 앞에 색종이로 오려 붙인 화살표가 보였다. 그 파란색 화살표엔 행사장, 이라고 쓰여 있었다. 화살표는 복도에도 벽에도 천장에도 붙어 있었다.

그 화살표들은 모두 4층 복도 끝에 있는 정신과 병동을 가리키고 있었다. 4층 복도는 다른 층보다 길이가 짧았다. 복도 한쪽 공간을 정신과 전용으로 쓰고 있기 때문이었다. 그 한쪽은 평소엔 커다란 철문 두 짝으로 통제돼 있었다. 4층 복도를 따라가다 보면 어느새 꼭 잠긴 철문 두 짝과 마주치게 되어 있었다. 철문엔 그 너머가 어떤 곳인지 알려주는 그 어떤 표지도 붙어 있지 않았다. '정신과'나 '입원병동' 하다못해 '외부인 출입금지'나 '정숙' 같은 표지조차도. 직원에게 물어 알기 전엔 그 철문이 뭘 뜻하는 것인지, 그 너머가 어떤 곳인지 누구도 모를 것이었다. 한참 4층 복도를 따라가다, 아무 표지도 없는 밋밋한 상아색 철문에 걸음이 막히면, 복도가 중간에서 뚝 잘려져나간 듯한 기분이 든다.

나는 화살표가 가리키는 대로 복도 끝으로 갔다. 철문은 복도 이쪽을 향해 활짝 열려 있었다. 흰 광목으로 만든 플래카드가 천장을 가로질러 걸려 있었다. 플래카드 아래 작은 철제 책상이 놓여 있었다. 책상은 비어 있었다. 플래카드 귀퉁이에 흐릿하니 지워져가는 파란색 병원 로고가 보였다. 침대 시트를 몇 장 꿰매 붙여 만든 것이었다. 플래카드엔 초록색 래커로, 한껏 정성을 넣은 글씨체로 이렇게 쓰여 있었다.

제3회 정신과 그림 전시회

악함 대신에 선함에 대하여

그리고 플래카드 아래로, 저 멀리까지 이어진 환한 조명 아래로 복도 나머지 부분이 보였다. 철문과 플래카드가 있는 이쪽보다 환한, 매우 환한 조명이었다. 그 환한 조명 아래 드문드문 사람들이 보였다. 사람들은 복도 양편 벽을 따라 천천히 움직이고 있었다.

'그림 전시회였어.'

나는, 플래카드 아래로 들어가지도 돌아 나오지도 못하는 어정쩡한 자세로 한동안 서 있었다. 정신과 그림 전시회라니, 설명을 듣지 않아도 대충 짐작할 수 있었다. 아무튼, 선애 씨를 보려면 플래카드 안쪽으로 발을 들여놓아야 했다.

그때, 플래카드 아래 놓인 철제 책상에 누군가 와 앉았다. 흰 면셔츠에, 흰 바지를 입은, 환한 조명에 잘 어울리는 차림의 여자였다. 하나로 깔끔하게 묶은 머리칼은 등까지 내려왔다. 조명이 환해서 그런지 여자의 얼굴은 그 어느 때보다도, 맑고 아름다워 보였다.

선애 씨였다. 그녀는 책상에 앉아 커다란 공책 같은 걸 뒤적였다. 그러고 보니 그렇게까지 특징이 없는 여자는 아니었다. 환한 조명 아래선 특히. 나는 주저하며 다가가 말을 건넸다.

"안녕하세요."

그녀는 피곤 때문인지 충혈된 눈을 깜박였다. 그녀는 날 알아보지 못했다.

"저번에 운동장에서 뵀었는데요……. 저기 혹시 기억이."

그녀는 잠시 경계하는 표정을 짓다가 아, 하고 작게 소리 질렀다.

"아, 와주셨군요."

나는 예, 하고 모기 날갯짓 같은 소리를 냈다. 그녀는 그제야 살짝 고개를 끄덕이며 환히 웃어 보였다. 그러더니 내게 검정 사인펜 한 자루를 내밀었다. 우선 방명록에 사인부터 해달라는 얘기였다. 나는 서명했다. 그러곤 그녀가 뭐라도 얘기하기를 엉거주춤 서서 기다렸다. 잠시 후, 그녀가 이해 못 하겠다는 표정으로 고개를 갸웃했다.

"뭐 하세요? 그림 보시지 않고……."

"아."

나는 얼른 뒤돌아섰다. 그리고 건너편 벽 가장 가까이 있는 바닷가 그림 쪽으로 재빨리 자리를 옮겼다. 그녀는 당연하게도, 내가 그림을 보러 여기 온 줄 여기고 있었다. 하긴, 그림 전시회에 그림 보는 것 말고 또 무슨 용무가 있단 말인가.

4절지 크기의 평범한 도화지에 수채 물감으로 그린 바닷가 풍경이었다. 액자도 제목도 없이 달랑 도화지만 벽에 걸려 있었다. 도화지를 이등분해 아래쪽엔 고동색 해변을 위쪽엔 파란색 바다를 그려넣었다. 바다엔 배같이 보이는 검은 물체 하나가, 무색인 하늘엔 갈매기로 보이는 물체 하나가 떠 있었다. 평소 그림을 그리기 위해 시간을 쏟아본 적이 없는 사람의 솜씨였다.

다음 그림은 크레용으로 그린 서양식 정원이 딸린 이층집이었다. 제목이 있었는데 〈우리 집〉이었다. 다음은 자세히 봐야 알 수 있는 산 그림이었다. 다음은 인물화였다. 다음은 자세히 봐야 알 수 있는 바닷가 풍경이었다……. 복도 끝엔 새시가 내려진 자동 유리문이 있었다. 정신과 병동 안으로 통하는 문이었다. 다음은 뭔지 모를 추상화였다. 다음은 태양과 선인장이 어우러진 사막 풍경이었다. 다음은 교복 차림의 여학생들 그림이었다. 다음은 뭔지 모를 추상화였다. 다음은 자세히 봐야 알 수 있는 인물화였다……. 나는 그렇게 한 바퀴를 모두 돌았다. 서른 점쯤 되었다. 나는 선애 씨가 앉아 있는 책상 곁으로 다시 돌아와 있었다. 책상 옆 벽에는 이번 그림 전시의 취지와 감사의 말이 적힌 작은 패널이 붙어 있었다.

전시회에 올려진 그림들은 모두 정신과 입원 환자들의 것이었다. 4층 정신과 병동 환자들의 정성이 담뿍 담긴 것이라고 소개돼 있었다. 이 그림 전시회는 성금 모금이나 기금 마련을 위한 바자 같은 것이 결코 아니라고 강조돼 있었다. 이 전시회는 무엇보다도 외부인과 격리된 채 생활해야만 하는 병동 환자들에게 격리 생활로 잊기 쉬운 정신적 가치를 일깨워주기 위한 것이라고 쓰여 있었다. 바로, 낯모르는 사람들의 친절과 관심 말이다.

패널에는 이렇게 적혀 있었다. 환자들에게 무엇보다 중요한 것은, 세상이 자신들에게 언제든지 친절을 베풀 준비가 돼 있다는 사실을 믿게 하는 것이라고. 그래야 언젠가 퇴원하게 되더라도, 큰 두려움 없이 병동 바깥의 세상을 맞을 수 있을 거라고.

그러면서 전시회를 찾은 사람들에게 부탁의 말도 이어졌다. 안내 데스크(선애 씨가 앉아 있는 책상)에서 펜을 받아 방명록에

짤막한 관심과 친절의 말을 적어달라, 고. 전시회가 끝나는 그날, 환자들이 친절한 감상평이 적힌 방명록을 읽고 마음 따뜻해질 수 있게. (이 전시회는 관객만 있는 전시회였다. 그림을 그린 작가인 환자들은 전시회에 절대 나와 볼 수 없다. 그들은, 전시회가 열리는 동안 병동 더 깊숙한 곳에 더 잔뜩 웅크리고 있어야 한다.)

내가 방명록에 '친절이 넘치는' 감상을 남기기 위해 펜을 들면서, 선애 씨에게 물었다.

"저기 플래카드에 있는 글, 누가 쓴 거예요?"

"왜요? 어색해요?"

내가 그렇다는 뜻으로 살짝 미소 지었다. 그녀가 밝게 웃으며 대답했다.

"제가 봐도 그래요. 정신과 수간호사 선생님 솜씨예요."

나는 전시회장을 나왔다. 나와서 정신과 상담실이 있는 1층으로 가면서, 좋은 경험을 했다는 생각이 들었다. 친절을 베푼 쪽은 내가 아니었다. 오히려 내가 친절을 입은 셈이었다. 바깥세상의 친절과 관심에 가슴이 따뜻해진 건 나였으니까.

또 다른 소득도 있었다. 선애 씨와 다음 주 화요일 오후 다섯 시에 만나기로 약속한 것이다. 병원 앞 교차로에 있는 커피숍에서. 만나서 얘기라도 해요, 하자 그녀는 그럴까요, 라고 했다.

"그런데……."

약속을 잡고 전시장을 나오면서 내가 걱정하는 투로 물었었다.

"사람들이 여기 나쁜 말이라도 적어놓으면 어째요? 업신여기는 말이라든가 상소리라든가."

그런 말을 써놓으면 전시회의 취지와 어긋나게, 환자들이 상처를 받게 될 것이었다. 정말로 그럴 수 있었다. 장난기 어린 악의를 가진 이들은 어디에나 있으니까. 악함이란 선함보다 더 잘 눈에 띄고, 나쁜 소식이란 좋은 소식보다 더 크게 쾅쾅 울려대는 법이니까.

그러자 그녀는 그런 사람은 결코 있을 수 없다는 듯 확신에 찬 미소를 지으며 잘라 말했다.

"설마요."

이제 의사에게, 내가 도서관을 영영 떠나게 된 사연을 얘기할 차례였다. 1984년의 일이었다. 2층 테라스에서 떨어지고 얼마 후의 일이었다. 그 일 후로, 도서관 소년은 도서관을 영영 떠나게 된다. 여기엔 두 가지 얘기가 엉켜 있다.

2층 테라스에서 떨어지고 며칠 후의 일이었다. 아직 1983년이었다. 나는 어린이 열람실의 사서를 찾았다. 나는 사서에게, 며칠 전 2층 테라스에서 내가 뭘 하고 있었는지, 뭘 보았으며 어떻게 떨어지게 되었는지, 말을 더듬으며 상세하게 설명했다.

사서는 내 사연을 잠자코 들어줬다. 사서는, 내가 흥분해서 치켜들었던 두 팔을 내릴 때까지 고개만 끄덕이고 있었다. 미소만 짓고 있었다. 사서의 그 미소는 어쩐지 5년 전의 그날을 떠올리게 했다. 5년 전 그날, 내가 생선 가시를 처음 보았던 때에도 사서는 그런 미소를 짓고 있었다.

그 미소는, 이제 갓 중학교에 입학하는 어린애의 천진난만한 거짓말을 잠자코 들어줄 때 어른들이 짓곤 하는 그런 미소였다. 내가 말했다.

"그때 선생님이 말씀하셨죠?"

"뭘?"

"도서관 창밖을 날던 그게 뭔지 알고 있다고."

5년 전, 사서는 말했다. 이 선생님은 알고 있단다, 하고. 그리고 또 말했었다. 무언가 자기에게 해를 끼치지 않는다면 그건 그 자체만으로도 좋은 것이라고.

"선생님이 그러셨어요, 제가 그걸 이해할 만한 나이가 될 때까지 기다려보자, 고요. 그게 뭔지 그때 얘기해주겠다고."

"이제는 그, 때가 됐나요?"

내가 약속에 대해 얘기하고 있는 동안 사서는 통 모르겠다는 표정을 짓고 있었다. 당연한 반응이었다. 사서는 5년 전의 그날 나와 했던 약속을 기억하지 못하는 것이다. 사서는 5년 전 그날, 현실과 꿈을 구별 못 하는 천진난만한 어떤 어린애의 물음을, 그저 어물쩍 넘기려 그 약속을 했던 것이다. 나쁘게 말하자면, 수작을 부렸던 것이다. 대충 얼버무려 궁지에서 빠져나가려는.

나는 아니었다. 나로선 5년 내내 소홀히 해본 적이 없는 물음이었다. 사서가 까맣게 잊어버린 그 질문을, 나는 아주 생생히 기억하고 있었다. 나는 다시 물었다.

"이젠 제가 그게 뭔지 이해할 만한 때가 되었나요?"

나는 물고 늘어졌다. 집요했다. 그림까지 그려 보여주었다. 모나미 매직펜으로, 생선 가시의 그림까지 그려 보여주었다. 5년 전의 그 상황과 약속을 일일이 일깨워주었다.

사서는 내 그림을 들여다보며 잠시, 사실은 한동안, 생각에 잠겼다.

나는 이번에도 기대하는 표정으로 초조히 대답을 기다리는 척했지만, 실은 사서의 속을 뻔히 짐작하고 있었다. 사서는 또 한 번 어물쩍 넘어가보려는 궁리를 짜내고 있었다. 5년 전에도 그랬듯이. 아무리 그림을 들여다본다 하더라도, 답이 떠오를 리 만무했다. 사서는 처음부터 그 답을 몰랐으니까. 그 질문에 대한 답이란 처음부터 존재하지 않았으니까.

다만 뭔가 겨우 존재할 수 있다면 그건 답이 아니라 답의 근사치, 혹은 근사치의 근사치일 뿐이었다.

"좋아, 대답해줄게."

사서가 마침내 입을 떼었다. 난 아직 때가 이르다고 생각하지만, 네가 그렇게까지 원하니…… 다소 이해하기 힘들더라도 잘 들어봐.

사서는 그렇게 운을 뗐다.

"그래…… 서울이란 도시도 그만한 나이가 됐지. '섀도드링커(shadowdrinker)'가 나타날 만큼 나이를 먹었지."

그런데, 그러고 나서 사서가 들려준 얘기는 내 예상에서 벗어난 것이었다. 한참 벗어난 것이었다. 뜻밖이었다. 상당히 그럴싸한 답이었다. 얘기를 듣고 나서 나는 하마터면 그것을 사실이라고 믿어버릴 뻔했다.

사서가 있는 대로 폼을 잡으며 들려준 얘기는 어떤 괴물에 대한 것이었다. 섀도드링커라는 도시 괴물 얘기였다.

사서에 의하면…….

섀도드링커란 현대의 대도시에만 나타나는 괴물이었다.

사서가 말했다.

"너 〈전설의 고향〉 보지?"

물론 보고 있었다. 꼬리 아홉 달린 여우 얘기나, '내 다리 내놔' 하고 쫓아다니는 산삼 귀신 얘기가 특히 기억에 남았다.

사서는 이야기를 계속했다.

"〈전설의 고향〉에 나오는 그런 전설들이 꼭 수백 년 전 옛날에만 있는 게 아니란다. 초가집과 장독대와 싸리문과 기와지붕 꼭대기에서만 생기는 게 아니란다. 너와 내가 사는, 1983년의 이 서울에도 있어……."

사서는, 서울 같은 대도시가 어느 정도 나이를 먹다 보면, 그 자신의 전설을 갖게 된다고 했다. 사서는 중얼거렸다. 최초의 서양식 건축물이 세워졌던 게 언제였더라……. 우리나라의 서울 같은 현대적인 대도시가 갖게 되는 전설들을 도시 전설, 이라고 부른다고 했다. 현대의 어떤 도시가 생긴 지 웬만큼 되어 번성하고 나이를 먹게 되면, 그 도시 한가운데서 도시 전설이 태어난다고 했다.

"도시 전설요?"

"그래."

사서가 짐짓 진지하게 대꾸했다.

"섀도드링커 괴물도 그 도시 전설의 하나란다."

하지만 도시 전설은, 〈전설의 고향〉에 등장하는 그런 전설들관 차이가 있다고 했다. 서울 같은 현대의 대도시에서 태어나는 전설들은…… 촌락이나 촌락 군집 형태의 옛 도시들에 전래돼오는 기담(奇譚)이나 민담(民譚)들하곤, 차이가 많다고 했다. 촌락이나 촌락 군집 형태의 옛 도시의 것들은, 아직 자연과 도시의 경계가 '명약관화'하게 나뉘어지기, 갈라지기 전의 전설들이라고 했다.

그 반면에 도시 전설은 '여기서부터가 (자연을 맛볼 수 있는)

공원입니다' 하고 시청에서 안내판을 써 붙일 만큼 도시가 계획화되고 인공화되었을 때, 비로소 나타나는 것이라고 했다.

사서는 예를 들었다.

"꼬리 아홉 달린 여우는 동구 밖 뒷산에서 태어났고, 섀도드링커는 도심 빌딩 숲에서 태어났단다. 예전엔 전설들이 산세가 험한 산(사서는 도서관 창밖으로 엿보이는 인왕산 산자락을 가리켰다)이나 습지, 늪, 장독대, 오래 묵은 떡갈나무 숲, 뒷간에서 태어나곤 했었지."

하지만 도시 전설은…… 도심 빌딩 숲의 스카이라인(사서는 도서관 창밖으로 보이는 중앙청 부근의 광화문 하늘을 가리켰다)이나 도심 뒷골목, 맨홀 뚜껑 아래의 하수도, 지하철, 슈퍼마켓, 한때 떠들썩했던 와우 공동주택단지 붕괴 현장 같은 데서 태어난다는 것이었다.

굳이 구별하자면 한쪽은 자연의 영(靈)으로 태어나고, 한쪽은 도시의 영으로 태어난다는 것이었다.

꼬리 아홉 달린 여우는 숲과 늪지와 장독대의 영에서 태어났고, 섀도드링커는 철근과 콘크리트와 유리의 영에서 태어났다는 것이었다.

도시 전설이란 그렇게, 현대 대도시의 영을 태반(胎盤)으로 해서 태어난 전설이라고 했다. 섀도드링커란 빌딩 숲의 영에서 태어난 괴물이라고 했다.

내가 도서관 창밖에서 본 섀도드링커도 도시가 만들어낸 괴물이라고 했다.

사서의 얘기를 듣고 나서 나는 푸우, 하고 한숨을 쉬었다.

사서는 방금, 꽤 그럴싸한 대답을 들려줬다. 내 예상과는 빗나간 반응이었다. 사서가 답을 갖고 있을 리 없었다. 나는 사서가 그저 얼렁뚱땅, 체면 깎일 위기를 넘길 생각만 하고 있을 거라 짐작했다. 이렇게까지 세부가 섬세한 답을 갖고 있으리라곤 생각 못 했다. 이것이 어른들의 능력일까. 발 빠르게 둘러대는 그 능력, 잽싸게 대처하는 그 임기응변.

하지만 어쨌거나 사서의 경고대로, 나 같은 어린애가 이해하기엔 벅찬 내용이었다.

알 만한 부분이 없진 않았다. 내가 살던 동네에도 20여 년 전인데도, 십몇 층짜리 아파트들이 뿌연 하늘을 메우고 있었다. 친구가 살던 아파트 옥상에 올라가서 보면, 시장통 사람들이 송

층이 떼처럼 보였다. 어린이 퀴즈쇼에 원서를 제출하기 위해 갔던 여의도에는 그보다 더 우람한 빌딩들이 즐비했다. 간혹 놀러 가던 롯데백화점도 그랬고, 고층 빌딩은 아니지만 명동성당도 그랬다.

나는 공상했다. 고층 빌딩들 공중을 천천히 헤엄치고 있는 생선 가시 괴물을. 그런데, 생선 가시 괴물(사서에 의하면 섀도드링커)은 고층 빌딩들 위에서 뭘 하고 있었을까.

"그런데 그 위에서 뭘 하고 있었을까요, 선생님?"

"뭘 하고 있었느냐고? 그처럼 뻔한 질문도 없지."

사서는 설명했다. 섀도드링커란…… 빌딩 숲 위를 날아다니면서 빌딩 숲의 영을 빨아먹는, 빼앗아 먹는 괴물이라고.

나는 아무래도 믿기지 않는다는 투로 다시 물었다.

"정말 그럴까요, 선생님?"

"내 말을 못 믿는 거니?"

사서가 짐짓 짜증난 표정을 지으며 되물었다.

"섀도드링커가 도심 위를 날아다니는 것은 딱 한 가지 이유에서야……. 빌딩들의 영을 빨아먹기 위해서지."

그렇게 말하고 나서 사서는 잠시 뜸을 들였다. 여드름투성이 이마 위로 땀 몇 방울이 송골송골 맺혀 있었다. 한겨울인데.

“빌딩들이 세월이 지날수록, 점점 더러워지고 낡아가는 것은 그 때문이란다. 그런 식으로 영을 너무 빨리다 보면, 어느새 붕괴하게 되지.”

“아.”

지금 그 얘기를 들었다면 빌딩들이 더러워지고 낡아가고 붕괴하는 것은 섀도드링커가 영을 빨아 먹기 때문이 아니라, 산성비나 풍화작용이나 지을 때 나쁜 건자재를 썼기 때문 아닐까요, 하고 반문했을 것이다.

하지만 나는 그 부분에서 더 따지고 들 의욕을 잃었다. 내겐 그 대답의 진위를 잠자코 따져볼 사고력도 참을성도 없었다. 이제 겨우 중학교에 입학하는, 대뇌피질에 주름도 채 안 잡혔을 나이였으니까.

나는 그때 싸구려 SF를 좋아하는 10대 초반의, 공상하길 좋아하는 어린애였다. 나는 무릎이 들썩일 정도로 사서의 얘기에 맘이 혹했다.

나는 공상했다. 어떤 괴물이 도심 위를 천천히 날면서, 빌딩들의 영을 빨아 먹는다. 괴물에 영을 빨린 빌딩들은 날이 갈

수록 더러워지고 낡아간다. 그러다 어느 날 꽝 하고 붕괴한다……. 나는 시장통의 그 낡고 더러운 건물들을 떠올렸다. 그것들은 영을 빨려서 그렇게 된 것이다!

그건 D. 워프의 SF만큼이나 흥미진진한 설정이었다.

나는 순간적으로나마 사서의 얘기를 믿었다. 나는 상기된 얼굴로 서 있었다. 나는 기쁨에 차서, 그 기쁨을 다시 한 번 확인하기 위해 되물었다.

"그게 정말인가요?"

그러자 사서는 여드름투성이 뺨을 일그러뜨리곤, 씨익 웃었다.

"그럼."

그러고 나서 한두 달이 더 지난 때의 일이었다. 초등학교의 마지막 겨울방학도 끝나갈 무렵이었다.

아직 날은 추웠고, 따뜻한 곳에 있고 싶어 하는 아이들이 도서관으로 몰려들고 있었다. 도서관은 따뜻하면서도 청결한 곳이었다. 스팀 난방을 하고 있었으니까. 그때의 도서관이란, 탄가루나 석유 그을음에 새카맣게 되지 않고도 따뜻함을 즐길 수 있는 거의 유일한 놀이터였다.

나는 책을 읽기 위해 그곳에 있었다. 도서관 소년이었으니까. 하지만 내 또래 소년들 대개는 도서관 소년이 아니었다. 딴 목적들로 바빴다. 이를테면 도서관 마당에서 뛰놀다가 열람실에 들어와 잠깐 몸을 녹이고 다시 뛰어나가곤 했던 것이다. 아니면 단순히 집에 있기 싫어 도서관을 찾는 아이들도 있었다. 엄마한테 두들겨 맞고 도망쳐 온 아이들도 있었다. 드문 경우였지만 여학생과의 데이트 장소로 이용하는 아이들도 있었다. 더 드문 경우였지만 공부를 하기 위해 교과서를 싸 들고 찾아오는 아이들도 있었다. 아무튼 도서관을 찾는 데는, 다들 나름대로 별스러운 이유들이 있었다.

그중엔 정말 이해할 수 없는 이유로 도서관을 찾는 아이도 있었다.

나와 친구들은 중학교 입학을 앞두고 있었다. 그 나이면, 성에 대한 아주 기초적인 지식 정도는 알고 있을 나이였다. 지식과 함께 성에 대한 관심도 무럭무럭 자라나고 있을 나이였다. 내 또래 중엔 이제 아기가 여자의 배꼽에서 나온다고 믿는 아이는 없었다. 내 또래 중엔 이제 간밤에 엄마 아빠가 무얼 하느라 그렇게 뒤척였는지 궁금해하는 아이는 없었다. 몇몇은 그에 관한 소설도 읽고 있었다. 《가정교사》나 《목사의 아내》 같은. 몇몇은 외국의 도색잡지도 보고 있었다. 몇몇은 도색 사진이 박힌 트럼프도 갖고 있었다. 하지만 한편으론, 대다수의 아이들은 장래의 존경받는 신사가 되기 위한 예의범절을 익히고 있었다. 여자는 남자와 다른 신체 구조를 갖고 있기 때문에, 아무 데나 걷어차면 안 된다는 식의 예의범절 말이다. 여자의 신체는 남자의 신체보다 훨씬 값어치 있는 것이기 때문에, 함부로 만지작거리면 혼난다는 식의.

나도 장래의 존경받는 신사가 되기 위해 노력하고 있었다. 저학년 여학생들을 장난감으로 여기던 시기의 나를 수치스러워할 정도였다(수치스럽다기보다는 사실, 들통나 벌받을까 봐 겁에 질려 있었다). 아무튼 다들 성의 갖가지 측면에 눈떠가던 시기에 있었지만, 개중엔 또래의 수준을 훨씬 추월해 앞서나가는 아이도 있었다.

나와 함께 옆 건물 저학년 여학생들을 손바닥으로 훑고 다니던 소년 치한의 경우처럼 말이다.

자식은 아직도 그 손버릇을 고치지 못하고 있었다. 자식은 스트레스를 받을 때마다, 축구공을 차는 대신 옆 건물의 저학년 교실로 달려가곤 했다. 그러곤 쉬는 시간 내내 쳇바퀴 돌듯, 훑고 도망치고 훑고 도망치고를 반복했다. 소년 치한은 용케도 졸업할 때까지 단 한 번도 그 일로 적발되거나 처벌받지 않았다. 어쨌거나 자식의 여체에 대한 관심은 초등학교 6학년생의 수준을 훨씬 추월한 것이었다.

바로 그 소년 치한이, 도서관 어린이 열람실 책상에 앉아 있었다. 내 정면, 맞은편 자리에. 책까지 활짝 펴 들고.

그날따라 도서관에 온 것이었다. 도서관은 처음이라고 했다. 나는 왜 그 자식이 느닷없이 도서관을 찾는지 이해할 수 없었다. 자식은 이렇게 물었었다, 무슨 책이 재밌는데? 자식은 내 코앞에서, 《수레바퀴 아래서》를 펴 들고 있었다. 하드커버에 꽤 두꺼운 책이었다. 그건 나도 읽다 포기한 책이었다. 자식은 처음 몇 페이지를 읽더니 하품을 한 번 하곤, 중간 아무 데서부터 다시 읽기 시작했다. 오늘 중으론 다 못 읽을 것 같아, 자식이 책상 저 건너편에서 속삭였다.

그때도 나는 책을 읽고 있었다. 내가 읽고 있던 책은, 산업공해를 피해 지하로 숨어든 미래 인류를 다룬 SF였다. 현명한 미래의 인류는 지하세계에, 젖과 꿀이 흐르는 참다운 낙원을 건설한다. 초등학교 6학년생이 읽기엔 촌스러운 내용이었다. 지하세계 낙원에도 부족한 것이 딱 하나 있었다.

'사랑' 말이다. 지하세계 인류의 지도자 닥터 핑크는, 그래서 지상세계로 사랑을 구하러 나갈 팀을 조직한다. 현명한 지하세계 인류가 지난 몇 세기 동안 버려두었던, 지상세계로 말이다. 하품 나는 내용이었다. 반도 읽지 않았는데, 결말이 어찌 될지 뻔히 짐작할 수 있었다. 닥터 핑크는 지상세계로 나갈 팀 앞에서 격려의 연설을 한다.

"나는 늙을 만치 늙었다. 신약(神藥)으로 생명을 연장하는 데도 한계가 있다. 마찬가지로 이 세계도 거칠 대로 거칠어졌고 메마를 대로 메말랐다……. 가서, 사랑을 구해와라."

지하세계에는 무언가 '촉촉한 것'이 필요했던 것이다, 절실히. 파견 팀은 건강하고 싱싱한 '여성 호르몬 표본'을 구하기 위해 핑크 로드를 따라 지상세계로 올라간다…….

거기까지 읽었을 때 탁탁탁 하는, 불규칙한 소리가 책상에서 났다.

합판으로 만든 책상과 무언가가 자꾸 부딪는 소리였다. 탁탁탁, 둔탁하고 작은 소리였다. 나는 고개를 들었다. 책상 맞은편 자리에 직각으로 세워놓은 《수레바퀴 아래서》의 표지가 눈에 띄었다. 소년 치한의 짧게 자른 고수머리가 그 너머에서 곰지락거리고 있었다. 얼굴은 보이지 않았다. 탁탁탁 하는 소리는 끊임없었다. 궁금증이 치밀어 올랐다. 책 뒤에 숨어서 대체 뭘 하고 있는 걸까.

"똑똑."

거기까지 이야기가 이어졌을 때, 정신과 의사가 손가락 마디로 책상을 똑똑, 쳤다. 상담 시간이 다 됐다는 신호였다.

"아."

얘기에 정신이 팔려 있어서, 그만 시계를 보지 못했다. 책상 위 탁상시계는 네 시 10분을 가리키고 있었다. 정해진 상담 시간에서 10분이나 지나 있었다.

"선생님 시간을 제가 뺏었네요."

"도시 전설이라고? 재밌었어."

의사는 관용이 넘치는 미소를 지어 보였다.

"그날 일은 그걸로 끝인가?"

"아뇨. 다음 주에 그 나머지를 말씀드리지요."

아주 잠깐이지만 의사는 내가 그려준 섀도드링커의 그림을 들여다보았다. 나는 얘길 하면서, 20여 년 전에 도서관 사서에게 그려주었던 것과 같은(실은 같을 거라는 짐작뿐인) 그림을 의사에게도 그려주었다.

"사서 선생님의 그 말을 아직도 믿고 있나?"

내가 자리에서 일어나 인사하려는데 의사가 물었다. 나는 아니라고 했다.

*

1996년 10월 29일 화요일이었다. 병원에 다닌 지 벌써 두 달째였다. 입원 치료도 아닌 상담 치료가 두 달이나 걸릴 줄은 예상치 못했다. 정신과 치료에 정해진 기한이 있다는 얘긴 들어보지 못했지만, 그래도 두 달은 좀 길었다. 변화도 없이, 언제 끝날지도 모르는 채.

나는 의사에게, 지난주에 채 못 끝낸 이야기의 나머지 부분을 들려줬다. 나는 기분이 들떠 있었다. 상담이 끝나고 다섯 시에 '특징 없는 여자' 선애 씨와 병원 앞 교차로에서 만날 약속이 돼 있었던 것이다. 의사에게 오늘 들려줄 얘기는 더할 나위 없이 우울하고 어두운 것(적어도 내가 보기엔)이었지만, 그녀와의 차 한잔 약속은 더할 나위 없이 가슴 설레는 것(적어도 내가 보기엔)이었다.

"도서관 소년은 이제 도서관을 떠납니다. 영영요. 듣고 싶으세요?"

내가 의사에게 말했다.

"그거 말고 뭐 딴 얘기가 있나? 어서 하게."

의사가 탁상시계를 흘끔 바라보며 말했다. 세 시 5분이었다.

도서관을 영영 떠나게 될 그즈음, 나는 어떤 낱말 하나를 찾고 있었다. 생선 가시의 정체에 대한 물음과는 또 다른 것이었다. 그 물음에 대한 답은 저번에 이미 찾았다(나는 찾았다고 생각했다). 이 낱말 찾기는 그것과 다른 것이었다. 벌써 몇 달째 계속된 낱말 찾기였다. 몇 달 전 2층 테라스에서 떨어질 때도 내 머리 한 귀퉁이는, 그 낱말 하나를 계속 찾고 있었다.

그 낱말 찾기는, 도서관의 빽빽이 채워진 책장들에 관련된 낱말 찾기였다. 지난 5년 동안 이 어린이 열람실의 책장들은 조금씩 변해왔다. 어린이 열람실뿐 아니라 도서관 책장들 거의가 그랬다. 도서관이 세워지고 5년이 지나는 동안 그것들은 조금씩 변해왔다. 단순하던 것이 복잡하게, 단조롭던 것이 다채롭게. 책장들은 눈에 띄지 않게 조금씩 변해왔다. 조금씩 조금씩 변해오다, 내가 6학년 겨울방학을 맞이했을 무렵에는, 확연히 다른 무언가가 돼 있었다. 내 앞에 서 있는 책장은 여전히 책장이었지만 5년 전의 그 책장은 아니었다. 그 5년 후의 책장들은 지난 5년 동안의 변화의 결과물이었다.

나는 그 5년 동안의 변화들을 한데 묶어 부를, 어떤 낱말 하나를 찾고 있었다. 낱말 찾기는 몇 달째 오리무중이었다.

나는 책을 읽고 있었다. 책상에서 탁탁탁 하는 소리가 났다. 책상 맞은편의, 소년 치한의 자리에서 나는 소리였다. 자식은 《수레바퀴 아래서》의 책 뒤에 숨어 있었다. 탁탁탁, 무슨 소리일까. 나는 그다음을 얘기하기 시작했다.

그때만 해도 나는 순진하고 착한 심성을 지닌, 도서관 소년이었다. 더불어 호기심도 많았다. 나는 탁탁탁, 하는 그 불규칙

하면서도 끊임없는 소리가 궁금했다. 소년 치한이 책 뒤에 숨어서 무슨 짓을 하고 있는지 궁금했다.

나는 허리를 굽혀 책상 아래를 들여다봤다. 책상 아래 저 건너편으로, 자식의 바지춤이 보였다. 지퍼가 활짝 열려 있고, 흰색 팬티와 함께 허벅지 윗부분까지 돌돌 말려 내려와 있었다. 나는 아, 하고 책상 아래서 긴 탄식을 질렀다.

책상 밑 저편에서, 소년 치한의 고추가 보였다. 소년 치한은 자기 고추를 손으로 부여잡곤 위아래로 흔들고 있었다. 나는 그게 뭔지 대충 알고 있었다. 딸딸이였다. 내가 살던 동네엔 낮인데도 학교에 가지 않는 형들이 많았다. 동네 형들은 휴일이나 방과 후에 우리 어린애들을 모아놓고 세상을 살아나가는 데 꼭 필요한 '뒷골목 교훈들'을 가르치곤 했다. 그 뒷골목 교훈들 중 하나가 딸딸이였다.

"아."

나는 미처 어떤 감정을 느낄 새도 없이 다시 책상 위로 고개를 들었다. 탁탁탁 하는 소리는, 소년 치한이 교훈을 실천하느라 내는 소리였다. 자식이 위아래로 손을 흔들 때마다 합판으로 만든 책상과 부딪혀 나는 소리였다.

소년 치한은 책 뒤에 숨어서 자위행위를 하고 있었다. 등골이 오싹했다. 눈이 다 침침해졌다. 수치와 혐오의 감정 같은 것에 등골이 오싹해졌다. 초등학교 6학년쯤이면 수치와 혐오의 감정이 뭔지 대충은 알 나이였다.

나는 출입문 쪽을 쳐다봤다. 침침해진 내 눈에, 책상에 코를 박고 뭔가를 끼적이고 있는 사서의 모습이 들어왔다. 책상엔 원고지 묶음이 올려져 있었다. 눈썹이 찌그러진 게, 그게 뭔진 몰라도 보통 열중하고 있는 게 아니었다. 나는 창 쪽으로 고개를 돌렸다. 이 어린이 열람실에 누가 또 있나 하고. 창 양편으로 가지런히 접혀 있는 연초록 꽃무늬 커튼이 보였다.

그리고 거기 누군가 있었다. 내 입은 활짝 벌어졌다.

생선 가시였다. 사서가 새도드링커라 가르쳐준 도시 전설 속 괴물이 있었다.

"아."

활짝 벌어진 내 입에서 다시 신음이 흘러나왔다. 생선 가시가 도서관 어린이 열람실 창밖에 있었다. 생선 가시가 어린이 열람실 창밖에서 창 이쪽을 들여다보고 있었다.

소년 치한이 자위를 하고 있고, 사서가 원고지에 뭔가 끼적이고 있고, 내가 여기저기 두리번거리고 있던 바로 그 순간에.

생선 가시는 아주 가까이 있었다. (그때 내 머릿속엔 낱말 두 개가 서로 나서겠다고 부대끼며 갈등하고 있었다. 생선 가시와 새도드링커 말이다. 생선 가시는 내가 붙여준 이름이었고, 새도드링커는 사서가 가르쳐준 이름이었다. 그 갈등 때문에 나는 더 혼란스러웠다.)

생선 가시는 창문에 입김이 어릴 정도는 아니었지만, 다른 때보다는 확실히 가까이 있었다. 산등성이 하나와 동네 하나가, 그것과 열람실의 나 사이에 가로놓여 있었지만, 그래도 지난 세 번보다는 확실히 가까운 거리였다.

얼마나 가깝냐 하면, 그것이 지금 창 이쪽을 들여다보고 있다는 느낌이 들 정도였다.

생선 가시의 마름모꼴 대가리가 정면으로 이쪽을 향하고 있었다. 새카만 마름모꼴인 그것의 대가리가 이쪽을 향해 있었다. 아주 작고 환히 빛나는 점 두 개가 똑바로 마주 보였다. 점 두 개는 새카만 대가리 한가운데서 이쪽을 향해 깜빡이고 있었다. 생선 가시는 이쪽을 들여다보고 있었다.

"아."

잠시 후 새카만 대가리의 아랫부분이 열리기 시작했다. 조금씩 조금씩, 대가리의 아랫부분이 벌어지기 시작했다. 새하얗고 환한 어떤 빛이, 대가리 아랫부분에서 나타나기 시작했다. 그러다 어느 순간 그 새하얗고 환한 빛은, 밑변이 조금 찌그러진 새하얗고 환한 역삼각형 모양이 되었다.

그것은 웃는 입 모양처럼 되었다. 생선 가시의 입(그렇게 부를 수만 있다면)은 이쪽을 향해 씨익, 웃고 있었다.

그것은 씨익, 웃고 있었다.

날 보고 웃는 것인지, 아니면 책 뒤에 숨어서 자위행위를 하고 있는 소년 치한을 보고 웃는 것인지, 이것도 저것도 아닌 다른 어떤 것을 보고 웃는 것인지는 알 수 없었다. 나의 입은 다른 어느 때보다도 더 크게 벌어져 있었다.

확실한 것은, 지금 이쪽을 들여다보고 있다는 느낌이었다. 생선 가시의 대가리를 정면에서, 처음으로 마주보는 순간이었다……. 이제, 생선 가시가 날 보고 있었다. 내가 생선 가시를 보는 게 아니라. 그것도 지난 세 번과 다른 점이었다.

나는 재빨리 머리를 굴렸다. 뭔가 조치가 있어야 해, 라고 생각했다. 저것 좀 보라, 고 소리를 질러 누구든 부르려 했다. 창밖의 저것 좀 봐, 라고 소리 지르고 싶었다. 소리는 안 나왔다.

한 번 벌어진 입은 다물어질 줄 몰랐다. 혀뿌리가, 무거운 쇠구슬 추 같은 것으로 옴짝달싹 못 하게 눌려 있는 것 같았다. 눈은 아까보다 더 침침했다.

내가 도서관을 영영 떠난 그날, 어린이 열람실엔 세 사람밖에 없었다. 나와 소년 치한과 여드름투성이 사서. 소년 치한은 생선 가시가 들여다보든 말든 그 짓을 계속하고 있었다. 사서는 출입문 앞 작은 철제 책상에 앉아, 코를 박고 뭔가에 열중하고 있었다. 5년이나 지났건만, 사서의 여드름은 처음 본 그대로였다. 어쨌거나, 창밖의 시선에 관심을 갖고 있는 사람은 없었다.

소리를 질러 부를 수 없다면, 직접 끌고 와야 한다. 어린이 열람실엔 나 말고 두 사람뿐이었다. 나는 그 두 사람 중 가까운 쪽을 택했다. 나는 걸상에서 엉덩이를 떼고 일어나, 소년 치한이 앉아 있는 쪽을 향해 뛰었다.

그 순간이었다. 무슨 일인가 일어났다.

내가 책상의 이쪽 면을 다 뛰고 막 모서리를 돌려는 순간이었다. 책상은 10인용쯤 되었기에, 초등학교 6학년생이 한달음으로 건너기엔 좀 넓은 것이었다. 내가 저쪽 편으로 건너가려고 막 이쪽 편 모서리를 손으로 짚었을 때, 나는 소년 치한과 함께 리놀륨이 깔린 바닥을 굴렀다. 걸상이 바닥에 부딪는 소리가 좁은 어린이 열람실 안을 딱, 하고 울렸다.

딱.

소년 치한은 얼빠진 눈을 하곤 내 얼굴을 똑바로 올려다보고 있었다. 자식은 내 밑에 깔려 영문을 모르겠다는 어리둥절한 표정을 짓고 있었다. 느닷없이 왜 제 몸에 와서 부딪느냐고 묻고 싶어 하는 얼굴이었다.

실은 나도 그걸 따지고 싶었다. 소년 치한에게든 내게든.

나는, 내가 책상 이쪽 편 모서리를 손으로 짚은 그다음 순간을 기억하지 못했다. 이쪽 편 모서리를 손으로 짚은 다음 나는 소년 치한의 어깨에 가슴을 부딪쳤다. 가슴을 부딪치고는 함께 바닥을 굴렀다. 자식은 내 밑에 깔려 아, 아, 했다. 내가 기억하지 못하는 순간은 바로 그 두 순간 사이였다.

이쪽 편 모서리를 짚은 순간과 소년 치한의 어깨와 부딪친 순간. 그 사이.

나는 혼란스러웠다. 정상적인 상황에서라면, 모서리를 짚은 순간과 몸을 부딪친 순간 사이에 몇몇 순간이 더 있어야 했다.

이쪽 편 모서리를 짚고 저쪽 편 모서리로 뛰는 순간 하나.

저쪽 편 모서리를 짚고 소년 치한이 있는 책상의 저쪽 면으로 뛰는 순간 하나.

그리고 내가, 소년 치한의 어깨를 향해 돌진하는 순간 하나.

또 그리고, 그 순간들은 서로 틈 하나 없이 연속되어 있어야 했다.

내 기억엔 그 연속되는 순간들이 없었다. 내 기억엔 그 순간들이 빠져 있었다.

책상 이쪽 편 모서리를 손으로 짚은 다음에 곧이어 있었던 순간은, 내 가슴이 소년 치한의 어깨와 세게 부딪치는 순간이었다. 그건 마치 중간의 몇 페이지가 뜯겨 읽을 수 없게 된 책 같았다.

한창 재미나게 읽고 있는데 어느 순간, 대목과 대목이 이어지지 않는 것을 문득 깨닫게 되는.

그래서 몇 페이지나 사라졌나 세어보고, 그 사라진 페이지의 대목들을 되짚어 상상케 하는, 그런 책 같았다……. 아님 그 몇몇 페이지들이, 처음부터 존재하지 않았던 것이거나.

처음부터 존재하지 않았다면, 상황은 자연스러운 것이었다.

이쪽 편 모서리를 짚은 순간이 소년 치한과 부딪친 순간과 이어지는 건 자연스러운 일이었다.

사실 그런 일이 한두 번 있었던 게 아니니까. 나는 이번에도, 이쪽에서 저쪽으로 살짝(이번엔 살짝이 아니라 쿵, 하고였다) 옮겨진 것이었다. 5년 전 저쪽 책상에 앉아 하품하고 있었을 때처럼, 어린이대공원에서 여자애의 엉덩이에 깔려 있었을 때처럼, 겨우 몇 달 전 2층 테라스에서 떨어질 때처럼, 나는 옮겨진 것이었다.

이쪽 편 책상 모서리에서, 저쪽 편 소년 치한의 자리까지. 소년 치한이 자위행위를 하고 있던 그 자리까지.

내가 소년 치한과 뒹군 다음의 일이 아직 남았다. 그다음 일은 생생하게 기억에 남아 있다.

소년 치한과 나는 어린이 열람실 바닥에 포개진 상태로 서로 마주보고 있었다. 자식은 날 밀쳐냈고, 눈을 부라리며 바닥에서 일어섰다. 자식의 바지와 팬티는 넓적다리 윗부분까지 돌돌 말린 채로 내려와 있었다. 어찌해야 좋을지 통 알 수가 없었다. 나는 얼굴이 빨개진 채로 따라 일어섰고, 우리 둘은 사건의 현장에서 꼿꼿이 일어선 자세가 되었다. 우리 앞엔 여드름투성이 사서가 서 있었다.

사서의 얼굴도, 더는 그럴 수 없을 만치 빨갛게 상기돼 있었다. 여드름 때문에 더 빨갛게 보였다.

사서는 아직 시집도 안 간 여드름투성이 처녀였다. 이제 갓 숙녀 티가 나기 시작한 앳된 처녀였다. 소년 치한은 그러한 그녀 앞에, 발딱 고개 쳐든 고추를 대들듯 내놓고 있었다. 아랫도리를 활짝, 펼쳐놓고 있었다. 자식의 고추는 포경수술도 하지 않은 작은 것이었지만, 거웃도 가뭇가뭇 돋아나 있을 만큼 그런대로 성장해 있었다. 앳된 처녀의 얼굴쯤은 손쉽게 빨갛게 만들 만큼.

"아."

내 입은 더 크게 벌어져 있었다. 지금 눈앞에서 무슨 일이 벌어지고 있는지 빤히 파악하고 있으면서도, 머릿속은 하얗게 비어 있었다. 소년 치한의 입도 벌어져 있었다. 자식은 팬티를 올리거나 뻿뻿이 일어난 고추를 감출 생각도 못 하고 그저, 두 손을 무기력하게 내려뜨린 채로 사서를 바라보고만 있었다.

사서의 입도 벌어져 있었다. 사서는 우리보다 더 놀란 듯싶었다. 자식과 나는 성에 대해 좀 알긴 했지만, 그래도 고작해야 10대 초반의 어린애였다. 20여 년 전 10대 초반 어린애의 성 의식 수준이란 아마도 지금의 유치원생 수준일 것이었다.

사서가 더 놀라고 당황해하는 건 당연한 일이었다. 사서는 몇 발짝 천천히 다가와선, 더 느릿느릿한 속도로, 소년 치한의 뺨을 후려쳤다.

그러곤 이렇게 일갈했다.

"야!"

사서는 그 한마디밖에 하지 않았다. 그저 야, 했다. 아마도, 그 순간 그녀 머릿속에 떠오른 유일한 한마디였을 것이다. 그 상황에서 그녀에게 가능한 유일한 의사 표시였을 것이었다.

소년 치한은 재빨리 바지와 팬티를 끌어 올렸다. 그러더니 두 팔을 휘저어대며 사서 옆을 돌아 열람실 출입문으로 뛰었다. 자식은 후다닥 열람실을 뛰쳐나갔다. 자식은 사라졌다.

갑자기 어린이 열람실이 텅 비어버린 듯했다. 텅텅 비어버린 것 같았다. 소년 치한이 열람실 문 밖으로 뛰쳐나갈 때, 뒤꽁무니에 어린이 열람실의 모든 집기를 매달고 같이 사라져버린 것 같았다. 책상들과 걸상들과 책장들과 그 많은 책들을 몽땅 뒤꽁무니에 매달고, 같이 사라져버린 것 같았다.

이제 어린이 열람실엔 사서와 나 둘뿐이었다. 휑뎅그렁 비어버린 것 같은 열람실 안엔 사서와 나 둘뿐이었다.

나는 잔뜩 움츠러든 채로, 재앙이 빨리 닥치기를 고대하고 있었다. 사서가 야, 하고 소리치며 내 뺨을 힘껏 후려치는, 그런 무서운 재앙 말이다.

소년 치한의 그 발딱 일어선 고추 따윈 이미 안중에도 없었다. 창밖의 생선 가시 따윈 이미 안중에도 없었다. 그저 재앙이 어서 내게 닥쳤다 가버리길 바라고 있었을 뿐이었다. 바람대로 재앙은 빨리 다가왔다.

사서는 이미 내 뺨 앞에 성난 얼굴로 서 있었다.

"야!"

나는 눈물이 그렁그렁한 채로, 몇 분이나 그대로 서 있었다. 뺨이 화끈거렸다. 사서는 뺨을 때리고는 출입문 쪽 작은 철제 책상으로 돌아갔다.

옳고 그름을 따지자면, 내 잘못이라 할 만한 것은 없었다. 책을 읽어야 하는 곳에서 고추를 내놓고 바보짓을 하다가 처녀 사서를 놀라게 한 쪽은 소년 치한이었다. 내 잘못이라곤, 자식과 부딪쳐 걸상을 넘어뜨린 것밖에 없었다. 열람실을 좀 소란스레 만든 잘못뿐이었다. 게다가 의도한 것도 아니었다. 이쪽에서 저쪽으로 살짝(이번엔 3, 4센티미터쯤이 아니라 거의 2, 3미터쯤이었다) 옮겨지지 않았다면, 걸상은 결코 넘어지지 않았을 것이었다. 이쪽에서 저쪽으로 옮겨진 건 절대 내 의지가 아니었다.

사서가 왜 그토록 화를 냈는지는 그런대로 알 만했다. 사서는 우리가(실은 소년 치한 혼자서) 자기를 놀리고 있다고 생각했을 것이었다. 아니면, 우리가(실은 소년 치한 혼자서) 자기의 도덕 기준으론 용납할 수 없는 나쁜 짓을 하고 있었다고 생각했을 것이었다. 그 광경을 보고 생각한 나쁜 짓이 무엇인지는 아직까지도 잘 모르겠다. 소년 둘이 서로 포개어져 있는데, 하나는 아랫도리를 내놓고 있고 하나는 얼굴이 빨개져 있다…….

아무튼 사서는 자리로 돌아갔고, 나는 아직 눈물을 그렁그렁하면서 그 자세 그대로 서 있었다. 그러다 문득, 열람실을 들여다보고 있던 창밖의 생선 가시 대가리가 생각났다. 그놈도 봤을까, 이 창피스러운 광경들을 다 봤을까.

이 부끄럽고 창피스러운 광경들을 다 지켜봤을까. 나는 창을 향해 돌아섰다. 비어져 나온 눈물 때문에 시야가 온통 요철 돋보기를 통해 보는 것처럼 일그러져 있었다.

내가 돌아섰을 때, 생선 가시는 창 바깥에 없었다. 생선 가시는 가버렸다.

내가 그때, 생선 가시가 아직 거기 있어주길 바라고 있었는진 잘 모르겠다. 아직 창밖에 있어서 좀 전과 같이 씨익, 웃으며 꼬마야, 억울하니?라고 물어주길 바라고 있었는진 잘 모르겠다.

소년 치한의 뒤꽁무니에 매달려 함께 사라졌던 그 모든 것이 천천히 돌아오기 시작했다. 먼저 책상들이 돌아왔다. 다음엔 걸상들이 돌아왔고, 그다음엔 책장들이 하나둘 제자리를 찾았다. 사라졌던 책들도 한 줄씩 두 줄씩 도로 날아와 꽂혔다. 휑뎅그렁 비어 있던 어린이 열람실은 이제, 몇 분 전처럼 빈틈이 없어졌다. 몇 분 전의 제 모습을 되찾았다.

불과 몇 분 전의 세상으로 돌아가지 못한 건 나였다. 나만이, 불과 몇 분 전의 제 모습을 되찾지 못하고 있었다. 나는 이미 느끼고 있었다, 불과 몇 분 전의 그 세상을 되찾지 못하리란 것을.

아무리 시간이 흘러도. 앞으로도 쭉.

'더러워.'

어린이 열람실 한 귀퉁이에 홀로 남은 나는 생각했다.

'난 이 도서관을 5년이나 다녔어.'

나는 계속 생각했다.

'5년 동안 내가 할 수 있는 일은 다 했어. 매주 나왔고, 그러느라 교회 주일학교까지 그만뒀어. 별건 아니었지만 어린이 독서모임 회장까지 지냈단 말이야.'

나는 멈추지 않고 생각했다.

'난 최선을 다했어.'

나는 생각 끝에 아랫입술을 깨물었다.

'그런데 왜 나한테 이런 일들이 생기는 거야?'

소년 치한이 앉았던 걸상은 좀 전에 쓰러진 그대로였다. 자식이 은폐물로 이용했던 책은 뒤집어진 채로 바닥에 떨어져 있었다. 자식은 돌아오지 않았다. 자식은 자기가 한 일의 결과에 책임을 지고 싶지 않은 모양이었다.

나는 허리를 굽혀 맥없이 흔들리는 팔을 뻗어 걸상을 일으켜

세웠다. 책도 주워 구겨진 부분을 편 다음, 소리 나지 않게 책상에 올려놓았다. 눈물이 쏟아지려 했다. 슬펐던 것이 아니었다. 속상한 것도 아니었다. 울어야 할 만큼 억울하거나, 상황이 비참했던 것도 아니었다. 그저 쏟아지려 했다.

쏟아지려는 걸 참느라 나는 한동안 그 자리에 서 있었다. 소년 치한이 있던 자리에선 좀 전까진 맡지 못했던 냄새가 났다. 희미하긴 했지만 냄새가 떠돌고 있었다. 그때 신경이 예민해져 있지 않았다면, 결코 맡지 못했을 희미한 냄새였다. 뭐랄까, 대단히 희미한 샐비어 꽃향기 같았다. 희미한 샐비어 꽃향기 같은 것이 그 자리를 떠돌고 있었다.

나는 출입문 쪽에 놓인 작은 철제 책상 앞으로 갔다.

"선생님?"

사서는 철제 책상에 앉아 이마를 감싸 쥔 채, 고개를 수그리고 있었다. 원고지 묶음이 펼쳐져 있었다. 원고지는 하얗게 비어 있었다.

"선생님?"

다시 부르자, 그제야 사서는 고개를 들었다. 억지 미소가 얼굴에 떠올라 있었다. 이마의 여드름이 더 새빨개져 있었다. 사서는 왜? 하고 기운 없는 목소리를 냈다. 있잖아요, 하고 내가 떨리는 목소리로 얘기했다.

"지난번 그 얘기가 사실인가요?"

"뭐가?"

"섀도드링커, 라고 그러셨죠? 그거 말이에요."

"……."

사서는 말없이 그저 쳐다보기만 했다. 사서의 쪼그맣고 가는 입술이 삐죽거리는 게 보였다. 사서의 여드름투성이 이마에 주름 잡히는 게 보였다. 사서의 눈꼬리가 째지고 있었다. 사서의 쪼그맣고 가는 입술이 심술궂게 일그러지고 있었다.

"그런 괴물이 있다는 게 사실인가요?"

사서의 표정이 변하는 것을 보면서도, 나는 묻는 것을 그만두지 않았다. 나는 침착하게 되물었다.

"그게 정말 도시에서 태어난 괴물인 게 맞나요?"

사서는 이제 미소 짓고 있었다. 더는 그럴 수 없을 만치 싸늘한 미소를 짓고 있었다. 사서의 일그러진 입술이 빠르게 달싹거렸다. 사서는 싸늘한 미소에 싸늘한 목소리를 얹어서 이렇게 말했다.

"너 쪼다야?"

짐작했던 대로의 대답이었다. 나는 더 지껄이지 않고 사서의 책상 옆을 돌아 어린이 열람실을 나갔다. 더 지껄이지도 않고, 뛰지도 않고, 헐떡이지도 않고, 평소의 걸음걸이 그대로.

"그렇게 해서 도서관을 떠난 게로군."

벌써 네 시였다. 상담 시간을 꽉 채웠다. 의사는 물끄러미, 한 발짝 떨어진 곳에서 내 눈을 똑바로 들여다보고 있었다. 한 발짝 떨어진 곳에서, 매번 그래왔듯이.

"예, 그렇게 해서."

내가 가만히 고개를 끄덕였다.

"아주?"

"예."

나는 아주 떠났다고 했다. 사실 '아주'라고 할 만큼 내 마음이 단호했던 건 아니었다. '아주'가 아니라 '그저'였다. '아주'라는 표현을 쓸 만큼 내 의지는 과잉돼 있지 않았다. '그저' 가기 싫었던 것이었고, 한두 계절 가지 않다 보니 영영 발길을 끊게 되었던 것이었다. 그러다, 새까맣게 머릿속에서 지워졌을 뿐이었다.

"섀도드링커, 그 얘기는 어떻게 됐어?"

의사가 두 눈을 반짝이며 물었다.

"그거야 사서 선생님의 창작 아니었을까요? 창작이 아니라면, 도서관 책장에 꽂혀 있던 책들 중 하나에서 베꼈던 것이거나."

"그렇군."

"하지만 생선 가시 얘기는 창작도 베낀 것도 아닙니다."

내가 의사의 표정을 살피며, 작지만 명료한 발음으로 또박또박 말했다.

"전 · 아 · 닙 · 니 · 다."

"아, 그래그래."

의사는 크게 고개를 끄덕이더니, 손톱으로 책상 표면을 깔짝거렸다.

"그 얘기를 그 사람 말고, 누구한테든 얘기해본 적 있나? 도서관 사서 말고 말이야."

의사는 내가, 생선 가시에 대해 누구한테든 얘기해본 적이 있느냐고 묻고 있었다. 나는 아니라고 했다. 사서 이후로, 그 얘기를 들려준 것은 의사가 처음이었다. 당연히 아니었다. 나는 어리긴 했지만 바보는 아니었다. 믿어주지 않을 게 뻔했으니까. 그리고 나이를 먹으면서 나는 점차 깨닫게 되었다. 그건 온전히 생선 가시와 나, 둘 사이의 일이라는걸.

"좋아."

의사가 손가락으로 탁상시계를 가리켰다. 네 시 7분이었다.

"도서관 얘기는 이걸로 끝인가?"

"조금, 조금 남았어요."

나는 조금 남았는데, 다음 주에 마저 해드리겠다고 했다. 그리고 자리에서 일어나 상담실을 나왔다.

기분이 좋지 않았다. 그건, 그냥 어렸을 적 이야기가 아니었다. 사진첩에 끼워 넣고 간단히 펼쳐볼 수 있는 그런 종류의 이야기가 아니었다. 나는 5년 동안이나 그 도서관을 다녔다. 도서관이 처음 생겼을 때부터, '도서관(圖書館)'이란 이름에 값하리만치 구색을 갖추고 자리 잡을 때까지. 나는 도서관 책상들의 투명한 호박색이, 어둡고 깊은 속을 지녀가는 것을 지켜봤다. 집에서 어른을 찾을 수 없는 아이들이 흔히 그렇듯, 도서관 소년도 집 바깥에서 어른을 찾았다. 그때 도서관 소년이 찾은 어른은 사서 선생님이었다.

뭐랄까, 관계의 전락 같은 것이었다. 도서관 소년에겐 도서관이 거의 유일한 갈 곳이었지만, 도서관에겐 도서관 소년이 그저 매일 들락거리는 많은 아이들 중 하나였을 뿐이었다. 도서관 소년에겐 사서가 거의 유일한 어른이었지만, 사서에겐 도서관 소년이 그저 매일 들락거리는 많은 아이 중 하나였을 뿐이었다. 내가 생각해오던 그 이전까지의 관계들은 그날 그 일로 그렇게 전락했다. 책장에서 책이 굴러떨어지듯, 바닥에 떨어져 흩어졌다.

의사에게 얘기한 것처럼, 생선 가시 이야기는 그 뒤로 오늘까지, 아무에게도 하지 않았다. 얘기해봤자 그때의 사서보다 더 나은 반응을 기대할 수 없다는 걸 잘 알고 있었다. 너 쪼다야? 그보다 더 나은 반응은 기대할 수가 없었다. 그 얘긴 책상에 칠한 바니시 도료처럼, 내 안에서만 깊고 어두운 속을 지녀갔다.

도서관을 나온 후로는, 갈 곳이 없었다. 도서관 소년에겐, 도서관을 떠난 후로 꽤 오랫동안 갈 데가 없었다.

진화

나는 병원을 나와, 선애 씨와 약속한 곳으로 갔다. 교차로에 있는 '파라다이스'인가 뭔가 하는 커피숍이었다. 커피숍의 뒷벽에는, 대형 천에 프린팅된 아프리카의 우림(雨林) 풍경이 걸려 있었다. 우림 한가운데, 시커먼 피부의 어떤 사내가 고양잇과의 맹수와 피투성이 춤을 추고 있었다. 앙리 루소라는 사람의 그림이었다. 아프리카 우림의 태양은 좀 달랐다. 우림의 태양은 시뻘건 빛의 아주 두꺼운 태양이었다.

30분쯤 기다리자 그녀가 왔다. 계단과 이어진 유리문을 벌컥 열어젖히며 5분 빨리 왔는데도 20분쯤 늦은 사람처럼 여기저기 바삐 둘러보더니, 내가 앉은 테이블로 잰걸음으로 다가왔다. 그 서두르는 폼을 보니 웃음이 나왔다. 우연히 몇 번인가 지나치면서 늘 보아왔던 그 폼이었다. 급하게 종종걸음 치면서 뭔가를 바삐 뒤쫓듯이. 그녀는 매번 느닷없이 튀어나온 것처럼 내 앞에 나타났다가, 또 빠르게 시야 저편으로 사라지곤 했다.

이번엔 좀 달랐다. 이제 뛰지도 걷지도 않고, 4인용 테이블을 사이에 둔 채 나와 마주 앉아 있었다.

나는 생강차를 시켰고, 그녀는 유자차를 시켰다.

그녀는 간호사라고 했다. 신경외과 중환자실에 근무한다고 했다. 7년 근속이라고 했다. 좀 전에 근무를 마치고 나온 것이라고 했다. 병원 기숙사에서 숙식한다고 했다. 기숙사는 병원 체력단련장 뒤편에 있다고 했다. 기숙사는 방 짝과 함께 쓴다고 했다. 방 짝은 자기보다 네 살 어리다고 했다. 하루 24시간 3교대 근무인데, 조를 짜서 일주일 단위로 근무시간을 바꾼다고 했다. 이번 주는 오전 근무라고 했다.

선애 씨는 내가 묻는 그 모든 질문에 친절히 답을 해줬다. 그녀의 설명을 듣고서야 나는 의문을 풀 수 있었다. 지난 두 달 동안 어떻게 그녀가 네 번씩이나 내 눈에 띄었는지. 그건 세 시부터 네 시까지인 내 정신과 상담 시간 때문이었다. 오전 근무일 때는 상담 시간 전에 그녀를 보았고, 나이트 근무일 때는 상담 시간 후에 그녀를 보았던 것이었다. 오후 근무일 땐 물론 그녀를 볼 수 없었다. 근무를 끝내고 나서나 시작하기 전에, 친구 간호사를 만난다든가 장을 보는 시간이 꼭 내 상담 시간 전후와 겹쳤던 것이다. 내가 그녀를 본 것은 확률도 우연도 아니요, 저 하늘 위의 누군가가 내려준 인연도 아니었다. 시간 탓이었다.

나는 선애 씨에게, 지난 두 달 동안 그녀를 네 번이나 보았다고 얘기했다. 병원 로비 커피 자판기 앞에서, 병원 마당에서 먼빛으로, 1층 엘리베이터 앞에서, 그리고 그녀도 기억하고 있는 신경외과 중환자실 앞에서……. 사실을 말하자면 그다지 인상적이지 않은 외관이신데, 기억에 남더라고 했다.

"참 싱겁군요."

네 번의 지나침 중 첫 지나침에 대한 그녀의 소감이었다.

"진짜 낙원은 캐나다나 뉴질랜드가 아닌가요?"

커피숍의 이름을 잘못 지었다는 것이었다. 그녀는 커피숍의 상호가, 뒷벽에 걸린 '아프리카 그림'과 관련 있다고 생각하고 있었다. 이곳은 병원 기숙사에서 생활하는 간호사들과 레지던트들이 자주 이용한다고 했다.

"방 짝이 뭐예요?"

"방을 같이 쓰는 친구요."

그녀는 '룸메이트'가 맘에 들지 않는다고 했다.

"근데 병원엔 왜 나오는 거예요? 환자 가족이에요? 통원 치료?"

"통원 치료요. 정신과."

내가 정신과에 출입한다는 얘기는, 상대가 어떤 반응을 보일지 몰라 평소엔 쉽게 꺼낼 수 없는 얘기였다. 그녀는 정신과 상담 치료를 받기 위해 병원을 다닌다는 내 얘기를 예사롭게 받아들였다. 반응이 너무나 예사로워서, 정신과를 정형외과나 신경외과로 잘못 듣지 않았나 의문스러울 정도였다. 하긴 이젠 정신과도 누구한테나, 조만간 꼭 들러야 할 곳이 되었다. 치과나 비뇨기과처럼.

"실은 치료라고 할 수도 없어요."

"처방이 있어야 치료도 있을 게 아니에요?"

내가 항변했다. 지난 두 달 동안 처방이랄 게 없었으니, 지금 내가 하는 걸 치료라고 부를 수도 없다고 했다. 치료가 아니니, 환자도 아니지요.

"그럼 뭐죠?"

"예? 글쎄, 피상담자?"

내 되는대로 지껄인 대꾸에 그녀는 살짝 미소 지었다.

그녀와 나는 지난주에 있었던 4층 정신과 그림 전시회에 대해 얘기했다. 전시회에 걸려 있던 플래카드의 슬로건이 화제가 됐다. '악함 대신에 선함에 대하여/나쁜 소식 대신에 좋은 소식에 대하여'라는. 나는 그 슬로건이 좋았다. 기회만 주어진다면, 정신과 그림 전시회뿐만 아니라, 눈 닿고 발 닿는 모든 곳에 걸어두고 싶을 만치 좋았다. 내 이마에라도 붙이고 싶었다. 우리 모두 악함을 베푸는 대신 선함을 베풀자, 우리 모두 나쁜 소식을 들려주는 대신 좋은 소식을 들려주자, 나는 대충 그런 뜻으로 이해했다.

"단순해요."

그녀는 슬로건에 대한 내 해석이 단순하다고 했다.

"어떻게 좋기만 한 소식이 있고, 나쁘기만 한 소식이 있을 수 있죠?"

그녀는 소식이란, 인스턴트커피 같은 것이라고 했다(기숙사의 간호사들은 봉지 커피를 애용한다고 했다). 어떤 한 소식이, 100퍼센트 좋거나 100퍼센트 나쁠 순 없다고 했다. 어떤 하나의 소식은 좋은 소식 51.7퍼센트, 나쁜 소식 33.3퍼센트, 이도 저도 아닌 불분명한 소식 15.0퍼센트, 이런 식으로 구성된다고 했다. 다양하게. 이도 저도 아닌 불분명한 소식 15.0퍼센트는 나중에 시간이 해결해주거나, 아니면 영영 불분명한 채로 끝날 것이라고 했다.

어떤 한 소식이 백 명에게 전달되면, 그건 백 가지 서로 다른 성분의 소식이 된다고 했다. 어떤 사람에겐 좋은 소식이 어떤 사람에겐 나쁜 소식이 되고, 어떤 사람에겐 좋은 소식 51.7퍼센트 나쁜 소식 33.3퍼센트가 어떤 사람에겐 좋은 소식 33.3퍼센트 나쁜 소식 51.7퍼센트이 되기도 한다는 얘기였다. 백 명의 성격과 의지와 상황과 팔자가 서로 다르므로.

"전시 기간 내내 전 그 슬로건을 올려다봤다고요."

그녀가 말했다. 그 얘긴 틀린 게 아니었다. 내 쪽이 단순했다.

"그럼 나쁜 소식이냐 좋은 소식이냐는 사람 하기 나름이라는 얘기잖아요?"

"그럼요!"

그녀는 확신에 가득 찬 목소리로, 거의 외치다시피 했다. 그다지 좋지 않은 소식을 좋은 소식으로 바꾸는 건, 순전히 인간의 의지에 달린 것 아니냐는 얘기였다. 신경외과 중환자실 7년 근속의 체험을 빌려 덧붙이자면 우선, 그럴 돈만 있다면.

"아주 약간의 좋은 가능성만 있다면 글쎄, 인간의 의지로 바꿀 수 있지 않을까요? 좋은 소식의 성분이 51.7퍼센트가 아니라 단지 1퍼센트라도 최선만 다한다면."

지난주에도 느낀 것이지만 선애 씨는 뭐랄까, 희망이라고 할까 믿음이라고 할까 그런 걸 갖고 있었다. 사실 나로선 뭐라 할 말이 없었다. 인간의 의지라…….

어쨌거나 그 대화는 어쩐지, 어렸을 적 읽은 D. 워프의 SF 한 구절을 떠올리게 했다. 인류는 인류가 처한 상황을 좋게 바꾸려고 부단히 노력하지만, 그럴 수 있을 만치 인류의 머리가 좋지 못하기 때문에, 나쁘고 불행한 일만 자꾸 세상 가득 벌여놓는다, 는. 그나마, 지금으로도 그럭저럭인 걸 나쁘게 망쳐놓지나 않으면 다행이라는.

선애 씨에 의하면 선함과 악함도 마찬가지였다. 그것도 인스턴트커피처럼 선함 51.7퍼센트 악함 33.3퍼센트……. 인간의 의지로…….

정말 그럴까?

생강차 한 잔과 유자차 한 잔을 앞에 놓고 나눈 얘기치곤 재미가 있었다.

저녁을 먹을 시간이었다. 내가 어디 가서 밥이라도 먹자고 하자 선애 씨는 학원에 가야 한다고 했다. 영어 회화 학원에.

“다음에 또 만날 수 있어요?”

그녀는 기숙사 전화번호를 가르쳐주었다. 어차피 기숙사니 누가 알아도 상관없다는 투였다.

“차값만 그쪽에서 낸다면 전 괜찮아요.”

그녀가 말했다.

*

11월 5일 화요일이었다.

9월 10일 화요일에 처음 이 병원에 왔으니, 정말 두 달이나 들락거린 셈이었다. 햇빛조차 9월 10일 그날과는 많이 달랐다. 이젠 겨울이야, 나는 병원 마당을 가로지르면서 생각했다. 이만하면 됐어, 나는 접수하면서 생각했다. 이제 병원은 그만 나와야지, 상담실 문을 똑똑 두드리면서 나는 생각했다.

의사는 엉덩이를 길쭉하니 뒤로 뺀 자세로 의자에 앉아 있었다. 지난 두 달 동안 매주 보았던 눈에 익은 폼이었다.

"왔어?"

의사가 자리에 앉는 나를 보며 씨익 웃어 보였다.

"도서관 소년이 도서관을 나간, 그다음의 얘기를 들어봐야지."

"오늘 얘긴 짧아요, 선생님."

내가 말했다.

나는 도서관 마당에서 바깥으로 이어지는 길의 꽃무늬 포석 위를 터벅터벅 걸었다.

정말로 터벅터벅 소리가 났다. 닳아 떨어진 운동화 밑창 때문이었다. 도서관 소년(이젠 그것도 아니지만)의 양말은, 비 오거나 눈 오는 날이면 늘 찜찜하게 젖어 있곤 했다.

꽃무늬 포석은 눈 녹은 물로 빨갛게 젖어 있었다. 그 빨간 길은 도서관 정문에서 끝나고 있었다.

나는 도서관에서 동네 상가로 가는 긴 언덕길을 걸어 내려왔다. 걸어 내려오다가 문득 걸음을 멈추고는, 내 때 낀 지저분한 두 손을 내려다보았다. 내 작고 지저분한 두 손은 비어 있었다.

도서관에 두고 온 것이 있었다. 아침에 손이 심심해서 들고 나왔던 책가방이었다.

"칫."

나는 뒤돌아서 도서관을 쳐다봤다. 도서관은 이제 아득하게 멀어져 있었다. 현기증이 날 만치 멀어져 있었다. 정문의 새까만 철문이 저 멀리에서 아른거렸다. 뒤돌아보긴 했지만, 책가방 때문에 도서관으로 돌아갈 생각은 없었다.

책가방 안에는 든 것이 별로 없었다. 초등학교의 마지막 겨울방학이었던 것이다. 이제는 필요 없게 된 초등학교 6학년 국어 교과서 한 권, 어디에 쓰려고 했던 것인지 지금은 기억나지 않는 쪼그만 납덩어리, 지우개 조각 몇 개와 샤프펜슬이 든 필통 하나, 일기장, 만화만 잔뜩 그려놓은 연습장, 동그란 딱지 몇 장, 어쩌다 굴러 들어간 유리구슬 몇 개…….

"……진화."

그렇게 하나하나 세어보다 문득 낱말 한 개가 떠올랐다. 나는 진화, 하고 느닷없이 중얼거렸다. 지난 몇 달 간 내 골치를 아프게 했던 낱말 찾기의 답이었다.

진화, 는 그렇게 책가방을 뒤지다 느닷없이 퍼뜩 떠올랐다. 그건 책가방 속에 꽁꽁 숨어 있다가 전혀 예상치 못한 순간에 날 놀래키기 위해 그 순간 튀어나온 것 같았다. 책가방 속 어디에 숨어 있었는진 잘 모르겠지만.

그 낱말 찾기는 도서관의 책들로 빽빽이 채워진 책장들에 관련된 것이었다. 지난 5년 동안 도서관의 책장들은 비록 조금씩 조금씩이지만 확실히 변해왔다. 단순하던 책장들이 복잡한 책장들로, 단조롭던 책장들이 다채로운 책장들로. 눈에 잘 띄지 않는 변화들이 지난 5년 동안, 쉬지 않고 진행돼왔다. 그리고 어느 날 눈을 떠보니 그건 5년 전의 그 책장들이 아니었다.

나는 지나간 시간 동안 있었던 그 변화들을 한데 묶어 부를, 어떤 낱말 하나를 찾고 있었다. 그리고 찾았다.

나는 이제 확신을 가지고 말할 수 있었다. 책장들은 진화했다.

"재밌는 얘기구나."

의사가 활짝 미소 지으며 말했다.

"책장들이 진화했다고? 그게 정말이야?"

나는 나지막하게, 진지하게 답했다.

"정말인지 아닌지는 말할 수 없지 않아요? 제 얘기는 '사실'에 관련된 얘기가 아니라 '감각'에 관련된 얘기니까."

그건 '물리적 진실'이 아니라 '감각적 진실'이었다. 그리고 그 감각적 진실은 잠시나마 내 처진 기분을 기쁘고 달뜨게 해 주었다.

"딴은 그렇군."

의사는 말했다. 그러더니 눈을 반짝이며, 상담실 안의 집기들을 쭉 돌아봤다. 책상, 서류함, 상담용 의자, 책꽂이 몇 개, 커튼, CD플레이어…….

"쯧."

의사가 혀를 찼다.

"이 방 것들은 하나도 진화하지 못한 것 같아. 지난 10년 동안."

"그러고 보니 10년 동안 집기들을 별로 바꾸지 못했군. 이 스탠드 하나인가만 재작년엔가 새 걸로 바꿔줬어, 병원에서."

의사가 책상 한편을 가리키며 중얼거렸다. 하지만 진화에 대한 내 얘기는, 헌 책상이 새 책상으로 진화하고 헌 걸상이 새 걸상으로 진화한다는 얘기가 아니었다. 그런 단순한 얘기가 아니었다. 나는 진화라는 낱말의 참뜻을 설명해주려 했지만 의사에게 들려줄 만한 적절한 문장이 떠오르지 않았다.

"뭐랄까……."

그러다 나는 입을 다물었다. 어찌 보면 설명할 수 없는 건 당연했다.

진화라는 낱말을 찾긴 찾았지만 10대 초반의 어린 나이였던 나는, 곧 그것에 대해 더는 생각하지 않게 되었다. 학교에서 버릇 들인 대로, 시험문제의 답을 찾았으니 그만 됐다고 여겼을 것이었다. 난 답을 맞혔어, 그럼 다 됐지, 뭐. 이런 식으로. 진화란 낱말에 대해 더는 생각하지 않았고, 그런 채로 십몇 년이 지나가버렸다. 까맣게 잊은 채로. 아마도 그 찾은 답을, 어디에 써먹어야 할지 몰라서였을 것이었다.

진화란 낱말을, 어디에 어떻게 사용해야 할지 몰라서였을 것이다. 그 낱말은 그렇게 해서 더 진화하지 못한 채, 까맣게 잊혔다.

세 시 반이었다. 상담 시간은 30분이나 남아 있었다. 이젠 더 할 애기가 없었다. 도서관 소년은 도서관을 떠났고, 도서관은 도서관 소년의 등 뒤로 영영 사라졌다. 생선 가시도 더는 내 시야에 출현하지 않았다. 신기한 일이었다. 그건 출현하는 것만큼 이나 신기한 일이었다. 그렇다고 여기서 저기로 3, 4센티미터 쯤 살짝 옮겨진 것 같은 현상까지 사라진 건 아니었다. 생선 가시는 갔지만, 그 현상만은 고스란히 내 곁에 남겨두었다.

의사도 이젠 할 얘기가 많지 않다는 걸 아는 눈치였다. 벌써 몇 차례 강조했었으니까, 도서관 소년은 도서관을 떠났다고.

의사는 잠시 말없이 생각에 잠겼다. 하긴, 이젠 의사 차례였다. 이젠 의사가 말할 차례였다. 나에 대해, 당신의 환자에 대해.

잠시 후, 의사가 살짝 웃으며 입을 뗐다.

"……그때의 책가방은 찾았나? 일기장도 들어 있었다며?"

"아니오."

나도 살짝 웃으며 답했다.

"……제 책가방이 아직 그 도서관에 남아 있을까요?"

의사와 나는 살짝 웃었다. 나는 의사가 무슨 생각을 하고 있는지 알고 있었다. 의사도 내가 무슨 생각을 하는지 알고 있었다. 굳이 소리 내 말하지 않아도.

웃음 끝에 내가 말했다.

"다음 주에도 와야 할까요?"

의사는 가만히 고개를 끄덕였다.

"……여기서 저기로 살짝 옮겨진 것 같다는 그 느낌은 자주 있나? 자주 느끼나?"

나는 그 물음에 잠시 말을 잊었다. 한 달 전쯤에 버스를 잘못 탄 것 같은 그런 현상이 자주 있나? 자주 있었나? 도대체 얼마나 잇달아 일어나야 그게 자주, 가 될까.

"글쎄요, 그걸 자주라고 해야 할지……."

나는 자주는 결코 아닐 거라고 했다. 나는 간혹 일어난다고 했다. 실제 일어난 수는, 지난 십몇 년 동안 많지 않았을 거라고 했다. 열 번도 채 안 될 거라고 했다. 긴가민가한 미약한 경우도 있어서 정확한 횟수는 댈 수 없다고 했다. 하지만…….

하지만 나는, 내가 느끼는 바로는 지나치게 자주였다고 말했다. 그런 현상은 단 한 번뿐이더라도, 언제나 지나치게 자주인 것이라고 했다. 생애 단 한 번을 겪어도 언제나 지나치게 자주인, 그런 종류의 현상이라고 했다.

*

일주일 내내 곰곰 따져본 끝에, 나는 더는 정신과 상담을 받지 않기로 했다.

다음 주 화요일 늦은 아침에 잠에서 막 깨어났을 때 나는 이런 생각을 했다. 의사는 이제 내 눈 안에 차려놓았던 그 진료실을 거둬가버렸어.

철수해버렸어.

지난주 상담 시간에 의사는, 이쪽에서 저쪽으로 살짝 옮겨진 것 같다는 그 현상에 대해, 여러 가정들을 얘기해주었다. 의사가 얘기해준 모든 가능성들에는 단서 한 가지가 따라붙었다. 내 얘기는 의사 당신에겐 상당히 낯선 것이었으며, 하지만 사람의 정신 현상이란 한결같이 낯선 것일 수밖에 없다는 것이었다. 아니, 사람의 정신 현상에 관한 한, 낯설거나 낯익은 것이란 있을 수 없다는 것이었다. 사람의 지문을 낯선 지문이니, 낯익은 지문이니 할 수 없는 것처럼. 패턴은 짤 수 있겠지만.

의사는 처음엔, 강박증이나 공포증이 아닐까 했다고 말했다. 도서관 창밖에서 괴물이 자기를 들여다보고 있다고 믿는 것이나, 그 괴물이 자기를 3센티미터쯤 살짝 들었다 놓았다고 믿는 것이 바로 그렇게 보였다고 했다. 미지의 어떤 것이 자기를 감시하고 있으며, 자기 신체에 영향을 행사하고 있다고 믿는 것 말이다. 강박증 환자들이나 공포증 환자들에게서 흔히 관찰되는 내용이라고 했다.

몇 주 전에, 의사는 일주일 치 약을 처방했다. 약봉지에는 파란색 정제 두 개와 캡슐 하나가 들어 있었다. 의사는 그 캡슐이 바로, 불안증 치료제라고 했다. 나머지는 소화제고.

하지만 그 처방은 일주일로 그쳤다. 그렇게 진단 내리기엔, 나의 증세가 지나치리만치 깔끔했다는 설명이었다. 고작해야 여기서 저기로 3센티미터쯤 자리가 옮겨졌다고 믿는 정도니.

의사가 생각한 두 번째 가정은 인식능력의 손상이었다. 앉아 있던 자리가 3, 4센티미터쯤 옮겨졌다고 느끼는 것이나, 버스를 탔는데 55분쯤 시간을 앞질러 왔다고 느끼는 그런 경우가, 정신질환 패턴의 인식능력 손상에 해당될지 모른다는 얘기였다. 의사는 내가, 도서관 2층 테라스에서 떨어졌던 것을 상기시켰다. 의사는 물었다. 그와 같은 일이 혹, 그전에도 있지 않았나? 그러니까 초등학교에 들어가기 전쯤에. 두뇌가 손상을 입었을 경우, 인식능력에 문제가 생길 수도 있다는 얘기였다. 나는 그런 일은 내가 기억하는 한 아마도 없었다고 말했다. 아니, 있었는데도 내가 기억을 잃어버린 것인지도 몰랐다, 그때의 책가방처럼.

의사는 MRI 같은 것으로 내 두뇌 사진을 찍어볼 수도 있다고 했다. 정밀하게까지는 아니더라도 두뇌의 어느 부위가 손상되었는지 알 수 있다고 했다. 그렇지만 두뇌가 손상되어 나타나는 인식능력의 손상은, 신체의 감각기관과 관련된 것이며 무엇보다 지속적이라고 했다. 그래서 내게 그런 느낌이 자주 있느냐고 물은 것이다. 내 경우엔 신체의 감각기관과도 거의 무관하고, 지속적이지도 않다.

의사는 세 번째 가정을 얘기했다. 시간과 공간을 인식하는 내 인식에 문제가 생기지 않았나 하는 가정이었다.

의사는, 몇 주 전 내가 들려준 버스를 잘못 탔다는 이야기를 다시 상기시켰다. 평소와 똑같은 시간에, 똑같은 정류장에서, 똑같은 노선의 버스를 올라탔는데, 도착해서 버스에서 내려보니, 평소보다 55분쯤 일찍 도착해 있더라는 얘기였다. 나는 그때, 이렇게 물었다. 도대체 버스를 어떻게 잘못 타야 시간을 55분쯤 앞질러올 수 있죠?

그에 대한 의사의 답은 간단했다. 그건 물리적으로 불가능해.

의사는 내가, 그저 5분 정도 빨리 온 것을 55분 빨리 왔다고 인식한 것이 아니냐고 했다. 내 시공간에 대한 인식이 뒤틀린 게 아니냐고 했다.

의사의 네 번째 가정은 내가 우울증이 아니겠냐는 것이었다. 곤경에서 벗어나기 위해, 스스로 만든 환각일 수도 있다는 것이었다. 환자들 가운데, 흔치는 않지만 그런 경우가 있다는 얘기였다. 기분 나쁜 가정이었다.

환자 중에는 의사 앞에서, 자신의 과거를 다시 짜거나 통째로 창작해서 들려주는 경우도 있다는 것이었다. 세상 어딘가엔 미쳐버린 천재들이 있기 마련이며, 또 그런 미쳐버린 천재들이 지어낸 기막힌 거짓말들이 있기 마련이라는 얘기였다.

두 눈을 가늘게 뜬 의사는 이렇게 물었다. 그 생선 가시란 게 최근에 태어난 것일 수도 있지 않아?

"그럼……."

의사의 얘기를 다 듣고 나서 내가 말했다.

"……결국, 여기서 저기로 옮겨진 것 같다는 제 얘기는 실제로 일어난 게 아니다, 라는 말씀 아닙니까. 실제로 일어난 게 아니라, 그저 제가 그렇게 느낄 뿐이라는 말씀 아닙니까."

의사는 고개만 끄덕였다. 내 물음에 대한 조용한 긍정이었다. 조용하지만 단호한 긍정이었다.

내가 다시 말했다.

"그건 실제로 일어난 것입니다."

내가 다시 한 번 말했다.

"제가 탄 버스는 틀림없이 55분쯤 시간을 앞질러 왔습니다. 저는 틀림없이 여기서 저기로 살짝 옮겨졌습니다."

나는 얼굴을 붉혔다. 화가 나서 붉힌 게 아니었다. 두 달이나 상담한 의사가 몰라주는 데 화가 나서 붉힌 게 아니었다.

나 자신이 꼭, 의사가 말하는 진짜 정신질환자처럼 느껴졌기 때문이었다.

그때의 상황이 꼭, 미친놈한테 너 미친놈이냐고 물었더니 난 미친놈이 아니라고 강변하는 식의 상황 같았기 때문이었다.

내가 얼굴을 붉히면서 그렇게 말하자, 의사는 씁쓸하게 소리 내 웃었다.

"그럼 뇌 손상도 환각도 이도 저도 아니란 말이지……."

"예."

"그럼 그게…… 초자연적 현상이란 얘긴데, 그건 내 분야가 아냐."

지난 두 달 동안 그토록 반짝이던 의사의 눈이, 그 순간 단번에 어두워졌다. 한번 어두워진 의사의 눈빛은, 내가 자리에서 일어날 때까지 그전으론 돌아오지 않았다.

네 시였다. 상담 시간은 끝났다. 자리에서 일어나려는 내게, 의사는 몇 마디 더했다.

정신질환이란 감기로 인한 경미한 폐렴만큼이나 흔한 질병이 되었다는 얘기였다. 정신과는 피자헛이나 KFC처럼 동네 앞에 한두 개쯤 꼭 있어야 할 곳이 되었다고 했다. 정신과는 치과나 비뇨기과처럼 꼭 찾아봐야 할 곳이 되었다고 했다. 세계화니 선진국 진입이니 하고 노래를 부르는데 그 선진국이란 게 되면 우리나라도 통계청에서, 전체 인구의 5분의 1쯤이 정신질환자라고 조사 발표할 거라고 했다.

"전 벌써 좋은 약을 얻었습니다."

내가 인사 대신 말했다.

"무슨 약?"

"해방감이요……. 고맙습니다."

나는 의사에게, 초등학교 6학년 겨울방학 이후 어느 누구에게도 하지 못했던 얘기를 털어놓을 수 있었다. 입 꼭 다물고 있어야 하는 비밀이라는 사막에서, 착한 사마리아인의 물주머니를 만난 기분이었다. 지난 두 달간의 시간과 비용이 아깝지 않을 만치. 그것은 좋은 소식이었다.

*

그렇게 해서 결국 원점으로 돌아갔다. 두 달 전으로.

의사의 견해를 인정했다면 뭔가 달라졌을지도 몰랐다. 생선 가시는 환각일 뿐이고, 여기서 저기로 3, 4센티미터쯤 살짝 옮겨지는 현상은 뒤틀린 시공간 감각 때문이라는 견해 말이다. 인정했더라면 상담은 계속 되었을 터였다. 그 환각의 원인, 내 마음의 병을 찾기 위한. 약도 먹었을 터였다. 그 뒤틀린 감각을 교정하기 위한.

어쨌거나 나는, 환각도 뒤틀린 감각도 아니라는 쪽으로 단호했다. 차라리 생선 가시는 실재하는 미지의 괴물이고, 여기서 저기로 살짝 옮겨지는 현상은 실재하는 초자연적 현상이라고, 맘 편히 여기기로 했다.

나는 생각했다.

'정신과에서 해결책을 찾으려 했던 내가 바보였어.'

나는 다시 원점으로 돌아가 생각했다. 십몇 년 전, 생선 가시를 처음 보았던 때로.

'애당초 남의 힘을 빌려 문제를 해결하려 했던 내가 바보였어.'

'그건 온전히 생선 가시와 나와의 일이니까 말이야.'

다른 누군가의 힘을 빌려 생선 가시의 정체를 밝혀보려는 시도는 한결같이 실패했다. 도서관 사서든, 정신과 의사든. 어쨌거나 그 의사는 내 눈에 차려놓았던 진료실을 철수해버렸다.

정신과 상담은 그만두었어도 병원은 가끔 찾았다.

병원 간호사인 선애 씨를 만나기 위해서였다. 내가 병원으로 찾아가거나 그녀가 나왔다. 1996년의 11월과 12월에 그녀와 나는, 차와 식사를 함께하는 좋은 친구 사이였다. 그녀는 유자차와 튀김류를 좋아했고, 나는 생강차와 국물류를 좋아했다. 식성은 다르지만, 어쨌거나 친구 사이였다.

병원 6층 신경외과 중환자실 앞에서 보았던 대로, 그녀의 간호사복은 상하의 모두 초록색이었다. 그전까진 간호사복이면 죄다 흰색인 줄 알고 있었다. 희거나 흰 바탕에 파란 스트라이프가 있거나.

그녀를 만나면서 나는 내가 지금 간호사와 마주 앉아 있다는 것에 가슴 뿌듯해지곤 했다. 아시아나항공의 스튜어디스를 사귀거나 서울시청의 공무원을 사귀는 친구들은 간혹 있었지만 간호사를 사귀는 친구는 없었다.

"간호사랑 스튜어디스랑 시청 공무원이 뭐 어떤데요?"

내가 그 얘기를 하자, 그녀가 영문을 모르겠다는 듯이 물었다.

"백의의 천사잖아요. 아니, 녹의의 천사인가."

나는 되는대로 지껄였다.

어렸을 때 내 또래 중엔, 백의의 천사라는 것에 환상을 품고 있는 아이들이 있었다. 난 커서 간호사랑 결혼할래요, 혹은 커서 간호사가 되겠어요, 하고. 헌신과 숭고와 섹스에 대한 환상이었다. 그녀도 그런 경우일까. 그녀는 자기가 간호사가 된 것은 헌신과 숭고에 대한 환상보다는, 순전히 직업적인 선택이었다고 했다.

11월과 12월에 몇 번 만나면서 그녀와 나는 이것저것 수다를 떨어댔다. 수다를 떨면서 한번은 이런 얘기도 나왔다.

"내년이나 내후년쯤에 미국에 갈까 해요."

미국에서 간호사 일을 하고 싶다는 얘기였다.

"왜요? 어떻게요?"

내 경솔한 질문에, 선애 씨는 어울리지 않게 심각해져서 이런저런 이유들을 끌어댔다. 우선, 7년이나 근속했는데도 아직 일반 간호사라는 것이었다. 지금 병원에선 승진하는 데 어려움이 많다는 것이다. 그녀는 이미 국제간호사자격증이란 것도 따 놓은 상태였다. 작년, 그러니까 1995년에 뉴욕인가 하와이인가에 가서 너싱 테스트라는 것도 받았다고 했다.

그녀는 그녀를 받아줄 병원만 나타나면 언제든 떠날 수 있었다. 그녀는 말했다, 월급을 달러로 받는 것도 괜찮을 거예요. 1996년의 일이라 아직 IMF 구제금융이니 환란이니 하는 것은 없었지만, 환율은 그때도 눈에 띄게 오르고 있었다. 그녀는 돈이란 벌 수 있을 때 벌어야 한다고, 그리고 할 수만 있다면 모아야 한다고 생각하고 있었다. 언젠간 그것이 요긴해질 테니까. 그녀의 머릿속은, 미국으로 떠날 것인가 한국에 남을 것인가 하는 생각으로 복작거리고 있었다. 영어회화 학원에도 다니고 있었다.

그녀는 강원도 속초가 고향이었다. 여고를 졸업하자마자 상경해 간호학원에 다녔다. 서울에서 꽤 외로웠던 것 같다. 서울엔 친척이 하나도 없어요, 그녀가 말했다. 아빠는 강릉에서 작은어머니와 산다고 했다. 형제가 있는 것도 아니었다. 몇 번 만나면서 알게 된 사실들이었다. 외국에 나가 간호사 일을 하고 싶어 하는 데는 돈 말고도 그런 이유도 있었다. 거기 나가 살면 외롭지 않겠어요? 의지할 데 하나 없을 텐데, 하고 묻자 그녀는 이렇게 답했다.

"없기는 여기도 마찬가지예요."

좋은 소식과 선함을 신뢰하는 그녀가 하는 얘기로선 좀 뜻밖이었다.

"그래도 친구는 있을 거 아니에요. 그 친구들을 다 버릴 거예요?"

"친구는 그냥 친구 아닌가?"

친구들과 떨어져 살기 싫어, 삶의 가능성 한 가지를 포기할 순 없다는 것이었다. 맞는 얘기였다. 친구란, 그저 친구니까. 나는 괜한 참견을 하고 있었다. 나는 쓸데없는 짓을 하고 있었다.

"나가서 다시 시작하기엔 좀 많은 나이 아니에요?"

"아직 서른도 안 됐는데 뭐요……. 여기서 한 30년 살았으면 충분하지 않나요?"

"그래서 다른 나라에서도 한 30년 살아보게요?"

나는 쓸데없는 참견을 계속하고 있었다. 나도 나가 살아보지 못해 뭐라 할 말은 없었지만, 어쩐지 그녀 앞에 고생길이 훤할 것 같았다. 우선, 서양인들은 우리보다 덩치가 크지 않은가. 중환자실 간호사 일은 주사나 놓고 링거병이나 갈아 끼우는 게 다가 아니다. 그녀 표현을 빌리자면 환자를 들었다 놨다 해야 한다. 몸무게 200파운드쯤 되는 뇌졸중 환자들을. 게

다가 그쪽 병원에서 쫓겨나면 어쩌겠는가. 다시 예전의 자리로 돌아올 수 있을까. 나중에 우리가 마신 차가 일곱 잔쯤 되었을 때, 그녀는 결국 과격해졌다. 그녀는 이렇게 말했다.

"한국 사회? 더럽잖아요?"

*

"팸플릿 좀 줘봐요."

"팸플릿 보고 아무 얘기도 하지 말아요."

내가 선애 씨 손에 영화 팸플릿을 쥐여주면서 속삭였다. 그녀는 내가 건네준 영화 팸플릿을 펼쳐 들고, 스크린의 환한 빛이 비쳐 들길 기다렸다. 그녀에겐 영화 중간에 꼭, 팸플릿을 읽고 줄거리를 확인하는 버릇이 있었다. 어디선가 깜박 줄거리를 놓친 건 아닐까? 그런 소심함 때문이었다.

"맞아요. 이제 화니의 엄마가 목사와 재혼해요."

그녀가 내 쪽으로 몸을 기울이며 속삭였다. 이 영화가 함께 보는 세 번째 영화였지만, 그녀는 줄거리를 한 번도 놓친 적이 없었다. 그녀의 진짜 버릇은 팸플릿을 읽고 옆 사람에게 줄거리를 미리 얘기해주는 것이었다(그녀 자신은 부인하지만). 나는 줄거리쯤이야 좀 놓쳐도 괜찮다고 그녀에게 말했다. 〈벤허〉나 〈스파르타쿠스〉가 아닌 다음에야. 줄거리 때문에 영화를 보는 것은 아니었다. 도서관 소년이 줄거리가 재밌어서 책을 읽었던 게 아닌 것처럼.

"줄거리가 아니면 뭣 때문에 책을 읽어요?"

그녀가 물었었다.

"페이지 가득 찍혀 있는 그 글자들 때문에요."

그녀의 물음에 언젠가 내가 답했었다. 책을 읽지 않은 지도 꽤 되었다. 내가 마지막으로 책을 읽은 건 벌써 1년 전이었다. 도서 대여점에서 빌려서. 신문 광고란에 매일 오르내리는 어떤 소설이었다.

"봐요, 목사가 이제 알렉산더를 다락방에 가둘 거예요."

그녀가 또 줄거리를 앞질러 속삭였다. 12월 16일 월요일의 일이었다. 그녀와 나는 〈화니와 알렉산더〉를 봤다. 그 월요일 밤에 그 영화를 보면서 내게 무슨 일인가 벌어졌다. 버스를 잘못 타 55분쯤 시간을 앞질러 오는 것까지는 아니더라도, 충분히 자리에서 벌떡 일어나 소리를 지를 만큼.

스크린에선 그녀 말처럼, 목사가 알렉산더를 쥐어 팬 다음 다락방으로 올려 보내고 있었다.

〈화니와 알렉산더〉는, 예전에 도서관 소년이 도서관에서 읽은 동화책《헨델과 그레텔》의 1982년도 유럽판이었다. 두 소년 소녀가 부모로부터 떨어져(혹은 쫓겨나) 무시무시한 너도밤나무 숲을 헤맨다. 숲 한가운데엔 성질 고약한(혹은 편집증적인) 마녀가 산다. 소년 소녀는 마녀에게 붙잡힌다(혹은 스스로 고난을 택한다). 소년 소녀는 마녀에게 잡아먹힐(혹은 세상의 악에 물들) 위기에 처한다. 소년 소녀는 울부짖는다. 그때 정의의 나무꾼이 나타나 장작 패는 도끼로 마녀를 처치하고(혹은 악을 응징하고) 소년 소녀를 구출한다.

〈화니와 알렉산더〉도 그처럼 간단했다. 화니와 알렉산더라는 소년 소녀가 있다. 스웨덴의 귀족 집안 출신으로, 성탄절이면 언제나 성대한 파티가 있는 줄 알고 있는 쪼그만 어린애들이었다. 빈틈없이 유복하던 그들의 유년에 어느 날, 큼지막한 구멍이 뚫린다. 배우이자 부유한 극장주이던 아버지가 연극 연습을 하다가 무대에서 쓰러져 죽은 것이다. 화니와 알렉산더의 고난은 그때부터 시작된다. 생활에 무언가 부족한 게 생겼다고 느낀 어머니는 화니와 알렉산더를 데리고 목사와 재혼한다. 의붓아버지 목사는 화니와 알렉산더에게, 생활의 화려함과 성대함 대신에 생활의 검소함과 겸손함을 가르친다. 스크린 색상부터 달라진다. 전에 살던 대저택의 붉음과 온화함의 배경 색상 대신, 목사 집의 흑백과 창백함의 배경 색상으로.

목사에겐 너도밤나무 숲의 마녀처럼 편집증이 있었다. 목사는 사치와 과장이 몸에 밴 화니와 알렉산더를 훈육한다. 목사는 말한다.

'카펫 털이로 엉덩이를 열 대 때려줄 수 있어.'

'그게 싫다면, 피마자기름을 몇 방울 먹이는 방법도 있지. 몇 방울만이라도, 넌 고분고분해질 거야.'

'그것도 싫다면, 저쪽 골방에 널 가둬둘 거야. 쥐 떼가 물어뜯으려고 몰려드는 어둡고 축축한 방이지.'

화니와 알렉산더는 그 한심한 선택 사항들 가운데 결국 카펫 털이를 택한다. 목사의 교훈은 간단했다. 세상은 거짓말하는 자에게 가혹한 형벌을 내린다, 는 것이었다.

고난은 계속되지만, 감독(잉마르 베리만이라는 스웨덴 사람이다)은 소년 소녀의 불행을 그냥 지나치지 않는다. 랍비 상인을 그 집에 보낸다. 너도밤나무 숲에 정의의 나무꾼을, 팔레스타인 사막에 착한 사마리아인을, 유태인 마술사를, 마녀의 집에 보낸다. 나무 패는 도끼 대신, 마술 상자와 마술 보자기를 들려서.

그 랍비 마술사는, 화니와 알렉산더를 상자에 넣고 없어졌다 나타나게 하는 마술을 부린다. 정말 뻔한 마술이었지만, 감독의 그 역사(役事)에, 꽉 막힌 편집증 환자는 깜빡 속아 넘어간다. 화니와 알렉산더는 구출된다. 화니와 알렉산더는 그렇게 해서 잃어버렸던 유년을 되찾는다.

선애 씨와 나는 앞에서 다섯 번째 줄인가에 앉아 있었다. 좋은 자리였다. 중앙에서 약간 오른쪽 자리여서 자막 읽기가 편했다. 관객이 많지는 않았기 때문에 우리는 빈 좌석 한 칸을 사이에 두고 떨어져 앉았다. 감독은 그 장면에서 마치 이렇게 묻고 있는 듯했다, 유년을 잃어버린 채로 성인이 된다는 게 어떤 건지 아나?

바로 그때였다. 유태인 마술사가 화니와 알렉산더를 구출하는 장면이었다. 아이들을 상자에 넣고, 없어지게 하는 주문(그저 두 팔을 치켜들고 소리를 꽥 지르는 것)을 막 외웠을 때였다.

주문을 외우는 순간, 무슨 일인가 내게도 일어났다. 스크린이 갑자기 환해지면서, 눈이 부셨다. 나는 눈을 감았다 떴다. 눈을 뜨니 이미 지나간 장면들이 스크린에 되풀이되고 있었다.

화니와 알렉산더가 창턱에 앉아 있었다. 격자 창살이 박힌 그 창문은, 창백했다. 화니와 알렉산더가 창턱에 앉아 있는데, 아래층 현관으로 유태인 마술사가 허겁지겁 뛰어 들어온다. 그리고 상자를 사겠다고 한다. 상자 속에 화니와 알렉산더를 넣어갈 생각이다.

벌써 본 장면들이었다. 좀 전에 지나간 장면들이었다. 유태인 마술사는 두 팔을 치켜들더니 꽥, 소리를 지른다. 스크린이 다시 환해졌다.

'이런, 제길' 하고 나는 생각했다. 필름이 겹친 것이었다. 필름 편집 과정에 문제가 있었거나, 영사실에서 릴을 바꿔 끼우다 실수를 한 것 같았다. 3분 정도 분량이었다. 필름이 잘려나가 장면을 건너뛰는 경우는 봤어도, 이전 장면이 반복되는 경우는 처음이었다.

"봤던 장면이잖아요? 필름이 겹쳤어요."

내가 그녀 쪽으로 몸을 기울여 속삭였다. 이런 경우는 처음 봐요, 내가 속삭였다.

"예?"

그녀는 그저 되물었다. 그녀는 영화에 열중하고 있었다. 재밌는 모양이었다. 내가 보기에도 재밌었다. 지루하지도, 관객이 적지도 않았다. 그녀는 반복된 장면 따위엔 아랑곳없는 것 같았다. 관객들의 구시렁대는 소리도 들리지 않았다.

'착한 관객들이구나' 하고 나는 생각했다. 무슨 일인가 있었는데, 나는 깨닫지 못하고 있었다. 나는 스크린으로 되돌아갔다. 거의 끝나가고 있었다. 화니와 알렉산더는 마술사 덕으로 다시 예전의 대저택으로 돌아갈 수 있었다. 흑백과 창백함의 색상에서, 붉음과 온화함의 색상으로. 유년을 되찾는다. 고난 끝에 화니와 알렉산더는 수호천사를 얻는다. '증오'라는 이름의 수호천사였다. 목사도 뭔가 얻긴 얻는다. 재앙을 말이다. 목사의 잠옷에 불이 붙는다. 너도밤나무 숲의 편집증 환자는 불에 타 죽는다.

결말을 보면서 나는 곰곰 따져보았다. 필름이 잘리거나 겹치거나 한 경우가 아니었다. 선애 씨가 관대한 성격이라서 모른체 넘어갔던 게 아니었다. 깜빡 줄거리를 건너뛸까 봐 팸플릿을 스크린 빛에 비춰 읽는 그녀가, 이전 줄거리가 반복되는 것을 모른 척할 리 없었다. 객석의 백여 명 관객들이 한결같이 착할 수는 없었다.

스크린에선 이제 엔딩 크레디트가 올라오고 있었다. 출연 배우 이름들이 한 줄 한 줄 차례차례 올라오고 있었다. 나는 마술사가 두 팔을 치켜들고 주문을 외울 때 무슨 일이 있었는지 깨달았다. 나는 좌석에서 일어섰다. 불이 들어오고 객석이 환해졌다.

내가 좌석에서 벌떡 일어나선, 소리 지르고 있었다.

"이런, 젠장!"

나는 일어선 채로, 얼마간 그대로 서 있었다. 시선은 앞을 향해 있었지만, 딱히 무엇을 보고 있었던 건 아니었다. 이번에도 나는 도서관 2층 테라스에서 떨어졌을 때처럼, 소년 치한의 어깨에 부딪쳤을 때처럼, 버스를 잘못 타 55분쯤 병원에 일찍 도착했을 때처럼, 여기서 저기로 살짝 옮겨진 것이었다. 3분 후의 시간에서, 3분 전의 시간으로. 3분쯤 필름이 겹쳤던 게 아니라, 3분쯤 시간을 거슬렀던 것이다. 필름이 아니라 내가.

그러자 사방에서 박수가 터져 나왔다.

*

며칠 후, 나는 선애 씨에게 전화를 걸었다. 할 얘기가 있다고 했다.

'천호동에 내려서 택시를 타야 할 것 같아요.'

12월 16일, 영화관을 나와 지하철역에서 헤어지면서, 그녀는 말했었다. 꽤 늦은 시간이었다. 병원 기숙사까지 택시를 타야 할 것이라는 얘기였다. 그녀의 표정은 영문 모르겠고, 놀랐고, 창피했다는 표정이었다. 혹, 내가 정신과 상담 환자였다는 걸 다시 떠올린 건 아닐까.

파라다이스 커피숍 창밖으로 병원 앞 교차로의 보도가 보였다. 교차로는 쓸어 둔 눈덩이들로 얼룩져 있었다. 참 이상해요, 하고 그녀는 언젠가 말했다. 중환자실 창밖으로 폭설이 보일 때면, 누군가 죽어요. 눈덩이들은 지저분하게 녹아가고 있었다.

그녀는 며칠 전 일에 대해선 아랑곳하지 않는 것 같았다. 그녀는 그때 왜 사방에서 박수가 터졌는지 얘기해줬다. 창피한 얘기였다.

"박수를 치는 줄 알았을 거예요. 기립 박수."

그녀가 환히 웃으며 말했다.

나는 유태인 마술사가 주문을 외울 때, 장면이 3분쯤 이전으로 돌아가지 않았냐고 물었다.

"장면이 반복됐던 거 봤어요?"

당연히, 짐작했던 대로 그녀는 아니라고 했다. 반복된 장면은 글쎄요, 없었던 것 같은데.

나는 한숨 섞인 목소리로 좋아요, 했다. 그러고는 설명하기 시작했다. 왜 그때 내가 좌석에서 벌떡 일어나 이런 젠장, 하고 소리 질렀는지. 난 그때 필름을 조각조각 잘라 이어 붙인 것처럼, 이 장면에서 저 장면으로 3분쯤 살짝 옮겨졌던 거예요, 하고. 그리고…… 그런 현상은 도대체가 내게 한두 번 일어났던 게 아니라고.

그녀는 확실히 당황하고 있었다. 얘기 자체가 기이한 것이어서 당황했던 게 아니었다. 그 기이한 얘기를 하는 내 표정 때문이었다. 나는 확신하는 표정을 지었지만 그녀가 어찌 받아들였을진 알 수 없었다. 빤한 거짓도 진실을 확신하는 것처럼 확신하는 사람들이 있기 마련이니까.

"그래서 정신과에 나왔던 거예요?"

나는 그렇다고 했다. 두 달이나 그녀 병원 정신과에 다녔다고.

"영화 얘기가 정말이라면……."

그녀가 딸깍, 하고 혀를 찼다.

"……좋은 소식은 아니네요."

"난 도서관 소년이었어요" 하고 나는, 정신과 의사 앞에 앉은 피상담자로 돌아갔다. 압축 축약하긴 했지만 얘기는 길어졌다. 그동안 나는 생강차를 한 잔 더 마셨고, 선애 씨도 화장실을 두 번 다녀왔다. 나는 십몇 년 전 우리 동네에 도서관이 새로 생긴 것부터, 창밖에서 생선 가시를 보았던 것, 그리고 도서관 소년이 도서관을 떠나게 된 것, 버스를 잘못 탄 일까지 얘기했다. 차츰 얘기가 깊어지면서 점점 말이 빨라졌다. 내 얘기가 상식적으로 납득하기 어려운 얘기라는 사실은 나부터가 잘 알고 있었다. 너무나 잘 알기 때문에 얘기가 끝나고 나서 '너 쪼다야?' 소리를 듣지 않을까, 떨고 있었다.

내 말은 점점 빨라졌다. 점점 더 빨라져서, 뒷말이 앞말을 추월하고 있었다. 엉키고, 씹히고, 뒤죽박죽되었다. 걸상이 책상과 엉키고, 책상이 책장에 씹히고, 책장이 2층 테라스와 뒤죽박

축되었다. 소년 치한과 부딪치는 얘기에 이르러선 내 입이 말을 했다. 처음엔 머리가 말을 했지만, 나중엔 입이 말을 했고, 결말에 이르러선 말이 말을 했다.

결말이라고 했나? 아무래도 이 일엔 결말이 있어 보이진 않아.

말이 말을 하고 있는데도, 선애 씨의 표정에는 당혹감 이상의 것은 없었다. 어떤 반응을 보게 될지 몰라 두려워서, 나는 그녀의 표정 변화를 살피고 있었다. 이상한 일이었다. 그녀는 그저 당황하고 있을 뿐이었다. 의사처럼 눈을 반짝이며 내 눈 속에 출장 진료소를 차리려고도 하지 않았다. 도서관 사서처럼 이마를 붉히며 조롱이 섞인 표정도 짓지 않았다.

내 얘기가 끝났을 때 선애 씨가 물었다.

"근데 그 얘기를 왜 나한테 하는 거죠?"

"예?"

이번엔 내가 당황했다. 그녀 얼굴은 그 어느 때보다도 심각했다.

"아, 예. 그건……."

잠시 후 선애 씨가 입을 열었다.

"그 얘기를 내가 이해해줄 거라 생각했어요?"

그녀는 여전히 심각했다.

"그 얘기를 내가 믿어줄 거라 생각했어요?"

잠시 동안 선애 씨와 나는 입을 다물고 있었다.

잠시 후, 그녀가 입을 열었다. 이번엔 환하게 미소 짓고 있었다. 갑작스러운 표정 변화였다. 티 없이 깨끗한 피부에 더할 나위 없이 환한 미소였지만 앙금이 남는 미소였다. 무언가 앙금이 남는 미소였다.

"기숙사에 들어와보고 싶댔죠?"

병원 간호사 기숙사에 들어와보고 싶지 않느냐는 얘기였다. 병원 기숙사를?

언젠가 나는 그녀의 기숙사 얘기에 호기심을 보였다. 한번 가보고 싶지만, 안 되겠죠? 나는 아쉬운 티를 내며 말했었다.

그녀가 말하길, 2인실 방마다 2층 침대가 있다고 했다. 병원 뒷마당을 내다볼 수 있는 창문이 하나 있다고 했다. 공부하는 책상이 있는데, 병원 차트실에서 버리려는 걸 주워 온 것이라고 했다. 주워 온 책상 말고 라디오가 하나 있다고 했다. 그 외엔 TV도 비디오 덱도 화장대도 없다고 했다. 방이 좁은 탓이라고 했다. 아니, 3, 4년 후 결혼해서 떠나거나 더 좋은 조건을 찾아 떠나는 게 다반사라, 덩치 큰 물건은 불편하다는 얘기였다.

"들어와보고 싶댔죠?"

그녀가 다시 물었다. 나는 뭐라 답해야 할지 몰라 잠시 머뭇거렸다. 거기는 결혼하지 않은 여자 간호사들만이 생활하는 금남의 집이었다.

"그야 뭐."

나는 머뭇거렸다. 기숙사에는 공동 취사장과 공동 세탁실이 있다고 했다. 세탁실에서 그녀들은 2단으로 이뤄진 대 앞에 나란히 올라앉아 빨래를 한다고 했다. 세탁기가 없어서 일일이 손빨래를 한다고 했다. 세탁실에서 나란히 열 지어 앉아 손빨래하는 간호사들……. 내가 정말로 보고 싶었던 건, 지금 그녀들이 빨래하고 있는 그 공동 세탁실이었다. 지금은 겨울이니 더운물을 틀어놓으면 공동 세탁실에 뽀얗게 수증기가 차올라 눈이 어지러울 것이었다.

"세탁실까지 볼 시간이 있을지 모르겠어요."

그녀가 말했다.

"보여줄 게 있어요, 초대할게요."

*

그렇게 해서 나는 선애 씨가 생활하는 병원 기숙사에 가게 되었다. 1996년 12월 24일, 화요일이었다. 그날 밤 열 시에 병원 정문을 지나치면서 나는 생각했다, 늙은 정신과 의사는 성탄절 전날 밤에 뭘 할까. 그녀는 병원 분수대에서 기다리겠다고 했다. 그녀에 의하면 성탄절 전날 밤엔, 기숙사가 텅 비다시피 한다. 성탄절 전날 밤엔 기숙사 처녀들이 억지로라도 약속을 잡아 방을 비우곤 하니까.

열 시면 오후 근무조와 나이트 근무조가 교대하는 시간이었다. 열 시 앞뒤로 30분씩, 업무 인수인계 한 시간을 벌 수 있다는 계산이었다.

착한 사마리아인의 두상에 채 녹지 않은 눈이 희게 쌓여 있었다. 착한 사마리아인의 어깨에도 무릎에도 물주머니에도 채 녹지 않은 눈이 희게 쌓여 있었다. 그녀는 크림색 가죽 모자에 방수 파카 차림으로, 착한 사마리아인 석상 앞에 서 있었다.

"보여주고 싶다는 게 뭐예요?"

내가 그녀에게 다가서며 물었다.

"가면서 얘기해요, 고양이가 잠들어버릴지도 모르니까."

그녀가 급히 돌아서며 말했다. 고양이? 고양이가 잠들다니?

그녀와 나는 이야기를 나누며, 잰걸음으로 신관 모퉁이를 돌아 체력단련장 스탠드 뒤편 길을 따라 올라갔다. 그녀의 걸음은 뒤쫓기 어려울 만치 빨랐다. 병원 여기저기서 우연히 내 앞을 지나칠 때보다도 더 빨랐다. 꼭 뭔가를 바삐 뒤쫓고 있는 사람의 걸음걸이처럼. 나는 그녀에게 바싹 붙어 걷기 위해, 몇 걸음 뒤처지면 말소리가 제대로 들리지 않았으므로, 거의 뛰다시피 해야 했다.

선애 씨는 나지막하지만 거친 숨을 몰아쉬며 이야기를 시작했다. 거기 어딘가에 고양이가 살고 있어요, 그녀는 그렇게 운을 뗐다.

전혀 뜻밖의 얘기였다. 그녀가 보여주겠다는 그 뭔가는 고양이였다. 도서관 창밖의 생선 가시처럼 기숙사 지하층의 고양이였다.

10여 년 전의 도서관 소년처럼…… 그녀도 뭔가 보고 있었던 것이다. 기숙사 지하층에서, 도서관 창밖에서가 아니라.

"그걸 딱히 뭐라 불러야 할지 모르겠어요."

그녀가 약간 걸음을 늦추면서 고개를 갸웃했다. 어쨌거나 고양이는 아니에요.

"고양이와 비슷하거나, 고양이에 가까운 무엇이지."

딱히 뭐라 불러야 할지 몰라 생김새의 근사(近似)함만 따져, 지하층의 고양이라 부른다는 것이었다.

"이만해요."

그녀가 걷다 말고 두 팔을 동그랗게 말아 보였다. 축구공 두 개만 한 크기였다.

"아니, 이만한가?"

그녀가 지우개로 낙서를 지우는 것처럼 허공에 두 팔을 털었다가 다시 말아 보였다. 이번에는 축구공 세 개만 한 크기였다.

그녀는 또 말했다, 그 고양이를 가장 제대로 보려면 불빛이 전혀 없는 곳에서 봐야 한다고. 기숙사의 지하층 같은. 그 · 고 · 양 · 이 · 는 · 어 · 둠 · 속 · 에 · 서 · 가 · 장 · 잘 · 보 · 여 · 요, 그녀가 내 눈을 똑바로 올려다보며 한 자 한 자 강조해서 말했다.

알 수 없는 애기였다. 광선이 전혀 없는 장소에서 가장 잘 보이는 물체라니. '본다'는 것은, 빛에 의지한 것이 아니었나. 빛 한 줄기 없는데, 어떻게 볼까. 아리송한 애기였지만, 그녀는 곧 이유를 달았다. 왜냐하면…… 그 고양이는 어둠보다 더 어둡다는 애기였다. 빛 한 줄기 없는 어둠보다 더 어둡기 때문에, 어둠 속에서 봐야 가장 잘 보인다는 애기였다.

어둠보다 더 어둡다? 더 아리송한 애기였지만, 어쩐지 귀에는 설지 않은 애기였다. 들어본 적 있는 애기였다. 어떤 한 어둠이 주위의 어둠보다 더 어두우려면, 밀도와 중량이 주위보다 더 커지면 된다. 아니 더 커지는 정도가 아니라, 주위의 온갖 것(빛, 에너지, 물질, 입자 등등)을 죄다 빨아들여 왕창 삼켜버릴 만치 무한대로 커지면 된다. 물리학의 상식이었다. '블랙홀(black hole)'을 애기하는 것이다.

나는 숨을 할딱이며 물었다, 블랙홀 애기냐고. 그러자 그녀는 갑자기 걸음을 딱 멈추더니, 이렇게 나지막하게 으르렁거렸다.

"고양이라니까요! 블랙홀이 병원 기숙사 지하층에 숨어 산다는 애기 들어봤어요?"

어쨌거나, 그 고양이는 얼마나 새까만지 어둠 속에서 봐야 가장 잘 보인다는 것이 그녀 얘기의 요점이었다. 얼마나 새까매야, 빛 한 줄기 없는 곳에서 가장 잘 보이는 걸까.

나는 뛰다시피 하면서 생각했다, 그런 고양이는 있을 수 없어. 바보 같은 얘기야. 지하층의 고양이 얘기는, 도서관 창밖의 생선 가시 얘기만큼이나 바보 같았다. 하지만 생선 가시 얘기만큼이나 바보 같았기 때문에, 나는 아무 대꾸도 할 수 없었다. 나 자신이 그 바보 같은 얘기의 일부이기 때문에.

"그럼……."

내가 물었다.

"잠들까 봐 걱정하는 건 또 왜 그래요?"

"잠들면……."

그녀가 대답했다.

"눈을 감아버리잖아요."

그녀 얘기는, 나처럼 어둠보다 더 어두운 고양이에 익숙지 않은 사람은 고양이를 쉽게 알아볼 수 없을 거라는 것이었다. 고양이가 코앞에 웅크리고 있더라도. 그 대신 눈을 보고 알 수 있다는 것이었다. 고양이에겐 여느 고양이처럼 눈이 두 개 붙어 있는데,

그 눈만큼은 각막염 환자라도 감지할 수 있으리만치 환하고 밝다는 것이었다.

그러니까…… 시간이 너무 늦어 고양이가 잠들어버리면, 그 환하고 밝은 눈을 감아버릴 테고(눈 뜨고 자는 고양이는 없을 테니까), 그러면 내가 못 볼 수도 있다는 얘기였다.

"그러니까……."

그녀가 덧붙였다.

"눈이라도 없으면 어떻게 알아보겠어요? 그냥 어둠에도 익숙지 못한 사람이 어둠보다 더 어두운 것을, 어떻게 한눈에 알아보겠어요?"

정신없이 얘기를 주고받으며 선애 씨 뒤를 쫓다 보니, 어느새 목적한 곳에 다 와 있었다. 체력단련장 뒤편 길, 끝에 있는 컨테이너 하우스 앞이었다. 내과 중환자실 보호자 대기실이에요, 그녀가 나직한 목소리로 속삭였다. 컨테이너 옆면에 뚫어놓은 환기창으로 백열등 불빛이 흘러나오고 있었다. 기숙사는 컨테이너 하우스 건너편이에요, 보이죠? 그녀가 다시 속삭였다.

기숙사는 컨테이너 하우스 건너편에 있었다. 잿빛의 4층 건물이었다. 아담했다. 사방이 병원 건물인데도 어쩐지, 외따로 떨어져 있는 듯한 분위기를 풍기는 건물이었다. 방 수는 한 스물다섯 개쯤? 그녀는 4층이긴 하지만 길이와 폭이 짧고 좁아 방은 얼마 되지 않는다고 했다. 4층 건물의 창문들은 한결같이 그녀가 방금 들려준 고양이 빛깔이 저렇지 않을까 싶으리만치 새까맸다. 그녀 말처럼, 성탄절 전날 밤엔 기숙사 전체가 텅 비는 모양이었다.

그녀와 나는 기숙사 건물의 뒤편으로 돌아갔다.

"어둠과 친해져봐요."

그녀가 말했다.

찰칵, 하고 뒷문이 열렸다.

선애 씨와 나는 지하층 보일러실 앞에 서 있었다. 그녀와 나는 뒷문 안쪽으로 한 발 들여놓자마자 1층 모퉁이의 층계를 타고 지하층까지 한달음에 뛰어 내려왔다. 시멘트 마감이 싸늘하게 드러나 있는 냉랭한 장소였다. 2인용 소파 서너 개쯤 들여놓을 수 있을 만한 텅 빈 공간이었다.

그녀 손엔 외과용 손전등이 들려 있었다. 의사들이 호주머니에 넣고 다니며 환자의 동공을 비춰보곤 하는 만년필 크기의. 그녀는 그 외과용 손전등을 이리저리 빠르게 휘저었다. 철문 두 개가 나란히 서 있었다. 철문 하나엔 '보일러실'이라 쓴 아크릴 판이 붙어 있었다. 나머지 철문엔 아무런 표시도 없었다.

"시간이 없어요. 고양이가 잠들지도 몰라요."

아까와 같은 걱정이었다. 하지만 목소리가 달랐다. 이번에 그녀가 낸 목소리는 탁하게 갈라진 목소리였다. 위축된 목소리였다.

혀뿌리가 무거운 쇠구슬 추 같은 것으로 꼼짝없이 눌린 듯한 목소리였다. 그녀는 왼편 철문에 바싹 다가가 멈춰 섰다. 그러더니 손전등을 입에 물고, 코트 주머니에서 반짝이는 것을 꺼내 들었다.

왼편, 아무것도 쓰여 있지 않은 철문을 열자 곰팡내가 훅 끼쳤다. 지하층이라 손전등 빛이 없다면 제 콧등도 보이지 않으리만치 깜깜했다. 얼마나 깜깜한지 어둠에서 질감이 느껴질 정도였다. 선애 씨가 말한 어둠보다 더 어둡다는 것이 이런 걸까. 손전등 빛이 닿은 자리가 환해지고 밝아진다는 느낌보다는, 빛으로 드릴질을 한 것처럼, 구멍이 파여 뚫렸다는 느낌이 먼저 왔다.

그녀가 휘젓는 손전등 빛을 따라, 천장을 얼키설키 가로지른 강관(鋼管)들이 보였다. 누런 먼지가, 거미줄들과 함께 늘어져 있었다. 강관들은 옆방 쪽 벽에서 튀어나와 천장 어딘가로 사라지고 있었다. 바닥 어디쯤에 덩그러니 냉장고가 하나 놓여 있었다. 코팅이 누렇게 찌든 2단짜리 냉장고였다. 구석 한편엔 내 키만큼 높다랗게 침대 시트들이 쌓여 있었다. 퍼렇고 새카만 곰팡이들이 잔뜩 피어 있었다.

그 외엔 이렇다 할 만한 게 없었다. 구겨진 우유갑, 비닐봉지, 담배꽁초……. 갑자기, 어둠 여기저기에 구멍을 뚫던 손전등 빛이 사라졌다. 그녀가 손전등을 꺼버린 것이다. 인색하게나마 제 콧등이라도 확인할 수 있게 해주던 유일한 빛이 사라져버린 순간이었다.

그러리라 짐작하고 있었으면서도 나는 당황했다. 그녀 말처럼 나는 그냥 어둠에도 익숙지 못한 사람이었다.

"자……."

내가 어디를 향해랄 것도 없이 중얼거렸다.

"이제부터 뭔갈 찾아내는 겁니까? 어둠보다 더 어두운 것을?"

"예."

어디선가 그녀의 탁하고 단호한 목소리가 들려왔다. 그녀가 어디쯤 있는지, 위치를 가늠하기 어려웠다.

그녀의 목소리가 나지막이 어둠을 타고 울렸다.

"잘 지켜봐요. 언제 고양이 눈이 나타날지 모르니까."

나는 잘 지켜보고 있었다. 나는 제 콧등도 보이지 않는 곳에 뻣뻣이 버티고 서 잘 지켜보고 있었다. 뻣뻣이 긴장한 채로 제 콧등도 보이지 않는 어둠 어딘가를 노려보고 있었다. 시간이 얼마나 흘렀을까, 몇 분쯤? 10분 넘게? 나는 차츰 지루해졌다. 긴장한 탓인지 골치가 아파 오고, 뻣뻣이 굳은 무릎이 쑤실 정도였다. 선애 씨가 말한 환하고 밝은 쪼그만 고양이 눈의 안광은 나타나지 않았다. 그녀는 사실 지켜볼 수 없는 곳에서 '지켜보란' 주문을 하고 있었다. 나는 '지켜보기'는커녕, 내가 지금 눈을 뜨고 있는지 감고 있는지조차도 잘 알 수 없었다.

"아."

나는 아, 했다.

"이제 그만해요."

선애 씨는 불을 켰다. 백열등 스위치는 철문 바로 옆에 있었다. 그녀는 불을 켜고 문이 잘 잠겨 말소리가 밖으로 새어나가지 않나 확인한 다음, 버려져 있던 신문지 몇 장을 주워 와 바닥에 깔았다.

그녀와 나는 신문지 위에 나란히 어깨를 붙이고 쪼그려 앉았다.

"미안해요."

그녀 목소리가 지하층의 텅 빈 방을 울렸다. 천장의 백열등 불빛이, 그녀의 그림자를 더욱 웅크린 것으로 보이게 만들었다.

"이건 미안해할 일이 아닌 것 같은데요?"

내가 웃으며 말했다. 오늘은 고양이가 일찍 잠자리에 들었나 보네요.

"아……."

그녀가 졸려 반쯤 감긴 내 두 눈을 가만히 올려다보며 미소 지었다.

"그랬나 봐요. 고양이가 벌써 눈을 감았나 봐요."

그녀의 목소리가 지하층의 텅 빈 방을 나지막이 울리기 시작했다. 그녀는 이 지하층의 고양이를 어떻게 처음 보게 되었는지 얘기했다.

선애 씨가 고양이를 처음 본 건 재작년, 그러니까 1994년 이맘때의 일이었다. 그해 11월 끝 주와 12월 끝 주까지 근 다섯 주 동안, 그녀가 일하는 신경외과 중환자실에선 사람들이 많이 '실려 나갔다'.

11월의 끝 주부터 12월 끝 주까지 한 주에 환자가 다섯 명씩 실려 나갔다.

물론 치료받던 환자가 실려 나가는 건 늘 있고, 다반사였다. 늘 있는 일이었지만, 그래도 한 주에 다섯 명씩 몇 주나 계속해서 실려 나가는 경우는 흔한 일이 아니라고 했다.

그녀는 말했다.

"중환자실 창밖으로 폭설이 보이지도 않았는데, 죽더라고요."

이 병원 중환자실엔, 창밖으로 폭설이 보이면 환자가 죽는다는 징크스가 있다는 것이었다. 하지만 그해의 11월 끝 주부터

12월 끝 주에 이르는 기간은 특별한 기간이었다. 폭설이 창밖에 보이건 보이지 않건, '마구'라는 표현이 옳게 들릴 만치 실려 나갔다. 침대가 비워지면, 그날로 다른 환자가 실려 와 그 위에 눕고, 하루이틀 후에 다시 실려 나가곤 했다.

그녀가 근무한 지 5년째 되던 해였다. 5년이면, 베테랑 소리는 못 들어도 중환자실에서 벌어지는 일들에 당황하진 않는다. 환자의 죽음도 더 이상 추상적으로 받아들이지 않는다. 근무 년수 5년째인 그녀에게 환자의 죽음이란…… 시트를 이마 끝까지 덮어씌워야 할 필요가 있는 무엇, 대기실의 보호자에게 알려야 할 필요가 있는 무엇, 안치실에 일거리가 생겼다고 연락해야 할 필요가 있는 무엇, 서류를 작성하고 다음 근무조에게 보고해야 할 필요가 있는 무엇, 보호자가 위로를 필요로 하면 나중에 문제가 생기지 않을 선에서 위로의 말을 건네야 하는, 그 무엇이었다.

이제 환자를 앞에 두고 바늘 끝이 떨리거나 삽관을 하다 손을 떼고 뒤로 물러서는 소동은 벌이지 않는다.

하지만 1994년 11월 끝 주부터 12월 끝 주에 이르는 기간은, 유별난 기간이었다. 그녀는 신경이 예민해지지 않을 수 없었다.

손끝에서 바늘이 파르르 떨리고, 삽관을 하다 갑자기 손을 떼는 바람에 수간호사에게 불려가기도 했다.

그러다 12월 29일이 되었다. 목요일이었고, 창밖으로 폭설이 보였다. 오후 근무를 끝내고 기숙사로 돌아가는 길이었다. 아까 나와 함께 갔던 그 길을 가고 있었다. 그녀는 체력단련장 스탠드 뒤편 길을 지나 컨테이너 하우스 앞에 이르렀다. 고양이를 본 것은 그때, 그 길에서였다.

기숙사 건물 잿빛 담벼락 아래, 고양이가 웅크리고 앉아 있더라는 것이다.

처음에 그녀는 그것이 고양이인 줄 몰랐다고 했다. 그녀는 그것을 그냥, 잿빛 담벼락에 붙어 있는 까만 것으로 보았다고 했다. 잿빛 담벼락에 까맣게 드리워진 그늘, 눈 녹은 물로 더 잿빛이 된 담벼락의 일부, 누군가 버린 까만 쓰레기봉투, 그럴 리는 없지만 누군가 벗어 둔 까만 외투…….

고양이인 줄 몰랐다고 했다.

그녀는 별다른 것이라 생각지 않고 걸음을 계속 옮겼다. 그런데, 한 발짝 한 발짝 가까워 올수록 그것이 달라져 보이더라는 것이다. 그늘도, 담벼락의 일부도, 쓰레기봉투도, 까만 외투도 아니더라는 것이다. 갑자기 그것의 정체가 궁금해지기 시작했다. 그것의 정체에 신경이 쏠리기 시작했다. 그녀는 그것과 열 발짝 정도 거리를 두고 걸음을 멈춰 섰다. 그리고 스스로에게 물었다.

'저게 뭘까?'

그것에선 우선, 양감이 느껴졌다. 두꺼워 보였다. 둥근 형체였다. 축구공 두 개나 세 개쯤 되는 크기였다. 두껍고 둥글었다. 질감도 느껴졌다. 그것의 표면에 무언가 길쭉하니, 삐쭉삐쭉 솟아나 있었다. 길쭉하니, 삐쭉삐쭉 솟아난 것들로 그것의 표면이 까맣게 덮여 있었다.

'저건 털실을 말아놓은 공이야.'

그것과 열 발짝 정도 거리를 두고 엉거주춤 선 그녀는 생각했다.

'털실 공이 정말, 크기도 크구나.'

그러다 소름이 쫙 끼쳤다. 암만 봐도 그건, 털실 공이 아니었다. 털실 공이 아니라, 사람 가발 같았다. 새까만 머리털들이 촘촘히 박힌, 손질하지 않아 가닥들이 엉망으로 뒤엉킨. 그날도 환자 하나가 실려 나갔다. 교통사고로, 빗장뼈 아래로 신체 기능이 정지된 여자 환자였다. 그 여자는 아름다운 흑발을 갖고 있었다. 그 흑발이 떠올랐다.

'아.'

아, 하고 놀란 선애 씨의 입이 벌어졌다.

하지만 그럴 리 없었다. 신경이 예민해져서 떠오른 터무니없는 공상이었다. 그런 데 가발을 놓고 다닐 사람을 상상키 어려웠다. 그녀는 피식, 웃었다. 내가 미쳤나 봐, 하고.

놀랄 일은 잠시 후 벌어졌다. 그것에서 갑자기, 환하고 밝은 빛 두 개가 나타났다. 어두운 곳이면 하얗게 빛나곤 하는, 짐승의 눈 같았다. 짐승의 안광이었다. 그녀의 입은 더 크게 벌어졌다. 빛 두 개가 깜빡이기 시작한 것이다.

그러더니 축구공 두 개나 세 개쯤 되어 보이는 크기의 그것이 움직이기 시작했다. 꿈틀대더니, 담벼락을 따라 아주 조금, 자리를 옮겨 앉았다. 표면에 나 있던 그 까맣고 촘촘한 털들이 하느작거렸다. 어둠 속에서 하느작하느작거렸다.

'아.'

그녀는 다시 아, 했다. 고양이라는 생각은, 그때 든 것이었다. 키워본 적은 없지만 늘 보곤 하는 낯익은 짐승이 고양이였다. 이 병원에도, 쓰레기 더미를 뒤지며 살아가는 고양이들이 있었다. 그녀는 생각했다, 뭐야 고양이잖아. 새까만 고양이.

'정말 뚱뚱한 고양이로군.'

그녀는 중얼거렸다. 얼마나 뚱뚱한지 그것은 이제, 축구공처럼 굴러가기 시작했다. 기숙사 뒷문 쪽으로. 아까 그녀와 내가 거쳐 왔던 그 뒷문이다. 그녀는 그럴 생각도 없었는데, 그것의 뒤를 쫓기 시작했다.

기숙사 뒷문은 잠겨 있었다. 고양이는 잠겨 있는 문의 틈새로 사라지고 있었다. 축구공 두 개나 세 개쯤 되는 크기의 그 새까만 고양이는 문과 문틀 새로, 스며들듯 사라지고 있었다.

'아.'

그녀의 입은 더 크게, 아예 활짝 벌어졌다. 문과 문틀 사이의 틈은 사실, 거의 존재하지 않는다고 해야 할 것이었다. 문을 여닫을 때 소리가 나지 않도록, 그리고 안쪽의 온기가 빠져나가지 않도록, 문과 문틀이 맞닿는 자리에 방화 스펀지가 대 있기 때문이다. 그곳으로 바람이나 빛조차 새 들어오지 않았다. 그러니 틈새라고 부를 수도 없었다. 고양이가 들락거릴 틈은 존재하지 않았다.

하지만 어쨌거나, 그녀의 눈앞에서 고양이는 사라지고 있었다. 스며들듯, 문 안쪽으로 사라지고 있었다. 고양이가 문 안쪽으로 완전히 자취를 감추자, 그녀는 고양이 뒤를 쫓아 뒷문 앞으로 갔다. 그리고 조심스레 뒷문 손잡이로 손을 뻗었다. 손잡이를 돌리자 찰칵, 소리가 났다. 확실히, 뒷문은 잠겨 있었다. 놀라 입이 활짝 벌어진 그녀가 뒷문 안쪽으로 한 발짝 들여놓았을 때, 고양이가 보였다. 확실히, 고양이는 거기 있었다.

고양이는 문 안쪽, 바닥에 깔린 붉은 융단 위에 웅크리고 앉아 있었다.

'아.'

그녀는 이제, 자기 입이 벌어져 있다는 것도 의식하지 못할 만큼 얼이 빠져 있었다. 그럴 리가 없었다. 그럴 리가 없는 일이 그녀 눈앞에서 벌어지고 있었다. 그녀는 생각했다, 이건 옳지 않은 일이야.

'이건 그릇된 일이야, 그릇돼도 한참 그릇된 일이야.'

옳지 않은 일, 그릇된 일은 계속됐다. 고양이는 다시 굴러가기 시작했다. 아까 그녀와 내가 했던 대로, 1층 모퉁이의 계단을 타고 지하층으로 굴러 내려갔다. 지금 그녀와 내가 있는 이

지하층으로. 그녀도 얼빠진 채로 뒤쫓았다. 그리고 뒷문을 통과할 때와 똑같은 일이 벌어졌다. 보일러실 옆의 아무 표시도 되어 있지 않은 철문의 틈새로, 스며들듯 사라진 것이다.

열쇠가 없어서 철문 안쪽까진 뒤쫓지 못했어도, 확실히 그건 그 틈새 안쪽으로 사라졌다. 지금 그녀와 내가 신문지를 깔고 나란히 앉아 있는 이 방으로.

그것의 정체가 궁금했던 그녀는 며칠 후, 지하층 이 방의 열쇠를 구해 한 벌 복사했다. 다시 마주치면, 끝까지 뒤쫓을 생각이었다. 해가 넘어가고, 몇 달이 지나서, 그것과 그녀는 다시 마주쳤다. 그녀는 지하층의 이 방까지 그것의 뒤를 쫓았다.

그렇게 해서 그녀는 그것에 대해 몇 가지 사실을 더 알아냈다. 첫째, 그것은 지하층 보일러실 옆방에 산다. 둘째, 그것은 잠을 잔다. 셋째, 그것은 어둠보다 더 어둡기 때문에 빛 한 줄기 없는 어둠 속에서 가장 잘 보인다.

생선 가시 얘기만큼이나 바보 같은 얘기였다.

"내게 보여주고 싶다는 게 그거였군요."

두 팔로 무릎을 감싸 안으면서 내가 말했다. 엉덩이가 시려

왔다.

"예, 아쉽게 됐지만."

선애 씨가 무릎 새에 이마를 묻으며 혼잣말처럼 중얼거렸다.

"그건 어떻게 웁니까?"

내가, 진짜 고양이의 야옹야옹 소리를 떠올리며 물었다.

"울지 않아요. 우는 건 한 번도 못 봤어요. 그건 그냥 조용히 웅크리고 앉아서 날 똑바로 쳐다보기만 해요."

그녀가 한 자 한 자, 똑똑 끊어 답했다.

고양이와 마주치는 일은 그 한 번으로 끝나지 않았다. 고양이는 1994년의 이맘때쯤 그녀 앞에 나타나기 시작해서 올해 1996년의 바로 며칠 전까지, 곧잘이라 해도 좋을 만치 그녀 앞을 '굴러다녔다'. 처음 한두 번 보았을 때까지만 해도 그녀는 그 고양이를 그저 그것, 그 새까만 것으로 불렀다.

그러다 마주치는 횟수가 더해가고 그것의 생김생김을 살필 기회가 많아지자, 그녀는 마침내 그것을 고양이라 부르기 시작했다.

물론 고양이는 아니었다. 그건 고양이가 아니라 고양이에 가까운, 막연한 어떤 것이었다. 그것의 정체가 정말 무엇인지는 그녀도 몰랐다.

"누구한테 이 얘기 들려준 적 있어요?"

내가 정말 궁금해서 물었다.

"아뇨."

그녀가 웃기지 말라는 투로 아뇨, 했다. 고양이 얘길 들려준 사람은 지난 3년 동안, 내가 처음이라는 것이었다. 3년 동안 그것에 대해 입 꾹 다물고 있었다는 건 이해할 수 있는 일이었다. 그녀도 '너 쪼다야?' 소리를 듣기 싫었던 것이었다.

"답답해서 어떻게 참았어요?"

내가, 생선 가시와 관련된 내 처지를 떠올리며 다시 물었다.

그녀는 답답하긴 뭐가 답답하냐고 되물었다. 그 정도가 답답하면 도대체 중환자실에서 어떻게 근무하겠냐란 얘기였다. 어떻게 5, 6년씩 장기로 버텼겠냐란 얘기였다.

벌써 열두 시 반이었다. 엉덩이는 이제 시리다 못 해 아팠다. 오줌이 마려웠다.

"선애 씨는 그것의 정체가 뭐라고 생각해요?"

그에 대한 그녀의 대답은 간단했다.

"고양이에 가까운 어떤 거요."

선애 씨도 엉덩이가 시린 모양이었다. 그녀는 엉덩이를 이리 틀었다 저리 틀었다 하고 있었다. 그녀도 내게 물었다.

"도서관 창밖에 나타났다는 그것의 정체가 뭐라고 생각해요?"

그에 대한 내 대답도 간단했다.

"생선 가시에 가까운 어떤 거요."

그러고 나서 우리는 기운 없이 깔깔거렸다. 얼마나 추운지 턱이 다 달달 떨릴 정도였다. 어디선가 냉기가 스며들고 있었다.

우리 둘의 말소리가 거의 동시에 냉랭한 지하층 방을 울렸다.

"고양이가 왜 자꾸 내 앞에 나타나는 걸까요?"

"생선 가시가 왜 자꾸 내 앞에 나타나는 걸까요?"

우리는 다시 깔깔, 했지만 그 깔깔은 침울한 깔깔이었다.

선애 씨와 나는 자리를 털고 일어났다. 한 시에 가까운 시간이었다.

"성탄절을 이렇게 보내게 해서 어째요?"

그녀가 미안하다는 투로 말했다.

나는 아니 천만에요, 라고 고개를 저었다. 스물 몇 해를 살면서 성탄절이 이렇게 재밌긴 처음이었다. 아주 어렸을 때 성탄절 아침에 일어나보니 내 머리맡에 초콜릿 과자 세트가 놓여 있던 그해는 빼고.

"정신과 상담을 받아볼까 봐요."

그녀가 백열등 스위치에 손을 올리며 침울한 목소리로 중얼거렸다.

위로가 필요한 순간이었다. 나는 할 말을 찾느라 잠시 머뭇거렸다. 적당한 말이 떠오르지 않았다. 내 경우를 빌리자면 그건 온전히 고양이와 그녀, 둘 사이의 일이었다. 그러니 그건 그 둘이서 알아서 해결해야만 하는 일이었다. 나는 말을 하는 대신에 입을 꼭 다물어버렸다.

딸깍, 하고 스위치 내리는 소리가 들렸다. 지하층 방은, 처음 들어왔을 때와 같이, 제 콧등도 보이지 않을 만큼 깜깜해졌다.

나는 대충 감을 잡아 철문 쪽으로 돌아섰다. 불빛이 있을 땐 겨우 몇 발짝이던 거리가, 수십 발짝이나 되는 것처럼 느껴졌다. 그렇지만 아까처럼 허둥대지는 않았다. 그녀 말처럼 그새 어둠과 친해진 것일까.

선애 씨는 내가 나오길 기다리며 철문 앞 어디쯤에 서 있었다. 방수 파카 주머니를 뒤지는 듯한 부스럭 소리가 났다. 아 미안, 하고 그녀가 말했다.

“깜빡했어요. 플래시를 켤게요.”

나는 철문을 더듬고 있었다. 까슬까슬 보풀처럼 일어난 녹이 만져졌다. 그녀와 몇 발짝 떨어지지 않은 가까운 자리였다.

그때였다. 내가 철문을 더듬고 있는데 앞쪽에서 문득 아, 소리가 났다.

“아.”

그녀가 아, 하고 낮은 탄식을 지르고 있었다. 아, 소리는 그녀에게나 나에게나, 놀라 입이 벌어질 때 저도 모르게 터져 나오곤 하는 것이었다.

나도 덩달아 놀랐다. 나는 더듬던 손을 멈추고 움찔했다. 손 같은 것이 내 어깨에 와 닿았다. 그녀의 목소리가 내 뺨, 바로 앞에서 울렸다. 내 시린 뺨에, 가벼운 온기 같은 것이 묻어졌다.

"나타났어요."

"예?"

나도 모르게 고개를 돌렸다. 돌리긴 했지만, 내 두 눈이 어디쯤을 향하고 있는지는 알 수 없었다. 그녀는 방금 나·타·났·어·요, 하고 말했다. 고양이? 고양이가? 나는 되는대로 고개를 휘저었다. 눈에 띄는 건 없었다. 보·이·지·않·아·요? 그녀의 탁한 목소리가 다시 내 뺨 가까이서 울렸다.

몇 초인가, 시간이 흘렀다. 보이는 건 여전히 없었다. 아무것도 없었다. 그녀의 목소리는 이 지하층 방에 들어오기 직전의 그 탁하게 갈라진 목소리로 돌아가 있었다. 쇠구슬 추 같은 것으로 혀뿌리가 단단히 억눌려 있는 듯한 목소리였다.

"아."

다시 그녀의 목소리가 들렸다. 하지만 그건, 나타났어요, 봐요, 하는 식의 나를 향한 목소리가 아니었다.

"도망칠 생각은 하지 않는 게 좋아."

그녀 목소리는 다른 곳을 향해 있었다.

"네가 어딨는지, 어디서 뭘 하는지 난 다 알고 있어."

나는 혼란스러워졌다. 그녀와 나 둘뿐인 세상에서, 내가 볼 수도 이해할 수도 없는 일이 지금 벌어지고 있었다.

"내게서 빠져나갈 수 있다고 생각하고 있다면 정말 실수하는 거야."

그녀는 독백하는 게 아니었다. 그녀 목소리에는 대화하려는 의지 같은 게 담겨 있었다. 그 의지가 어딜 향한 의지인지는 알 수 없었다. 어쨌거나 나를 향한 의지는 아니었다.

"넌 내게서 도망칠 수 있다고 생각하겠지."

그녀 목소리는 이제, 내가 선 자리에서 한 발짝 앞선 곳에서 울리고 있었다. 어느 틈엔지 그녀는 백열등 스위치가 있는 자리에서 내 앞쪽 자리로 나아가 있었다.

"이 병원은 바닥이 뻔해. 넌 내 손바닥 안에 있어."

그녀의 목소리는 이제, 내가 선 자리에서 몇 발짝 앞선 곳에서 울리고 있었다. 그녀는 계속 앞으로 나아가고 있었다.

"넌 내게서 도망칠 수 없어!"

그녀는 이제 소리 지르고 있었다. 나는 무엇이든 조치가 있어야겠다고 생각했다. 나는 손을 뻗어 내 뒤쪽의 벽을 훑었다. 아주 잠깐 사이의 일이었다. 내 손가락에 백열등 스위치가 걸렸다. 그와 동시에 내 몇 발짝 앞에서, 육중한 어떤 것이 콘크리트 바닥과 세게 부딪치는 듯한 소리가 들렸다.

"쿵, 짝."

쿵, 소리와 짝, 소리였다.

나는 딸깍, 하고 백열등 스위치를 올렸다.

선애 씨가 바닥에 엎어져 있었다. 두 손과 두 무릎을 바닥에 대고, 고개를 바닥 쪽으로 수그리고 있었다.

백열등 불빛 아래 드러난 그 광경에 나는 다시 아, 했다. 나는 놀랐다. 그녀는 뭘 하고 있는 걸까.

"놓쳤어, 칫!"

그녀가 크게 낭패했다는 투로 소리 질렀다. 그러곤 벌떡 일어나, 내 쪽으론 눈길 한 번 주지 않고 지하층 밖으로 후다닥 뛰쳐나갔다. 무섭게 뛰쳐나갔다. 그녀 얼굴 표정엔, 일종의 투지 같은 게 어려 있었다. 내 코앞을 스치듯 뛰어 지나갈 때 잠깐 본 것뿐이지만, 그녀의 얼굴 표정엔 투지 같은 게 어려 있었다. 그 투지가 어딜 향한 투지인지는, 그 순간엔 짐작할 수조차 없었다. 나와 그녀 둘뿐인 이 지하층에서, 무엇을 향한 투지인지 알 수 없었다. 어쨌거나 나를 향한 투지는 아니었다. 지하층 빈방을 무섭게 뛰쳐나가는 그녀의 걸음걸이는 꼭, 무언가를 바삐 뒤쫓는 사람의 걸음걸이 같았다.

선애 씨, 하고 부르려 했지만 입이 다물어지지 않았다. 나는 어렸을 때부터 한번 벌어진 입을 좀처럼 다물지 못했다. 나는 그녀를 소리쳐 부르는 대신, 그녀 뒤를 쫓아 지하층 밖으로 뛰어나갔다.

1층 모퉁이 층계를 타고 올라와 막 뒷문을 향해 뛰고 있는데, 뒤쪽에서 이런 외침이 들려왔다.

"어머, 남자야!"

기숙사 밖 저쪽에서, 그녀의 크림빛 가죽 모자가 보였다. 그녀는 컨테이너 하우스 옆길을 내달리고 있었다.

나는 선애 씨 뒤를 쫓아 계속 뛰었다. 그녀의 크림빛 가죽 모자를 쫓아 컨테이너 하우스를 지나치고, 체력단련장 뒤편 스탠드를 지나치고, 조깅 트랙을 지나치고, 신관과 병원 마당이 만나는 모퉁이를 지나쳤다. 그녀의 키는 1미터 60센티미터쯤 되었다. 내 키보다 10센티미터쯤 작았다. 하지만 나는 그런 그녀와의 거리를 좁힐 수가 없었다. 숨이 턱까지 차도록 뛰는데도 그녀를 따라잡을 수가 없었다. 내 뜀박질 속도는 그리 느린 편이 아니었다.

그녀가 너무 빨랐던 탓이다. 그녀는 글자 그대로, 날아다니고 있었다.

어슴푸레 파란색 방수도료가 칠해진 착한 사마리아인 석상이 보였다. 병원 마당의 분수대 가운데 세워진 석상이었다. 나는 뛰기를 멈추었다. 나는 숨을 고르며 그저 조금 빠르다 싶을 정도의 속도로, 조깅 트랙에서 병원 마당으로 이어지는 콘크리트 보도를 걸었다. 그녀의 크림빛 가죽 모자가 분수대 석상 뒤편에서 사라졌다 나타났다 하고 있었다.

그건 이상한 광경이었다.

나는 병원 마당 석상이 올려다보이는 어디쯤에 우두커니 서서 선애 씨가 하는 양을 보고 있었다. 그녀는 병원 바깥으로 나가지만 않았지 여전히 내달리고 있었다. 병원 마당은 광장이라 해도 좋을 만치 시원스레 넓었다. 텅 비어 있었다. 날씨가 추운 데다, 자정이 넘은 시간이라 그런지 그녀와 나 말고는 돌아다니는 사람은 눈에 띄지 않았다.

나는 석상이 올려다보이는 어디쯤에 우두커니 서 고개를 갸웃거리고 있었다. 나는 아, 했다. 그건 이상한 광경이었다.

그녀는 병원 마당을 이리저리, 이쪽저쪽, 여기저기로 뛰어다니고 있었다.

이리로 저리로, 이쪽으로 저쪽으로, 여기로 저기로, 내달리고 있었다. 그저 내달리고 있었다. 적어도 내가 보기엔, 그저 내달리고 내달리고 또 내달리고 있을 뿐이었다. 그녀의 할딱이는 숨소리가 멀리 내가 있는 곳까지 들려왔다.

저렇게 뛴 지 얼마나 됐을까, 참다못한 내가 그녀를 쫓아가 불러 세웠다.

"한 시 20분이에요."

내가 그녀의 팔뚝을 잡아 끌어당기며 말했다, 지치지도 않았어요?

그러자 선애 씨는, 다른 팔로 내 손을 쳐냈다.

"난 고양이를 잡아야 해요!"

나는 움찔했다. 나는 얼른 그녀의 팔뚝에서 손을 떼고 뒤로 주춤했다. 그녀의 목소리와 표정 때문이었다. 미안한 얘기지만 그 순간 그녀의 목소리와 표정은, 정신이 나가버린 사람의 그것과 그것이었다. 그녀가 쫓는 쪽엔 아무것도 없었다, 고양이든 고양이 눈이든.

선애 씨는 다시 내달리기 시작했다, 이리저리로 여기저기로.

그녀는 벌써 저 앞을 내달리고 있었지만 나는, 그녀가 내 손을 쳐냈을 때의 그 자세 그대로, 엉거주춤 옴짝달싹 못 하고 서 있었다. 너무 놀란 탓에, 그 자세 그대로 굳어버린 것이었다.

그녀는 이제 내달리다 말고 갑자기 바닥을 향해, 다이빙하듯 뛰어들고 있었다. 내달리다 말고 갑자기, 콘크리트 바닥으로 다이빙하고 있었다. 그녀의 무릎과 손바닥이 맨바닥과 얼마나 세게 부딪는지, 쿵짝 하는 소리가 여기까지 들릴 정도였다. 그녀는 그렇게, 아무것도 없는 맨바닥에 다이빙을 하더니 새된 목소리로 소리쳤다. 또 놓쳤어, 칫!

아까 지하층 방에서 백열등 스위치를 올렸을 때 내 눈앞에 펼쳐진 상황이 거의 똑같이 고집스레 되풀이되고 있었다.

"아."

나는 아, 했다. 그제야 뭔가 떠오르는 게 있었다. 성탄절 날 밤, 종합병원 마당 한가운데 우두커니 선 나는 속으로 이렇게 중얼거렸다.

'……선애 씨는 고양이를 뒤쫓고 있는 거야.'

'맨바닥에 다이빙하고 있는 게 아니야…… 덮치고 있는 거야, 고양이를.'

나는 또다시 중얼거렸다.

'선애 씨가 잡을 수 있을까, 고양이를?'

나는 담배를 피워 물었다. 선애 씨는 여전히 뛰어다니고 있었고, 내 머릿속도 갖가지 의문으로 여전히 복작거렸지만…… 이상하게도 내 마음만은, 그 순간 조용해지고 있었다. 고요해지고 있었다.

나는 고개를 들고 양 볼 가득 담배 연기를 물었다. 그리고 까만 밤하늘에 듬성듬성 박힌 하얀 별들 사이로 천천히 내뿜으며 이렇게 중얼거렸다.

"어쨌거나 참, 산뜻하고 조용한 밤이야."

나는 바지 주머니에 두 손을 찔러 넣고 마당을 가로질러…… 병원 정문 바깥으로 천천히 걸어 나갔다. 그렇게 해서 나는, 그녀가 얘기한 어둠보다 더 어두운 고양이를 보지 못하고 말았다.

*

해는 곧 바뀌었다. 1997년이 되었다.

1997년 2월의 어느 날, 선애 씨가 전화를 걸어왔다. 할 얘기가 있다는 것이었다.

작년 성탄절 밤의 그 소동에 대해서. 내가 먼저 전화할 수는 없는 노릇이었다. 〈화니와 알렉산더〉를 함께 보았을 때와 마찬가지의 경우였다. 나는 그녀가 그 소동에 대해 스스로 입을 열 결심이 설 때까지 조용히 기다려야 했다. 그녀가 먼저 전화할 때까지 기다려야 했다. 배려였다. 상대가 혹 입을지도 모를 마음의 상처에 대한 배려였다. 〈화니와 알렉산더〉 소동 후에, 그녀가 내게 베풀었던 그 배려였다.

그녀와 나는 2월의 어느 날 저녁 늦게 만났다. 여덟 시쯤. 병원 앞 커피숍에서. 나는 차도가 내려다보이는 창가에 앉아 있었다. 그녀가 교차로를 건너 이쪽으로 오는 게 보였다. 걸음걸이는 여전히 눈에 띄게 빨랐다. 꼭 무언가를 쫓고 있는 사람의 걸음걸이처럼. 아니, 더 빨라졌나……. 다른 보행인들이 횡단보도를 반쯤이나 건넜을까, 그녀는 이미 이쪽 보도의 연석에 한 발을 올려놓고 있었다.

짤막한 만남이었다. 그녀는 유자차를 시켰고, 나는 생강차를 시켰다. 이상하게도, 나눌 수 있는 이야기가 얼마 없었다. 우리는 그저 이것저것 얘기했다.

"여전히 중환자실?"

"여전히."

"아, 방 짝이 새로 왔어요."

"미국에는 갈 거예요?"

"계획은 98년이나 99년쯤인데, 가능할지 모르겠어요."

"하겠다고 해놓고 정말로 하는 사람들을 보면…… 무서워요."

"예?"

"무언가 하겠다고 장담하고 그걸 정말로 실천하는 사람들을 보면 두려워요."

"……."

"1년 열두 달 중에서 2월이 젤 싫어요. 가장 지저분할 때니까. 2월엔 나도 정말 서울을 떠나 있고 싶어요."

"병원에서 무서운 꿈을 꾸고 있어요. 인건비를 절감한다고, 3교대 근무를 2교대 근무로 전환한대요."

그녀와 나는 그저 이것저것 얘기했다. 그저 이것저것.

그러다 그녀가 드디어 성탄절 밤 소동에 대해 운을 뗐다. 그녀는 환히 미소 짓고 있었다. 근 2개월 만에 보는 환한 미소였다. 그녀가 환히 미소 지으며 말했다, 그날 집에는 잘 들어갔어요?

"아."

내가 아, 했다. 나는 말했다, 인사도 못 하고 가서 정말 미안해요. 성탄절 밤에 그녀를 병원 마당에 그냥 두고 간 게 마음에 걸렸다는 얘기였다. 내 마음 한 귀퉁이에 그녀를 거기 버리고 왔다는 죄책감 비슷한 게 있었다.

"감기라도 들지 않았나 걱정했어요."

"물론…… 감기는 들었죠."

나는 직업이 간호사인데 감기쯤이야 뭐, 했고 그녀는 잊어버리세요, 하고 재빨리 내 말을 잘라먹었다.

"예?"

"미안해요, 잊어버리세요. 잊어줬으면 좋겠어요, 그날 일은."

그날 밤 소동에 대한 설명을 듣는 데는 시간이 많이 걸리지 않았다. 지하층의 고양이 얘기는 이미 들어 알고 있었으니까. 새로운 얘기라고는 선애 씨의 걸음걸이가 왜 그리 빠른가, 하는 것뿐이었다. 그녀는 자기 걸음걸이가 왜 그리 빠른지 설명했고, 나는 고개를 끄덕였다. 짐작했던 대로였다. 내가 여기서 저기로 살짝 옮겨졌다고 느끼는 것이나 마찬가지의 경우였다. 그녀는, 1994년 겨울 기숙사 지하층에서 고양이를 보고 난 다음부터 빨라졌다고 했다.

"걷다 보면, 걸음걸이가 빨라져 있는 거예요."

그녀가 말했다, 꼭 무언가를 뒤쫓고 있는 사람처럼.

"바쁜 약속도 없고, 딱히 바삐 가야 할 곳도 없는데 말이에요. 그냥 걷다 보면 빨라져 있어요."

그녀는 그녀의 빨라진 걸음걸이를 이상히 여긴 친구들이 물으면 '난 지금 고양이를 뒤쫓고 있어'라고 농담처럼 답한다고 했다. 친구들은 그걸 진짜 농담으로 받아들인다고 했다.

난 내 걸음걸이 속도를 통제할 수 없어요, 그녀가 덧붙였다.

"그리고 내 걸음걸이는 갈수록 점점 더 빨라지고 있어요."

나는 고개를 끄덕였다. 그녀는 기숙사 지하층의 고양이로부터 일종의 선물을 받은 것이었다. 내가 도서관 창밖의 생선 가시로부터 뭔가 받은 것처럼.

"언젠가는 정말 날아다니게 될지도 몰라요."

그녀가 살짝 웃으며 농담했다. 하지만 그렇게 농담하는 그녀의 두 눈은 흐려져 있었다. 좀 전까지의 활기 넘치던 젊은 처녀의 눈빛이 아니었다. 작년 분수대 앞에서 우연히 보았던 수첩을 뒤적이던 사내의 눈빛을 떠올리게 하는 눈빛이었다. 아픈 사람의 눈빛이었다.

아홉 시 반이었다. 그녀가 중환자실 나이트 근무를 준비해야 할 시간이었다. 그녀는 일어나요, 하고 말했다. 그녀와 나는 커피숍 밖으로 나와 교차로 횡단보도에 섰다. 병원 앞에서 만날 때면 늘 그 횡단보도에서 헤어졌다.

나는 가로등 불빛 아래의 그녀를 찬찬히 살펴보며 생각했다. 이 여자는 특징이 없는 여자가 아니었어.

"엄살 떨긴 했지만…… 그렇게까지 나쁜 소식은 아니에요."

횡단보도를 건너가기 직전 그녀가 살짝 웃으며 말했다.

"그저, 다른 중환자실 간호사들보다 걸음걸이가 좀 빠른 것뿐이니까."

그녀다운 말이었다. 그녀에겐 내가 갖지 못한 희망이랄까 믿음이랄까 그런 게 있었다. 나는 보도 바깥으로 한 발 내려놓는 그녀를 향해, 내가 정말로 궁금하던 것을 물었다.

"왜 그걸 뒤쫓는 거죠?"

"글쎄요? 까닭을 안다면 벌써 고쳤지 않았겠어요?"

날 돌아보며 그녀가 말했다. 그녀는 덧붙였다, 그 정도 나쁜 소식은 누구나 듣고 사는 거 아니에요?

*

선애 씨는 잊어버리라고 했지만 쉬운 일이 아니었다. 1998년의 5월이 된 지금까지도.

기숙사 지하층의 고양이 말이다. 어쩐지 섀도드링커가 떠오르는 대목이었다. 십몇 년 전 도서관 사서는, 도서관 창밖의 생선 가시를 그렇게 불렀었다.

도시가 만들어낸 괴물이라고. 현대 대도시의 영을 받아 태어난, 서울과 같은 대도시 한가운데서 철근과 콘크리트와 유리의 영을 태반으로 해서 태어난 괴물이 섀도드링커라고. 사서는 말했다, 빌딩 숲 위를 날아다니면서 빌딩 숲의 영을 빨아 먹는단다, 빼앗아 먹는단다…….

빌딩들이 세월이 지날수록 점점 더러워지고 낡아가고 주저앉는 것은 모두 그 때문이란 얘기였다. 괴물에게 영을 빨아 먹혀 그리되는 거라고.

그녀는 그 고양이가 어디서 어떻게 태어났는지 그다지 궁금해하는 눈치가 아니었다. 뒤쫓고 잡는 데 온 신경이 팔려 있어서. 그녀의 병원은 아마도 1950년대, 한국전쟁 직후에 지어진 것이었다. 병원 마당이 그리 널찍한 것도 그 때문일 것이다(땅값이 쌌을 테니까). 도서관 사서는, 서울 같은 현대 대도시가 어느 정도 나이를 먹으면 그 자신의 전설을 갖게 된다고 했다. 그녀의 병원도 그 자신의 전설을 갖게 된 건 아닐까. 그만하면, 그 병원 건물에서도 전설상의 괴물 하나쯤 태어날 때가 되지 않았을까. 그녀 병원의 영을 태반으로 해서 태어난.

그래서 그녀 병원의 영을 빨아 먹고(고양이니까 아마도 핥아 먹고) 빼앗아 먹고 살아가는. 섀도드링커인가 뭔가 하는 것과 일족(一族)인.

누가 들어도 납득할 수 없고, 누가 들어도 정신 나간 얘기지만 어쩐지 내겐 그럴 듯해 보여, 하고 나는 테라스 창밖을 쳐다보며 생각했다.

더할 나위 없이 화창한 전형적인 봄 날씨였다. 꼭 책 같은 데서나 등장할 것 같은 날씨였고, 하늘이었다. 하늘은 너무나 투명해서, 그 위를 무엇이든 날아다닐 것 같았다.

……생선 가시든, 새도드링커든, 지하층의 고양이든.

나는 기분이 쾌활해진 끝에 그녀 병원 기숙사 지하층의 고양이에게 유머러스한 이름까지 지어주었다. 새도드링커란 이름을 지어주었던 도서관 사서의 표기법을 적용해서. '던전캣(dungeon cat)' 뭐 그쯤으로.

그렇다면 고양이가 핥아 먹고 사는 그녀 병원의 영은 어떤 것일까. 그녀가 고양이를 기숙사 앞에서 처음 보았을 때, 불현듯 이런 생각이 들지 않았을까?

'저걸 내가 뒤쫓아가 잡으면 어쩐지, 사람들이 그만 죽을 것 같아.'

이런 화창한 날씨에 미안한 얘기지만, 그녀 병원의 영은 아마도 고통과 죽음일 것이다. 고통과 죽음이 그녀 병원의 영이었을 것이다. 그리고 도서관 사서식으로 얘기하자면, 던전캣은 병원의 고통과 죽음을 핥아먹고 사는 괴물인 것이다.

도서관 사서식으로 얘기하자면 말이다.

'괴물을 쫓는 여자' 선애 씨와는 그 뒤로도 두어 번 더 만났다. 그 두어 번의 만남 동안 그녀와 나는 생강차(그녀는 유자차)를 마시거나 영화를 보거나 병원 근처 한강변 둔치를 산책하곤 했다. 만나거나 전화를 걸어서 수다도 가끔 떨었지만 그저 이것저것에 대해서일 뿐이었다. 우리는 우리가 보는 것들에 대해선 단 한 번도 화제에 올리지 않았다. 그녀는 내게 잊어버리라고 했고, 나는 정말 잊어버린 듯 행동했다.

그녀의 표현대로 참, 싱거운 만남들이었다.

그러다 어쩐 일인지 더는 만나지 않게 되었다. 다투거나 삐쳐서 더는 연락을 하지 않은 게 아니었다. 어쩌다 보니 그리된 것이었다. 그녀와 마지막으로 데이트한 날짜도 나는 정확히 기억하지 못한다. 우리는 그저, 그 정도 사이였다.

1997년 5월쯤에 한 번 만난 이후로, 1998년 5월의 오늘까지 근 1년이 다 되도록 그녀와는 안부 전화 한 통 없었다.

그리고 오늘 그녀 기숙사로 전화를 넣었을 때, 나는 이런 소식을 전해 들었다.

"선애 씨 방이죠? 선애 씨 부탁드립니다."

"……아, 아. 선애 언니, 그만뒀어요."

"……예?"

"……아, 아. 미국 갔어요."

선애 씨 기숙사 방 짝에 의하면, 그녀는 한국을 떠났다. 미국으로 갔다. 간호사 하러.

그녀는, 자신의 계획을 실천에 옮긴 것이다. 그녀는 무서운 사람이었다. 무언가 하겠다고 해놓고, 정말로 하는 사람을 보면 나는 무섭다.

그녀 방 짝(얼마 전까지만 해도 방 짝이었던)으로부터 그런 소식(내겐 좋지만은 않은 소식)을 듣고 나서 수화기를 내려놓았을 때 나는…… 내 몸이 공중으로 3센티미터쯤 들어 올려진 것 같다는 느낌을 받았다.

앉아 있던 비닐 쿠션에서 3센티미터쯤 들어 올려졌다가, 다시 3센티미터쯤 내려진 것 같다는 느낌을 받았다. 다시 돌아온 것이다, 여기서 저기로 3, 4센티미터쯤 살짝 옮겨졌다는 그 느낌이.

전이감 말이다. 1996년 12월 16일 월요일에 영화관에서 한 번 있고, 지난 2년 동안 깔끔하게 사라졌던 그 전이감이 다시 날 찾아온 것이다.

병원에 다시 나가봐야 할까.

전이감이란, 내가 십몇 년 전에 도서관에서 읽던 어떤 소설가의 어떤 작품에서 찾아낸 말이다. 이젠 작가 이름도, 책 제목도, 책 내용도 정확히 기억나지 않는다. 도서관 소년은 이미 오래전에 도서관을 떠났으니까.

어느 평범한 한 남자가, 실연의 고통을 겪고 나서 초능력자가 된다는 내용이었다. 남자는 시공간을 맘대로 접었다 폈다 할 수 있는 초능력을 갖게 된다. 남자는 여기저기서 신출귀몰한다. 자기 집 화장실에서 사라졌다 다음 순간 마을 이발소에 앉아 있고, 이발소에서 사라졌다 다음 순간 이웃 마을 총포상에서 사냥용 장총을 들고 있다. 그런가 하면 과거와 미래도 개가 개집 드나들 듯 맘껏 들락날락하며 옛 연인을 희롱한다. 이것이, 전이능력이라는 초능력의 실체다.

아무튼 그런 식의 내용이었다. 책의 주제는 간단하다. 사랑의 힘이란 얼마나 위대한 것인지, 단지 그것을 잃어버린 것일 뿐인데도 한 남자를 초능력자로 만든다는 것이었다. 남자는 과거로 돌아가 연인의 환심을 산 다음, 미래로 돌아가 연인과 결혼한다. 그리고 그 행복한 신혼부부 사이에서 태어난 아이는 인류의 더 나은 미래를 약속하는 진화한 종족의 지도자가 된다. 사랑과 초능력이 행복하게 어우러진 종족 말이다.

어쨌거나 나는 그 D. 워프란 SF작가를 꽤 좋아했던 것 같다. 도서관에 있는 그의 작품들을 거의 다 찾아 읽었으니까. 그 소설은 그 작가의 다른 작품들과는 너무나 다른 것이었다. 외계인이나 미친 기계 따위가 등장하지 않는다는 의미만이 아니다.

그 소설에선…… 아무도 죽지 않는다. 아무도 침대에서 뒹굴지 않고, 아무도 핏물을 뒤집어쓰지 않는다. 섹스도, 폭력도, 살인도 등장하지 않는 것이다. D. 워프의 작품으로선 이례적인 것이었다.

게다가 무엇보다…… 행복한 결말이었다. 흔히 말하는 해피엔딩이었다.

전이감이란 말은 거기서 찾은 것이었다. 행복한 결말이 있는 가운데서.

나와 생선 가시 사이의 일에 대해서도 똑같이 얘기할 수 있다. D. 워프의 소설식으로.

나도 초능력자가 되어가는 것이다. 소설 속 주인공처럼 신출귀몰할 수는 없어도, 나도 여기서 저기로 슬쩍슬쩍 옮겨 다닐 수 있게 되어가는 것이다. 지금의 전이감은, 미래의 전이 능력의 가냘픈 싹일 뿐이다. 지금은 비록 3, 4센티미터 정도일 뿐이지만…… 언젠가는 나도 시공간을 맘대로 접었다 폈다 할 수 있게 될 것이다. 언젠가 '전이 능력'이라는 내 초능력이 완성되는 그날에.

더 나은 인간 종족으로서의 진화가 완성되는 그날에.

나는 생각한다, 그때의 도서관 소년은 자기를 지켜봐줄 누군가의 시선이 필요했던 것이 아닐까? 지켜보다가 '얘야, 뭐 하고 있니' 하고 이따금 물어줄 누군가의 친절한 시선이 필요했던 게. 비록 그것이 도서관 창밖의 시선이더라도. 사람이 아닌, 생선 가시의 시선이더라도.

아무튼 그만한 나이의 소년에겐(어린이헌장에도 나와 있듯이) 그런 시선이 필요한 법이고, 그 욕구가 생선 가시를 도서관 창밖에 만들어 띄웠던 게 아닐까? 생선 가시를 만들어 도서관 창밖에 띄우고…… 자기를 지켜보도록 했던 건 아닐까?

D. 워프의 소설식으로 얘기해서 말이다.

나는 수화기를 내려놓고 잠시 우두커니 앉아 있다가 아파트 베란다 창가로 나갔다.

날씨는 더할 나위 없이 화창했다. 병원 마당의 사마리아인 석상이 떠올랐다. 이렇게 화창한 날이면…… 파란 방수도료가 칠해진 착한 사마리아인 석상의 정수리 너머로, 흰 구름 몇 개가 떠 있곤 했다.

선애 씨란 존재가 생각보다 내게 훨씬 소중했다는 생각이 들었다. 내가 전화를 며칠만 일찍 했더라면(그녀는 겨우 며칠 전에 떠났다), 그녀를 좀 더 소중한 존재로 여기고 또 실제로도 그렇게 대했을 것이었다.

나는 생각했다, 떠나면서 내게 연락하지 않은 걸 보니 나 역시 그녀에게 그다지 소중한 존재는 아니었던 모양이야.

어쨌거나 나는 그녀가 자랑스러웠다. 그녀는 무엇보다, 일하러 간 것이니까. 달러를 쓰러, 가 아니라 벌러 간 것이니까.

그녀 미래의, 자기 생의 좋은 소식을 찾아 떠난 것이니까…….

그녀는 내가 데이트해본 최초의 간호사였다.

작가의 말

《내가 사랑한 캔디》와 《불쌍한 꼬마 한스》가 다시 나온다니 실감이 나지 않는다. 몇 년이나 망설였던 일이다. 《내가 사랑한 캔디》는 2015년에 수정을 좀 하려고 손을 댔다가 포기한 적도 있다. 내 지난 소설들을 다시 읽는 일이 채 아물지 않은 지난 상처를 도로 헤집고 벌려놓는 일 같았다.

《내가 사랑한 캔디》가 처음 나왔을 때만 해도 동성애 소설은 많지 않았다. 이 책을 내고 나서 동성애자라는 오해도 샀었는데, 2013년에 복귀했을 때에도 여전히 나를 동성애자라고 믿고 있는 사람이 있어 깜짝 놀랐던 적이 있다. 《불쌍한 꼬마 한스》에는 도서관 소년이라는, 내 오래된 페르소나가 등장한다. 나는 확실히 도서관 소년이었고, 이태 전에는 책에 등장하는 서대문 도서관을 다시 찾아가보기도 했다. 뭐랄까, 도서관만 떠올리면 항상 마음이 부드러워지고 푸근해진다.

《내가 사랑한 캔디/불쌍한 꼬마 한스》의 재출간을 맡아준 한겨레출판에 고개 숙여 감사드린다.

내가 사랑한 캔디/불쌍한 꼬마 한스

초판 1쇄 인쇄 2018년 12월 20일
초판 1쇄 발행 2018년 12월 26일

지은이 백민석
펴낸이 이상훈
편집인 김수영
본부장 정진항
기획편집 김준섭 류기일 정선재
마케팅 조재성 천용호 박신영 조은별 노유리
경영지원 이해돈 정혜진 이송이

펴낸곳 한겨레출판(주) www.hanibook.co.kr
등록 2006년 1월 4일 제313-2006-00003호
주소 서울시 마포구 효창목길 6(공덕동) 한겨레신문사 4층
전화 02-6383-1602~3
팩스 02-6383-1610
대표메일 munhak@hanibook.co.kr

ISBN 979-11-6040-219-3 03810

• 값은 뒤표지에 있습니다.
• 파본은 구입하신 서점에서 바꾸어 드립니다.